BETHANY-KRIS

Imortal & Dividido

A GUERRA DE CHICADO

LIVRO 1

Tradução: Ariane Soares

3DEA editora

Título Original: Deathless & Divided (The Chicago War Book 1)

Editor-Chefe| Patrícia K. Azevedo
Assistente de Desenvolvimento| Jhenifer Barroca
Tradutor| Ariane Soares
Revisor| Ester Oliveira
Capista| Murilo Magalhães - Fênix Produções Editoriais
Diagramação| Cris Spezzaferro

Texto de acordo com as normas do Novo Acordo Ortográfico da Língua Portuguesa (1990), em vigor desde 1° de Janeiro de 2009.

Dados Internacionais de Catalogação na Publicação (CIP)

K9274 Kris, Bethany
Imortal e dividido / Bethany-Kris; tradução de Ariane Sorares
Basília: 3DEA Editora, 2018
Tradução de: Deathless & Divided (The Chicago War Book 1)
ISBN 978-85-93964-45-9

1.Literatura Estrangeira. I. Título

CDD: B820

Prólogo

Lily DeLuca sentiu-se como pedra, ao olhar para a casa de dois andares amarela de onde estava sentada do outro lado da estrada na calçada. Imóvel e fria. Alguém novo deve ter residido na casa, porque ela costumava ser azul pálida. A calçada de pedras coloridas agora chegava até a passarela de entrada da frente também.

O tempo muda tudo.

Tudo, exceto Lily.

Bem, ela sabia que era diferente, claro. Mais velha. Uma mulher agora, e não mais uma criança. Ela sabia que casas não mantinham sonhos e o amor protegidos e seguros dentro de suas quatro paredes, mas, em vez disso, só dava aparência às coisas. Ela já não era ingênua e estúpida a respeito das coisas e das pessoas ao seu redor.

Ninguém era imortal em seu mundo.

Nem mesmo os inocentes podiam ser salvos.

Mandando para fora um sopro de ar, Lily inclinou a cabeça novamente e piscou para a casa. Ela jurava que ainda podia ouvir os gritos de incentivo de seus irmãos mais velhos quando ela finalmente aprendeu a andar de bicicleta sem rodinhas. Aos quatro anos de idade, eles a deixaram presa em uma árvore no quintal. Foi a primeira vez que a ensinaram subir numa árvore. Ela chutou o seu irmão mais velho, Dino, nas bolas logo após seu quinto aniversário na calçada da frente quando ele deixou a aranha dela escapar do seu frasco.

Dino e Theo DeLuca sempre a incluíam na época. Eles nunca agiam como se ela fosse uma irmã mais nova chata que estragava sua diversão.

Lily olhou para a rua tranquila, se perguntando se alguém a reconheceria. Melrose Park tinha sido o lar de uma grande comunidade italiana americana, bem como da Outfit de Chicago. Um monte de gente na área, provavelmente, sabia quem ela era. Mas se não soubessem, eles certamente reconheceriam o nome dela.

Talvez ela não devesse ter vindo aqui.

– Senhorita, – disse o motorista de táxi, mastigando ruidosamente seu chiclete. – Você terminou ou o quê?

– O taxímetro ainda está correndo? – perguntou Lily de volta, sem sequer olhar para o homem estacionado ao lado de onde ela estava sentada.

– Sim.

– O meu cartão de crédito ainda é bom?

– Sim.

Lily deu de ombros. – Então, não, eu não terminei.

– Que seja, menina, – o cara murmurou.

O telefone celular no bolso de Lily tocou pela quinta vez desde que ela deixou a casa de Dino um par de horas antes. Dino tinha dado a maldita coisa para ela e tomado o que ela tinha antes, dizendo alguma coisa sobre celulares descartáveis[1].

Lily percebeu que era apenas mais uma forma de Dino manter um olho nela.

Ela ignorou a ligação.

A casa de dois andares, no entanto, não poderia ser ignorada.

Uma dor esfaqueou o peito de Lily, se espalhando. E só continuou a aumentar. Quanto mais tempo ela olhava e pensava no dia que sua então chamada família tirou dela o que aquela casa significava e assassinou os sonhos que ela detinha, mais doía.

Oh, doía tudo.

– É hora de parar de fugir, Lily.

As palavras de Dino falaram com Lily, atormentado sua mente quando ele ordenou que ela deixasse a Europa e viajasse de volta para os Estados Unidos.

Ele estava certo.

Ela fugiu.

Lily ainda queria fugir. Voltar para Chicago parecia uma sentença de morte.

O que este lugar queria dela?

Deus sabia que ela não tinha muito para dar.

Ela poderia finalmente começar a faculdade, talvez, mas ela nem sabia o que queria estudar. Seus irmãos eram donos de uma dúzia de empresas diferentes ao redor de Chicago e poderiam mantê-la ocupada trabalhando. Mas, quanto tempo isso iria mantê-la interessada?

Ela não podia *ser* apenas Lily DeLuca em Chicago, Illinois. Ela não podia ser apenas alguém aqui. Não uma turista ou uma viajante, nem um rosto bonito em uma multidão de pessoas. Não, ela era a fodida Lily DeLuca; a filha de um traidor, pai e mãe mortos; uma irmã para rivalizar com Capos na máfia de Chicago. E enquanto ela não queria pensar sobre isso, sua idade fez dela um alvo privilegiado para a Outfit olhá-la por outras razões também.

1 Burner phone - telefone celular pré-pago substituído com frequência para evitar deixar rastro.

Cristo, ela deveria ter lutado mais com Dino.

Quanto tempo levaria até que a Outfit tomasse outra coisa que Lily amava?

– Que lugar é esse, afinal? – o motorista de táxi perguntou pela janela do motorista. – Não há nada de especial para olhar, menina.

Para ele, não.

Para Lily...

Nem sequer importava.

Ela se levantou da calçada, sacudindo as pernas de suas calças jeans skinny.

– Nada, – disse Lily. – Não é nada.

Capítulo Um

O peso de uma dívida poderia esmagar um homem. Era uma daquelas coisas que uma pessoa sabia que sempre a seguiria de perto. Nunca desaparecia, mesmo que parecesse que tinha ido embora.

Damian Rossi viveu por uma década em espera, para finalmente pagar a dívida que ele tinha. Dino DeLuca nunca mencionou quando Damian seria chamado para responder pelas dívidas que havia contraído, mas ainda estavam penduradas lá... esperando como uma bigorna pronta para cair.

– *Venha aqui. É hora de falar sobre pagar o que você deve, Damian.*

Treze palavras nunca pareceram tão pesadas como aquelas.

Para Damian, a vida era dominada pela máfia. Ou melhor, A Outfit de Chicago. Tendo apenas vinte e sete anos de idade, significava que Damian respondia a todos os outros antes que ele pudesse dar a si mesmo o que ele queria. Não importava que ele finalmente tivesse recebido o boton - a sua entrada na *família* - há um pouco mais de um ano atrás. Ninguém se importava que Damian fosse exatamente como eles eram na Outfit. Não, porque ele ainda era um jovem pistoleiro de merda para eles.

Se um Capo mais velho precisasse de um par extra de mãos e o chamasse, Damian tinha que ir. Se o Capo queria alguma coisa dele, independentemente de como aparentemente sem importância fosse, Damian precisava encontrar. Não importava se ele tivesse apenas quatro horas de sono em três dias, Damian não fazia suas próprias escolhas quando se tratava da Outfit.

A Outfit fazia essas escolhas malditas por ele.

Sempre.

Na maioria das vezes, Damian não se importava. Ele escolheu essa vida, e era bom nisso. Mas também não conhecia nada diferente. Depois que sua mãe e pai morreram em um acidente de carro quando ele tinha cinco anos, a única coisa que lhe restou foi a Outfit e as pessoas lá dentro que o criaram quando sua tia e tio bêbado não podiam.

– *Você me deve, D.*

Dívidas nunca desapareciam na máfia. Elas poderiam desaparecer por um tempo curto, mas havia sempre alguém que vinha cobrar, eventualmente. Damian supunha que era a sua hora de pagar. Não sabia exatamente. Dino não tinha lhe dado uma razão por que agora era a hora ou como poderia pagá-la. O fato era que ele ia pagar.

Era assim que funcionava.

A casa de Dino DeLuca ficava em uma grande propriedade de trinta acres bem protegidas fora dos limites da cidade. Depois que lhe foi permitido entrar pelo portão e estacionar seu carro, Damian pegou um cigarro e acendeu. Ainda tinha vinte minutos antes que precisasse se encontrar com o Chefe, afinal de contas.

– Está ventando muito para um dia tão bom.

A voz veio das árvores à esquerda de Damian. Ele se virou apenas tempo suficiente para ver Dino surgir. O homem girava um conjunto de chaves em torno do seu dedo indicador e segurava um arquivo em papel pardo com a outra.

– Merda, faça algum barulho, Dino.

Dino riu. O som surpreendeu Damian, considerando que Dino era sério em todas as coisas - negócios, família e vida. Leveza e disparates não estavam em seu jogo. Damian supôs que poderia entender isso. Ele nunca tinha sido um cara de caprichos e fantasias, tampouco.

– Você não deveria ser o fantasma? – perguntou Dino, mostrando seus dentes brilhantes enquanto sorria.

– Queria poder esquecer esse nome.

– Você conquistou isso, D.

Damian deu de ombros. – Tanto faz. Isso não significa que eu goste.

Crescer sem seus pais significava que Damian passou muito tempo sob os pés dos outros. Ele tinha sido um pequeno garoto magricelo. Instantaneamente esquecível. A única coisa que fez viver na casa da sua tia e tio, casa suportável, era seus primos; Tommas, Lea e Cara. Não que eles tenham tido um tratamento melhor. Laurent e Serena Rossi não tinham sido feitos para ter filhos. As quatro crianças ficavam tanto tempo passando de família em família que acabaram realmente vivendo com seus tutores.

Sim, facilmente esquecido.

Um pequeno fantasma.

Damian acabou sendo criado por várias pessoas em vez daqueles encarregados da tarefa. Quando deveria estar na escola, ele tinha sido empurrado até os joelhos na máfia e seu estilo de vida. Olhando para trás, soube que a realidade era simples. Foi preparado para aquela vida. Anestesiado de violência e de negócios. Aceitando as expectativas, regras e maneiras da sua família. Ele gostava, no entanto.

Damian supôs que funcionou bem para ele. Ser esquecível quando criança acabou levando-o ao longo de sua vida adulta e sua carreira na Outfit. Nem todo homem foi feito para ser um assassino. Ninguém nunca o viu chegando. Eles não tinham a oportunidade de vê-lo aparecer. Raramente era suspeito quando um corpo aparecia. Ele simplesmente atendia a chamada, fazia o trabalho e seguia em frente. Sem perguntas.

– Eu imaginei que você estivesse lá dentro enchendo a cara de comida, – disse Damian.

Dino olhou para a sua grande casa. – Estou apreciando o lado de fora enquanto eu posso.

– O julgamento está chegando, certo?

– Um pouco mais de dois meses, – disse Dino sob sua respiração.

Se meter em algum tipo de problema era inevitável quando se tratava da máfia. Dino se recusou a fazer um acordo sobre as acusações de extorsão, lavagem de dinheiro e fraude que o levaram a ser indiciado há dois anos. Ele não se declararia culpado, tampouco. O homem tinha um maldito bom advogado, mas todo mundo sabia o que lhe aguardava.

Vinte anos no máximo, somando tudo.

Damian sabia que os bastardos queriam a pena máxima e estavam indo com tudo, também.

– Você já se perguntou por que eu gostei tanto de você quando você era criança? – perguntou Dino.

Damian riu. – Não.

– A vida não tem tratado qualquer um de nós muito bem, eu suponho. Eu provavelmente vi muito de mim em você quando você era apenas um garoto se fazendo de durão andando atrás de nós.

– Você não é muito mais velho do que eu.

– Cinco anos.

– Qual é o seu ponto, Dino?

– Você nunca se sentou à espera de que a sua festa da piedade acabasse, D. Quando seus pais morreram, você foi jogado de lugar para lugar. Quando meus pais morreram, tivemos que fingir que eles nem sequer existiam. Você só aceitou as cartas que foram dadas a você; nós fomos forçados a isso. Então, eu acho que por isso gostei de você e o fato de que tivemos uma perda comum, ajudou também. Me fez simpatizar, digamos assim. Raramente alguém consegue isso de mim. Inferno, nem mesmo Theo recebe um maldito cartão de Natal de mim. Você tem um convite para a mesa de jantar.

Damian escondeu sua surpresa com uma tosse. Dino raramente falava de seus irmãos. Mesmo quando Dino e seu irmão mais novo, Theo, precisavam passar um tempo na mesma sala juntos, os Capos rivais agiam como estranhos em vez de irmãos. Uma diferença de idade de cinco anos separava os dois homens. A irmã de Dino, por outro lado, tinha estado desaparecida da família DeLuca durante alguns anos.

Se Damian pensasse sobre isso duro o suficiente, ele tinha certeza que poderia se lembrar de uma menina loira de olhos castanhos seguindo Dino e Theo por aí de vez em quando. Aparentemente, a maioria dos anos da adolescência da menina foram gastos em um internato particular. Dino não falava muito sobre ela. Uma diferença de idade ainda maior os separava, pelo que Damian se lembrava.

– Lily é o nome da sua irmã, certo? – perguntou Damian.

Dino ergueu uma sobrancelha. – Por quê?

– Curiosidade.

– Sim. Ela tem vinte e um, quase vinte e dois. Seu aniversário está próximo. Ela passou os últimos três anos depois que se formou vagando por toda a Europa. Mochilando, principalmente.

– Mantida longe de problemas?

– Sim, o que eu aprecio. Bem, tanto quanto eu sei, Lily não é... apaixonada por mim. Ela dava notícias uma vez por mês. Era a minha única exigência.

Damian estava começando a sentir que esta conversa podia se transformar em uma espécie de sessão de terapia. Ninguém queria essa merda.

– O que você precisa de mim hoje, de qualquer maneira?

Dino sorriu, mas o sorriso desapareceu rapidamente. – Eu não era o único que gostava de você, era?

Damian não sabia onde diabos seu amigo queria chegar. – Como?

– Terrance.

O chefe da Outfit.

– Eu me dou bem com ele, se é por isso que você está querendo saber, – Damian respondeu.

– Apenas se dá bem. Certo, Damian.

– O quê?

– Você nem sequer percebe, não é?

Obviamente não.

Damian estava muito cansado para jogar joguinhos de palavras. – Eu faço o que o chefe quer, Dino.

– Cristo, Damian. Se você passasse a mesma quantidade de tempo prestando atenção ao seu redor enquanto você trabalha para se misturar, você poderia ter conseguido.

– Eu não morri ainda, – disse Damian, sorrindo.

– Ainda bem. – Dino enfiou as mãos nos bolsos. – Joel nunca irá chegar a ser chefe, e não sob os olhos de Terrance.

– Ele é neto dele. Faria sentido Joel assumir quando for a hora.

– E daí? Como eu disse, Terrance sabe o que é melhor. Um bom Chefe é parcialmente moldado, mas principalmente nascido, Damian. Joel não tem isso. Terrance sabe disso. Inferno, a Outfit sabe disso. O que ninguém sabe, é quem vai herdar isso. – Dino soltou uma gargalhada, acrescentando: – Bem eu acho que sei em quem Terrance está de olho.

– Oh?

– Sim, eu estou olhando para ele.

Damian se transformou em gelo no ar de junho. – Você está brincando comigo, porra.

– Ei-

– Isso não é nem mesmo engraçado, Dino. Eu nunca quis isso ou até mesmo sugeri que quisesse.

– Estou ciente, – seu amigo murmurou.

– Então, que diabos?

– Eu não disse que você queria, Damian. Esse seu jeito de ser invisível, não iria funcionar muito bem se você fosse o Chefe.

– Exatamente, – disse Damian. – E gosto de ser capaz de ir e vir como eu quiser.

– Mas você não é, não realmente.

Damian não contestou Dino sobre isso porque ele sabia que era verdade.

– Terrance nunca mencionou nada disso para mim – disse Damian, querendo tirar tudo isso da mente de Dino.

O que quer que fosse que o Chefe estivesse tramando ou planejando, Damian não queria fazer parte. Se alguém ficasse sabendo dessa merda, ele iria parar a sete palmos abaixo da terra em uma cova improvisada antes mesmo que tivesse a chance de pedir desculpas por qualquer coisa.

Damian gostava de estar vivo.

– Ele não faria isso. Você ainda é jovem para ele, mas está olhando você. Está observando você, D. Você tem o que é preciso. Você *me* ouve ao invés de falar, segue as regras, atende as ligações dele e faz o que ele pede. Nunca se perguntou por que não tem uma equipe sua ainda?

Damian evitou o olhar inebriante de Dino. – Às vezes.

– Porque você está ocupado demais com ele. Por que iria te dar mais do que você já tem com todo mundo e o chefe juntos? Isso significaria que você teria menos tempo para as merdas dele. E ele gosta de ter você por perto. Quantas vezes os caras te chamam para o Chefe, de qualquer maneira?

– Algumas.

... vezes por dia, Damian se impediu de adicionar.

– Você sabe o que eu ouvi Ben dizer a Riley quando ele ligou para o Chefe no outro dia? – perguntou Dino.

Ben DeLuca era tio mais velho de Dino e o braço direito de Terrance. Damian particularmente não gostava do cara, mas lhe dava o respeito que era devido.

– O que Ben disse? – perguntou Damian.

Dino acenou para Damian. – Disse ao cara que poderia muito bem ter ligado para você primeiro.

Damian mudou de posição, desconfortável. – Então?

– Então, Ben é o principal cara de Terrance, sempre tem sido. O subchefe, o que é importante. Como Riley é importante como o cara que está na frente nas ruas e no que diz respeito aos federais. Terrance leva Ben e Riley para as reuniões da Comissão, repassa as merdas com eles quando quer uma segunda e terceira voz, e todas as outras coisas sem sentido.

– Por que ouço um 'mas' aí?

– Mas... ele meio que faz isso com você, também, hein?

– Eu não tenho notado, – disse Damian calmamente.

– Acho que você tem. Você tem estado junto com eles na última reunião da Comissão, não é?

– Sim.

– Como foi? – perguntou Dino.

Interessante e esclarecedor.

Damian tinha passado pelos negócios das principais famílias de Nova York, incluindo a da maior e dominante, o clã Marcello, mas foi a sua primeira vez que viu todos juntos. Ele supôs que agora entendia por que as famílias falavam sobre os Marcellos e como eram intocáveis. Eles meio que eram. Damian carregava uma grande dose de respeito pela família Marcello. Afinal de contas, era melhor saber quem é seu maior rival e admirar a sua capacidade de ser um desafio a todos.

– Descobri que Terrance não gosta dos Marcellos, – disse Damian.

Dino encolheu os ombros como quem diz 'não faz diferença'. – Nós somos grandes em Chicago. Eles são grandes em Nova York. Manter a paz é melhor do que começar uma guerra com outra família. Terrance sabe disso. No entanto, te convidou para ir junto. Você é a primeira pessoa com quem ele fez isso além de Ben e Riley, é claro.

– Faz sentido Ben e Riley ir, Dino. São o subchefe e o chefe da frente, cara.

– Mas você não.

– Havia outros associados mais baixos na reunião com os Capos.

– Capos, provavelmente, – disse Dino. – Provavelmente homens que tinham uma participação com uma das outras famílias. Algo a ganhar por seus Capos. Você, por outro lado, foi até lá para aprender. Terrance simplesmente não te disse.

Damian engoliu em seco, sentindo um peso invisível caindo sobre seus ombros como nunca antes. – Não quero ser um Capo.

Esse não era um dos seus objetivos na vida. Ser um Capo significava constantemente ser vigiado. Pelos funcionários, pelos seus próprios homens e pelo público. Nunca acabava, porra. Também significava ser um alvo enorme para qualquer um que tem os olhos em sua posição. Damian gostava de ficar invisível quando queria.

Ele gostava de ser *ele,* pelo amor de Deus.

– Nem mesmo em dez, quinze anos a partir de agora? – perguntou Dino.

– Não.

– Engraçado, Ben acha que você é apto para assumir o papel, Damian. Me pergunto o que deu essa impressão a ele.

– Eu não.

– E ele não gosta nada disso, – acrescentou Dino como se fosse uma reflexão tardia.

Bem, isso realmente chamou a atenção de Damian.

– Ben? – perguntou Damian.

Dino acenou com a cabeça uma vez. – Foi o que eu disse. Parece que o meu tio acha que você é muito independente para o trabalho, que você tem suas próprias ideias, você sabe.

– Um homem com sua própria ideia é um problema para ele?

– É, quando ele não pode manipular o Capo, – disse Dino, rindo. – Deus sabe que tentou por anos manipular Terrance a seu favor e, às vezes, foi bem sucedido. Na maioria das vezes, Terrance já tinha cimentado suas decisões antes de Ben DeLuca sequer pensar em interferir. Ben poderia ser um Capo se tivesse a chance, mas ele prefere ficar à margem e deixar outros fazerem o trabalho, não realmente estar à frente e no centro ele mesmo. Isso é um problema.

– Bons Capos fazem o seu próprio trabalho.

– Ben só gosta de manipular, – disse Dino, suspirando. – Não entendeu, ainda?

Damian desejou que não tivesse entendido, mas a realidade estava começando a afundar, e rápido. Quando um homem estava indo para algum lugar e outro homem não o queria na hierarquia da máfia, a melhor maneira de corrigir essa situação era acabando com o problema.

– Ben virá atrás de mim, – disse Damian.

Dino ficou quieto, o olhar não vacilou quando ele respondeu: – É uma boa possibilidade. Ele só precisa de uma razão para explicar o tiro para Terrance. Algo para justificá-lo na mente de Terrance. Ben fez isso com os meus pais; você não é nem mesmo da família dele.

Damian não estava ouvindo Dino, não realmente.

– Porque Terrance gosta de mim.

– Que mundo de merda é esse em que vivemos quando ser gostado por alguém pode te levar a morte, hein? – perguntou Dino, com humor colorindo seu tom.

Damian não achou nada de engraçado nisso. Principalmente, o fato o incomodava. Ele não estava com medo de Ben, mas era algo que ele teria que lidar de uma forma ou de outra. Isso não seria particularmente fácil, considerando que Terrance tinha uma predileção pelo velho DeLuca.

Havia também a pequena questão de Dino. O cara era sobrinho de Ben, mas ele estava dando a Damian um grande toque sobre os possíveis planos do seu tio. Dino não tinha razão para estar fazendo isso a menos que ele quisesse algo, ou melhor, quisesse algo de Damian.

Alguém sempre queria a porra de algo.

– Mas o que Ben quer com você não é importante. Ele não está nesse caminho ainda. – Dino respirou fundo, olhando para o céu nublado. – Eu tive ar fresco suficiente por hoje. Vamos entrar e tomar um café.

– Nós terminamos de falar sobre isso? Assim, desse jeito?

– Ah não. Há muito mais para discutir ainda, Damian.

Sim, Damian percebeu isso.

– Beba, – Dino ordenou.

Damian bebeu o restante do seu café, ainda silencioso e estoico como tinha estado há uma hora quando entrou na casa de Dino. Dino sentou em frente de Damian que sentou atrás da sua grande mesa, bebendo seu próprio café. Pelo cheiro exalado da bebida, Dino tinha batizado com uma ou duas boas doses de uísque.

– Por que me dizer? – perguntou Damian.

– Sobre o meu tio?

O que mais havia nisso?

– Sim.

Dino encolheu os ombros. – Eu tenho que deixar as coisas em ordem por aqui antes que eu não possa mais.

– Vinte anos não é muito tempo, Dino.

– Em uma cela com barras como janelas, paredes de cimento para criar arte, e Deus sabe quem como companheiro de cela? É o inferno.

É verdade.

– E eu não estou pensando em chegar tão longe, – disse Dino mais baixo.

Damian olhou para Dino. – Como?

Dino acenou. – Nada.

– Você ainda não respondeu à minha pergunta sobre o porquê, cara.

– Não, acho que não. – Dino colocou seu copo na mesa antes de tocar com um dedo o arquivo em papel pardo que ele carregava antes, quando Damian chegou. – A família é importante para mim. Apesar do que a Outfit tenta projetar sobre *la famiglia* e toda essa besteira, isso significa pouco para mim. Porque isso é tudo o que é - besteira. Cada homem na Outfit está nisso por ele e sempre foi assim. Nós somos gananciosos, excessivamente, e sabemos disso. Todo mundo tem ciúmes de alguém, Damian. Você tem sorte de eu não dar a mínima suficiente para perceber.

Dino sorriu, balançando a cabeça quando acrescentou: – Não levaria muito tempo para a Outfit se desintegrar em torno de si mesma com a forma como está sendo administrada. Meu pai, quando ainda estava vivo, costumava dizer que a Outfit era melhor quando seguia as regras da velha escola.

– Regras da Cosa Nostra, você quer dizer.

– Sim. Homens não roubavam um do outro. A honra tinha um padrão mais elevado. Ganhar dinheiro não era a única coisa importante.

Dino estava certo. Até mesmo Damian tinha que admitir que o principal foco da Outfit era o dinheiro, ganhar dinheiro, e quem ficava com a maior parte. Mas não era esse o objetivo da máfia?

– Você não pode chamar algo de 'uma família' se nós somos todos os inimigos que fingem ser amigáveis uns com os outros em uma mesa de jantar, – disse Dino.

Damian riu. – Parece exatamente como a minha família.

– A minha também, por mais terrível que seja. Nós damos um bom show, é claro, mas nós mal conseguimos enganar. – Dino deslizou o arquivo mais perto de Damian antes de reclinar em sua cadeira e pegar a xícara novamente para outro longo gole. – Abra.

Puxando o arquivo para fora da mesa, Damian virou para cima e ficou cara-a-cara com a imagem de uma bela jovem loira com olhos castanhos e um sorriso maroto. Debaixo da fotografia estavam papéis repletos de informações sobre a menina que sorria despreocupadamente. Damian sentiu como se estivesse se intrometendo na vida de uma mulher que ele não conhecia, portanto, em vez de dar uma olhada no resto dos documentos, sua atenção foi trazida de volta para a foto no topo da pilha. A pequena fotografia tinha sido impressa no que parecia ser um cartão postal. Ao virá-lo, Damian leu as palavras escritas em um rabisco bagunçado na parte traseira.

País de Gales, Inglaterra.
A cerveja poderia ser melhor. Estou amando o sotaque, no entanto.
Dando notícias de uma maneira diferente desta vez.
Sinto sua falta, D.
Amor,
Lily.

Damian olhou a data escrita no canto esquerdo sob o nome de Lily.

– Ela é bonita, não é? – perguntou Dino.

A pergunta parecia bastante inocente.

Raramente era quando se tratava de Dino.

– Claro, – Damian admitiu.

Lily era linda. Grandes olhos castanhos claros com manchas de verde e dourado em suas íris. Bonitos lábios rosados curvados com sua felicidade genuína. Seu cabelo loiro, ondulado e longo, emoldurava suas feições.

Damian olhou para o lado da foto.

– Ela se parece com a nossa mãe. Especialmente assim. Como se nada no mundo jamais pudesse machucá-la enquanto ela sorri. É sempre a primeira coisa que eu me lembro sobre a minha mãe. Estou feliz que Lily tenha sido capaz de levar essa característica adiante, mesmo que ela não fale muito comigo mais.

– Isso foi quando ela começou a mochilar? – perguntou Damian.

– Um par de meses depois, – respondeu Dino. – Essa é a única foto frontal que eu tenho dela que poderia ser considerada remotamente recente. Depois enviou mais algumas depois desta, mas outra pessoa estava sempre na foto e você não podia ver todas as suas características. Eu queria que você visse quem era ela. Ela não parece tão diferente, realmente, mas eu não acho que lhe pedir para tirar uma foto depois que eu a obriguei a voltar para casa iria me fazer algum bem. Ela já me incomodou e xingou suficiente por isso.

Espere, o quê?

– Você pediu a Lily para voltar para casa?

– Exigi, na verdade, – Dino respondeu. – Quando se recusou, eu ameacei mandar alguém atrás dela. Então, optou por não me desafiar, felizmente. Eu queria que ela fizesse a escolha.

Damian bufou. – Não soa muito como escolha, Dino.

– Lily está com vinte e um anos. Eu a deixei ter o seu divertimento. Ela viajou e fez toda a coisa de explorar e aprender o que sentiu que precisava fazer antes que a vida aparecesse para chutá-la na bunda e a fizesse sossegar. Eu não a prendi. No começo, me ligava uma vez por semana e me mandava um cartão postal quando chegava a um novo lugar. Imaginei que ela viajando, aprendendo a viver fora, se sustentando com pequenos trabalhos e a bondade de outras pessoas era uma boa lição de vida. Algo para fazê-la amadurecer.

Damian não viu nada de errado com o raciocínio de Dino. – Entendi.

Inferno, ele teria matado para fazer algo assim. Em vez disso, ele só tinha deixado o estado de Illinois um punhado de vezes e sempre a negócios.

– Foi mais do que Theo e eu já tivemos, – disse Dino com uma pitada de amargura torcendo suas palavras. – Ben fez com que meu irmão e eu soubéssemos exatamente no que estávamos nos metendo. A Outfit era o nosso destino, estava no nosso sangue, você entende?

Damian não tinha certeza de como responder a isso, então ele ficou quieto.

Dino não pareceu se importar. – Meu pai queria sair. Você sabia disso?

– Não. Eu pensei que ele tivesse sido forçado a trabalhar com os oficiais, não que ele quisesse.

– Sim, ele queria sair e tentou. Trabalhou com oficiais de cargo mais baixo por um tempo, gravou algumas coisas com eles com um microfone escondido, e foi pego no processo. Ben descobriu que o meu pai estava trabalhando com o FBI e acabou com os meus pais. De qualquer forma, – Dino murmurou, batendo os dedos na mesa. – Eu nunca pude descobrir por que Ben matou a minha mãe, mas quanto mais velho eu fico, mais sentido faz. Ela teria tomado os filhos e fugido, eu aposto. Ben não iria tolerar isso.

– Ele não tem filhos, não é?

– Nenhum. Ainda bem, porque ele provavelmente venderia toda filha que sua esposa lhe desse e manipularia seus filhos para ir direto para um túmulo. – Dino fez um som desdenhoso sob sua respiração, mas parecia incomodado com algo que Damian não conseguia entender. – Olhe o quão bem ele separou meu irmão e eu. Nós o deixamos fazer isso também, nem mesmo percebemos.

Damian estava aprendendo um monte de coisas que ele não tinha conhecimento antes. – Pode não ser muito tarde para consertar isso, Dino.

– Confie em mim, esses laços estão muito bem cortados. No entanto, eu tinha idade suficiente para ser o único a cuidar da minha irmã. Ben bem que tentou se meter algumas vezes. Ele a queria em escolas que ele escolhia; eu a deixei escolher sua própria escola. Ele a queria de volta em Chicago no momento em que ela se formou; eu a deixei fazer o que diabos ela quisesse.

Isso não soa como uma coisa ruim, necessariamente.

– Eu tive que manter minha distância, porém, – continuou Dino, esfregando sua testa. – Ben é um filho da puta desagradável quando quer ser. Eu o deixei acreditar nas minhas escolhas com Lily, que ela estava sob o controle da minha família como eu bem entendesse. Que, quando estivesse pronto, eu iria trazer a minha irmã para casa e fazer o que fosse considerado adequado para uma menina de seu status e nome.

– E o que é?

– Casá-la para levar a ela e a nós mais acima, – disse Dino.

Damian desejou que pudesse ser surpreendido. Não seria a primeira vez que a filha de um homem iniciado[2] era forçada a um casamento que ela não queria por causa das ambições de sua família.

– Se Ben pensasse por um segundo que eu estava a deixando viver a vida que ela queria porque ele tirou tudo o que ela tinha, minha irmã teria me levado ao túmulo também, – disse Dino. – Quando se trata de nós irmãos DeLuca, Theo é o único inteligente, porque fez tudo o que Ben queria e não questionou. Eu fiz também, mas eu sempre tive algum objetivo subjacente.

Não era comum Dino ser aberto sobre sua merda pessoal, mas Damian estava conhecendo o homem dez vezes mais esta noite.

– Então? – perguntou Damian.

– Lily era a única de nós três com a cabeça nas nuvens. Eu apenas a puxei de volta à terra recentemente. Tenha isso em mente quando você a conhecer.

– A conhecer?

Dino sorriu de uma forma ímpia. – Você me deve.

Damian congelou na cadeira. Por mais de uma década, a dívida não-monetária devida à Dino DeLuca pairava sobre a cabeça de Damian, pronta para cair a qualquer momento. Quando era mais jovem, Damian tinha sido precipitado e imprudente. Ele tomou mais do que uma má decisão. Uma particularmente estúpida - aquela em que ele tirou a vida de um homem iniciado na Outfit e que poderia ter custado à Damian sua vida.

Dino apareceu, deu uma desculpa para o Chefe, assumiu a culpa pela morte, e então passou a fazer de Damian uma espécie de pau para toda obra. Erros como os que Damian havia cometido eram o suficiente para colocar um

2 Na Máfia americana, made man é um termo para um membro completamente iniciado da máfia.

homem a sete palmos debaixo da terra. Isso tinha marcado a *entrada* de Damian, essencialmente, para a família de crime Trentini. Estar perto de Dino colocou Damian diretamente no caminho de Terrance Trentini e conseguiu fazer com que ele fosse notado.

Ele também colocou Damian em débito com Dino por salvar sua vida mesmo que isso significasse anos de espera para finalmente saldar suas dívidas

– Você me deve, – Dino repetiu como se soubesse exatamente o que Damian estava pensando.

– O que você espera que eu faça?

Dino apontou para a pasta. – Lily.

– Lily, – Damian repetiu, mais incerto do que nunca.

– Eu gostei de algo em você anos atrás, então Damian, é hora de pagar.

– Como?

Dino sorriu de forma fria. – Eu tenho que proteger o que é importante para mim, Damian. Minha irmã e meu irmão, eles são importantes. Theo irá ficar bem, não importa o que. Ele é um fodido resistente então ficará tudo certo, contanto que ele mantenha o coração fora do jogo. Lily, porém, ela não é como ele. Ela é teimosa demais para seu próprio bem e eu não quero pensar em alguém tomando isso dela. Quando eu não estiver aqui, alguém precisa cuidar dela. E não pode ser Ben DeLuca.

Cristo. Dino fazia a prisão soar como uma sentença de morte.

Talvez fosse para o homem. Damian não sabia.

– E eu entro nisso como? – perguntou Damian.

– Você vai se casar com a minha irmã.

O processo de pensamento de Damian saiu do radar.

Certamente ele estava muito cansado e não tinha ouvido Dino corretamente.

Certo?

A mandíbula de Damian caiu aberta. – O quê?

– Uma vida por outra vida, D. É assim que funciona nesta vida. Além disso, isso vai funcionar em seu favor também. Nós dois sabemos que você é um filho da puta feliz onde está, fazendo o que você faz, Damian. Não há nada de errado com isso.

– Eu não entendo, – Damian murmurou.

Bem, ele entendia o negócio de casamento.

Sim, ele entendia aquela fodida merda.

Dino apenas sorriu. – Como eu disse, você vai se casar com a minha irmã. Soa bastante simples para mim.

Capítulo Dois

– Lily, comece a se mexer! Estamos atrasados, já!

– Vá para o inferno, Dino.

Lily se recusou a mover o cobertor cobrindo sua cabeça. Era muito cedo em uma manhã de domingo para Dino estar agitado daquela maneira.

– Estou falando sério, Lily. Levante-se.

– Não.

– Lily.

– Dino, – ela zombou, sabendo muito bem que parecia contrita e infantil.

Lily não conseguia nem se importar.

Lily DeLuca gostava de estar em movimento. Ela era o tipo de garota que não gostava de ficar parada. Talvez fosse por isso que viajar a atraía mais do que se estabelecer em uma vida estável. Agora que seu irmão mais velho a forçou a voltar da Europa, a única coisa que Lily parecia querer fazer era nada. Arrastar seus pés, dormir até o meio-dia e ignorar o mundo que preferia estar vendo.

Chicago era doloroso para Lily.

Ela estava com quase seis anos quando seus pais foram mortos, mas ainda se lembrava deles. Em sua mente, suas lembranças eram vivas. Os sonhos que tinha eram ainda mais. Ela desprezava como todos os outros ao seu redor, incluindo seus irmãos, agiam como se as pessoas que lhes deram a vida não existissem; como se as pessoas que eles chamavam de família não os tivessem levado embora.

Lily passou mais tempo do que queria admitir correndo da vida e da realidade apenas para que não tivesse que sentir dor. Chicago tinha sido a última coisa na mente dela. Se pudesse ter evitado, não teria mais voltado.

Dino não lhe deu uma escolha.

– Tudo bem, isso é ridículo, porra, – Dino resmungou.

Lily sentiu o cobertor ser arrancado de seu corpo antes de uma boa xícara de água fria ser jogada em seu rosto. Poderia muito bem ter sido gelo. Ela gaguejou e guinchou, jogando os braços para cima para se esquivar do ataque. Era inútil.

Dino apenas riu acima dela. – Eu disse para se levantar.

– Eu te odeio, – Lily cuspiu, toda molhada e triste em seu coração.

– Hora de mostrar a cara na igreja, pequena.

Lily fez uma careta. – Não me chame assim.

Por um breve segundo, o rosto de Dino escureceu. – O que aconteceu com a gente, heim? Nós costumávamos ser íntimos, Lily.

Ela nem sequer teve que pensar sobre isso.

– Você é como todo mundo. Você não se importou, Dino.

Suspirando, Lily endireitou-se e olhou para o padre da paróquia quando ele tomou o seu lugar, vestido com suas vestes, e começou o ritual da missa Lily não podia dizer que ir a igreja era particularmente sua maneira favorita de passar um domingo, mas ela não conhecia nada diferente.

Mesmo quando estava viajando pela Europa, ela sempre conseguia encontrar uma igreja católica para pedir sua graça, rezar, se necessário, e fazer sua penitência. Lily não era um anjo, mas ela acreditava em Deus. Se ela não acreditasse em algo, então ela deveria aceitar que aqueles que se foram para sempre estariam desaparecidos.

Ela não podia fazer isso.

– Você está prestando atenção? – perguntou Dino a seu lado.

– Sim, – respondeu Lily. – Pare de ficar em cima de mim, Dino. Estou bem.

– Eu só estou verificando, Lily.

– Eu estou bem.

Bem era um termo relativo que não se aplicava à Lily. Dino a irritou, forçando-a a voltar para casa quando ela estava indo tão bem por conta própria, sem as famílias Trentini, DeLuca, Conti e Rossi em torno dela. Seu irmão mais velho a colocou em uma escola privada, a deixando passar a maioria dos meses do ano longe de casa, e, em seguida, doou mais de um quarto de sua herança para Lily usar como ela achasse que devia depois de se formar.

O que mudou?

Por que ele a forçara a voltar para um lugar onde ele deveria saber que ela não queria estar?

– Você vai falar comigo, agora? – perguntou o irmão. – Você me ignorou pelas duas últimas semanas.

Por uma boa razão.

Se Lily não ignorasse Dino, ela ia tentar abrir a garganta dele com as unhas.

– Estava ficando longe de problemas, Dino, – disse Lily, tentando manter a raiva fora de seu tom. – Eu te mantive informado do meu paradeiro como você queria.

– Tínhamos um acordo, Lily. E realmente, eu deixei passar por dois anos.

Lily franziu a testa, sabendo que sua afirmação era verdadeira. Depois que ela se formou, Dino concordou que Lily poderia mochilar em toda a Europa durante um ano antes de começar a faculdade. De preferência, uma faculdade nos Estados Unidos. Mas ela adorava viajar, conhecer novas pessoas e aprender sobre o mundo ao seu redor. Um ano foi transformado em dois, e, em seguida, três. Ele nunca a pediu para voltar para casa.

Lily apreciava o fato de seu irmão deixá-la fazer o que queria. Ele era essencialmente seu tutor até que ela se tornasse adulta. Dino parecia pensar que ainda tomava todas as decisões por ela. A distância entre eles tinha ficado maior ao longo dos anos. Claro, a diferença de idade de onze anos provavelmente não ajudava, mas o quanto mais Dino se tornava imerso na máfia, menos Lily se importava. Em vez de ficar bravo com as pessoas que os machucaram quando eles eram apenas crianças, Dino se cercou deles.

– Você está com raiva de mim, – Dino murmurou, mantendo o olhar fixo sobre o homem de pé no altar.

– Muito.

– Você precisava voltar para casa, – disse o irmão dela, completamente afetado. – Já era tempo. Você é uma mulher adulta, Lily. É hora de aceitar o que isso significa para *la famiglia*.

Lily mal reteve o sorriso de escárnio.

O sacerdote certamente não apreciaria isso.

– *La famiglia,* Dino? O que a família já fez por mim?

– Te criou.

– Me criou?

A pergunta saiu como um sussurro afiado. Dino estremeceu em resposta. Lily sentiu um pouco de satisfação nisso.

– Nós, – Dino corrigiu rapidamente.

– Não, *la famiglia* nos tornou órfãos. E desde quando a minha vida tem qualquer importância para a Outfit, Dino?

– É o que é, pequena.

Os dentes de Lily cerraram com o uso casual do seu apelido.

Mais uma vez.

– Não importa, – disse Dino suavemente. – O que quer que você pense que eu estou fazendo, é importante. O que eu estou fazendo é para o seu benefício, Lily. Confie em mim.

– Eu não sei nada sobre o que você está fazendo, Dino.

– Bem, você provavelmente não vai gostar de qualquer maneira. No entanto, eu estou tentando te salvar de um monte de problemas e dores de cabeça se você apenas me der a chance de fazer isso.

Nada que o seu irmão disse fazia sentido.

Lily não estava entendendo nada.

– Eu sou adult-

– Você é uma criança da máfia, – Dino interveio rapidamente. – Você é uma DeLuca nascida e criada. Você é uma mulher, claro, mas você também sabe o que isso significa. Você não pode fazer as escolhas aqui, Lily. Siga as regras e tudo vai ficar bem.

Regras.

Ela estremeceu no banco, revoltada com a ideia do que palavras vagas do seu irmão poderiam significar.

– Eu a deixei de fora tempo suficiente, – disse Dino, com sua boca puxando em uma careta. – É hora de você voltar para a família e fazer o que nós precisamos que você faça, agora.

O coração de Lily parou quando ela olhou para seu irmão que estava mais estoico. – O que isso quer dizer?

– Eu a deixei de fora tempo suficiente, – repetiu ele simplesmente.

Lily não queria ser imersa no mundo dele. Quando criança, ela não tinha tido escolha. Como adulta, a escolha deveria ser apenas dela. Ela não era uma *principessa* Mafiosa para seus irmãos exibirem e balançarem na frente dos olhos dos outros.

Ela *era* ela.

Era a vida dela.

– Dino

As palavras de Lily foram abafadas pelo som da congregação ficando de pé.

– Por favor, – Lily ouviu o Padre Garner dizer a partir do altar enquanto ela também se levantava, – se juntem a mim em uma Mea Culpa para purificar nossas almas e mentes para o início desta Missa.

Dino sorriu. – Engraçado como isso funcionava. Supõe-se automaticamente que nós pecamos - que todos nós somos pecadores necessitados de se arrepender. Nós não temos sequer a opção de ser santos.

– Nós somos pecadores, – Lily murmurou.

Toda a sua família estava cheia deles.

Dino encolheu os ombros. – Somos.

– Confiteor Deo omnipoténti, et vobis, fratres, quia Peccavi nimis...

– Confesso a Deus todo-poderoso, e vocês, meus irmãos e irmãs, que eu tenho pecado... – as palavras ecoaram através da igreja com duas centenas ou mais de vozes. Era quase melódico, com efeito, a cura para alguns, ela sabia. Uma maneira de pedir perdão ao lado de todos os outros para que você não tivesse que fazer isso sozinho.

Para alguns, essa era a confissão que eles jamais iriam fazer de outra maneira.

– *Cogitatióne, verbo, opere et omissióne,* – Dino murmurou em um perfeito latim.

– Em meus pensamentos e em minhas palavras, o que eu fiz e o que eu tenho deixado de fazer, – disse Lily, juntamente com a congregação seguindo as palavras do Padre em inglês.

Alguma coisa no canto do olho chamou a atenção de Lily. Sutilmente, mas ainda parecendo como se estivesse olhando para frente, Lily virou a cabeça e olhou para o lado. Do outro lado do corredor estava um homem que ela não tinha notado antes. Com a cabeça levemente abaixada e os lábios se movendo junto com a oração, parecia que ele estava totalmente absorto na confissão.

Só que ele estava olhando para ela também.

– *Mea culpa,* – colocou para fora a multidão de adoradores.

O próximo viria mais alto, Lily sabia.

Ela ainda estava parada olhando para o homem. Seus olhos eram de um azul-aço. O cabelo escuro caiu sobre seu olhar quando ele piscou e inclinou o queixo para cima na direção de Lily. A ação a surpreendeu e ela não sabia por que. Com feições cinzeladas, uma mandíbula bem forjada, uma expressão nascida da indiferença, e uma postura que exalava confiança indiferente, ele a lembrou de pedra. Duro e frio. Lindo gelo, talvez.

Havia algo mais nele também. Algo familiar. Como se ela talvez conhecesse este homem. Não seria um choque tão grande, considerando as pessoas que se reuniam nesta igreja o vinham fazendo há anos. Como fazia a sua família.

Quem era ele?

– *Mea culpa.*

O homem deu um sorriso rápido e Lily se virou.

– *Mea maxima culpa,* – ela sussurrou.

Foi só quando a oração voltou para inglês no verso seguinte que ela percebeu que podia distinguir a voz do homem entre as pessoas ao seu redor. Ela focou no tenor profundo no banco em frente ao dela, apenas um metro de distância.

Ela lançou outro olhar, sem se importar se seu irmão a notasse olhando fixamente para outra direção ou sua distração súbita. O homem ainda estava olhando para ela.

– Por minha culpa, minha tão grande culpa, – disse ele.

Quem é você? Lily pensou.

– *Desculpe,* – o homem murmurou.

Mea Culpa.

– Lily DeLuca, olhe para você, – disse Terrance Trentini com um sorriso que era grande demais para o gosto de Lily. Ela ficou como estava enquanto ele a abraçava, depois segurando suas bochechas em ambas as mãos, e beijou sua testa. – Você cresceu e se transformou em uma bela *jovem,* mia *bella.*

– Obrigada, – disse Lily calmamente.

Ela não gostava desse homem.

Na verdade, ela não gostava de nenhum dos homens nem da maioria das mulheres que se encontravam no hall de entrada para acolher Lily e Dino na grande mansão Trentini. Ela sabia que não devia pensar assim - Lily não conhecia a maioria deles o suficiente para dizer se gostava ou não deles. O que ela sabia sobre eles, alguns deles, a incomodava.

Lily desejou que Dino a tivesse avisado sobre o almoço após a Missa.

– Você deve estar orgulhoso desta menina, DeLuca, – Terrance disse a um Dino silencioso.

Dino apenas sorriu em resposta, mas não pareceu verdadeiro.

– Oh, estamos orgulhosos, – veio uma voz atrás de Terrance.

Lily não podia deixar de sorrir para Theo quando ele se aproximou para ficar ao lado de Terrance. Ela não o tinha visto desde a sua chegada em Chicago. Theo e Dino não se davam bem. Apesar de suas dúvidas sobre seus irmãos, às vezes, Lily sentia falta deles.

Especialmente de Theo. Aos vinte e sete anos de idade, ele estava mais perto de idade de Lily do que Dino.

– Bem vinda ao lar, – disse Theo.

– Obrigada, – respondeu Lily.

– Não deixe que a multidão te incomode, – disse Terrance. – É maior do que o normal; Ben queria acolher adequadamente sua sobrinha de volta.

Lily teve que segurar a carranca ameaçadora prestes a se formar ao ter ouvido o nome do seu tio. Terrance não tinha mentido. Adivinhando o número de vozes que vinha dos cômodos, havia um monte de gente ali. Ela reconhecia alguns dos rostos por passar os seus verões e feriados em Chicago durante seus anos passados na escola particular. Eles não eram estranhos, mas, ela não se sentia inteiramente confortável em torno deles.

Rapidamente olhou para alguns dos rostos, os reconhecendo, então sabia quem estava lá. As irmãs de Joel Trentini, Abriella e Alessa, estavam em um canto, falando baixinho uma com a outra. Seus pais - Sara e Peter não estavam muito longe. Os irmãos DeLuca cresceram os chamando de tia e tio, embora não houvesse nenhuma relação real.

Lily também reconheceu o rosto de Tommas Rossi quando ele jogou uma piscadela na direção de Abriella Trentini antes de agir como se ele ainda não a tivesse visto. Ela suspeitava que se Tommas estivesse lá, o resto da sua família estava em algum lugar da casa também.

Um dos rostos que Lily conhecia foi encontrado instantaneamente - Evelina Conti. A menina tinha ido para as mesmas escolas privadas que Lily. Quando adolescentes, elas eram em sua maioria inseparáveis. Mas quando Lily tinha sido autorizada a ir em frente e fazer suas próprias coisas, a família Conti não deixou Evelina ou o irmão mais novo da menina, Adriano, fazer qualquer coisa que não fosse para o benefício da Outfit.

– Lily!

Evelina empurrou os homens bloqueando seu caminho, incluindo Theo. Lily quase perdeu a maneira que Theo tentou evitar olhar para Evelina.

Quase.

Ela decidiu que não era importante naquele momento.

Lily aceitou o abraço de sua amiga, escondendo o sorriso no cabelo de Evelina. – Deus, eu senti a sua falta.

– Nós apenas conversamos dois dias antes de você vir para casa, – disse Evelina, rindo.

– É mesmo?

– Sim, eu sei. Eu senti a sua falta também. – Evelina se afastou de Lily apenas o suficiente para mostrar seu sorriso antes de sussurrar: – Eu sei que você está chateada, mas estou feliz por ter você de volta. É terrível aqui sem você. Você torna tudo divertido.

Lily fez uma careta. – Mais tarde?

– Mais tarde, – sua amiga concordou.

– Como foi a Europa? – Joel Trentini perguntou enquanto pegava o cardigan de Lily e o paletó de Dino.

– Maravilhoso, – Lily disse honestamente. – Eu teria preferido ficar mais um ano.

– Ah, mas você tem negócios aqui, minha querida, – disse Terrance com outro de seus sorrisos largos.

Dino deu a Lily um olhar que a silenciou antes que ela pudesse dizer qualquer coisa. – Ela tem. Estamos iniciando as coisas.

Ben DeLuca surgiu da porta de entrada que dava para a área de estar e de jantar em comum. – Está todo mundo aqui?

– Ainda não, – respondeu Terrance.

– Quem está faltando? – perguntou Ben.

– Damian.

Quem?

– Ele está a caminho, – Dino assegurou. – Ele estava bem ao nosso lado na igreja. Quieto, como de costume.

Oh.

Olhos azul-aço. Cabelo escuro. Sorriso malicioso.

O pulso de Lily acelerou.

– Eles vão formar um bom par, – disse Terrance para Dino. – E ele precisa de uma esposa. Ela é uma boa escolha.

Espere, o quê?

Lily sentiu como se fosse parte de alguma piada cósmica que ninguém a tinha contado até agora. E foi realmente um momento de merda para ela finalmente descobrir isso.

Quando Terrance se virou para falar com seu neto Joel, Lily girou nos saltos para enfrentar Dino. Tinha certeza de que seu irmão mais velho podia ver a raiva nadando em seu olhar. Descrença, mágoa e náusea enroladas como uma gigantesca bola de veneno e ódio em seu intestino, inundando suas veias.

– Dino-

– Não agora. – Dino sacudiu a cabeça para o lado e com um rápido pedido de desculpas à família e aos amigos, ele levou Lily pelo corredor para longe dos olhos dos outros. Quando ficaram sozinhos, Dino soltou um suspiro alto, carregado de tensão. – Pare um segundo para pensar sobre tudo isso antes de dizer qualquer coisa, Lily.

Parar um segundo?

Seu irmão estava prestes a vendê-la como um fodido gado no mercado de carnes. Ele queria que ela parasse um segundo e considerasse aquilo? Como se pudesse ser uma coisa boa?

Lily mal conteve seu grito de frustração. – Seu fod...

Dino agarrou a mão que Lily levantou para golpeá-lo. Ela não era o tipo de garota que batia. Ela não gostava de violência. Engraçado, considerando que toda a sua vida tinha sido afogada em algum tipo de violência. Tudo o que a máfia conhecia era violência.

– Pare, – o irmão dela assobiou.

Lily tentou puxar o braço, mas Dino o manteve firme. – Seu desgraçado.

– Você não sabe de nada, então pare agora. – Dino apertou a mão de Lily apenas o suficiente para doer e para acalmá-la. – Este não é o momento nem o lugar para qualquer tipo de besteira, Lily. E você sabe muito bem que você não é a primeira a ter algo como isto acontecendo. Realmente, você tem sorte de ter durado tanto tempo. Se fosse por Ben, ele teria casado você no dia seguinte em que você completou dezoito anos. Pare de agir como uma moleca.

O coração de Lily estava ferido e seus pulmões doíam.

Ela não conseguia respirar.

– O que eu preciso que você faça é voltar lá, cumprimentar Damian quando ele chegar, sorrir para as pessoas, e ser agradável durante o jantar. Serão duas horas. Faça a sua parte como uma boa DeLuca que você é, como eu sei que você pode ser.

– Por que você faria isso comigo? – perguntou Lily.

A traição ardia na parte de trás da sua língua enquanto bile escorria em sua garganta.

Dino a *enganou*. Ele não disse nada sobre casamento ou qualquer coisa do tipo quando disse a ela que era hora de voltar para casa.

Claro que ele não disse, sua mente a provocou. *Você teria fugido.*

Ela ainda podia fugir.

Dino parecia perceber seu dilema interno. – Suas contas foram congeladas. Você não receberá um centavo de suas ações ou herança até que você esteja casada com Damian Rossi.

– Um Rossi.

– Ele é um bom homem, – disse Dino. – E se eu não lhe arranjasse um marido, Lily, Ben iria. Eu estou em um trem só de ida para a prisão com o futuro imprevisível muito em breve. Theo terá pouco ou nenhum controle na sua idade, especialmente quando se trata de você. Isso significaria que o seu bem-estar e as escolhas seriam deixadas para Ben. É isso que você quer? Porque se você pensa por um minuto que ele consideraria qualquer coisa que você queira, você está extremamente enganada, porra. Ben não se importaria - ele te usaria para vantagem dele e nada mais. Mesmo que isso significasse te casar com um idiota abusivo ou um homem com o dobro da sua idade.

– Eu sou um ser humano. Sou uma mulher livre, Dino, – Lily retrucou. – Posso tomar minhas próprias decisões sobre a minha vida sem a interferência de ninguém. Vou me casar com quem eu quiser, não quem você considere apropriado para mim.

– Você sabe que não é verdade. Pode ter gostado de fingir durante a maior parte da sua vida que você não está envolvida em *la famiglia,* Lily, mas nós dois sabemos que não é assim. Por favor, entenda por que eu fiz isso.

Ela não podia.

– Lily-

– Vá para o inferno.

Dino soltou uma risada amarga. – Eu já estou com um pé na porta, Lily. Estou apenas aguardando a porra da minha hora enquanto eu espero.

Lily girou rápido e passou por Dino, precisando ficar longe dele. Ela só deu dois passos antes de chegar a uma parada abrupta contra a forma de um homem familiar, mas ainda assim estranho.

As mãos de Lily se abriram sobre o peito do homem enquanto ela guinchava de surpresa, nem mesmo percebendo que ele tinha penetrado em seu momento com o irmão. Ela sentiu o rosto aquecer, não só porque ele tinha ouvido uma conversa muito particular, mas porque ela o estava tocando também.

Ele não pareceu se importar.

O mesmo olhar azul-aço que tinha a observado mais cedo na igreja olhou para Lily mais de uma vez. Ela engoliu em seco, sentindo seus músculos saltarem através dos seus peitorais sob a ponta dos dedos. Seus lábios continham um sorriso que parecia inteiramente mau para o gosto de Lily.

Dar uma olhada de perto neste homem era ruim para o interior de Lily. Ele tinha o corpo de um boxeador. O terno preto que ele usava abraçava os mais de 1,90m de sua estrutura perfeita e isso só parecia adicionar ao confiante e frio ar que ele exalava. Um estranho desinteresse marcava suas características, mas seus olhos pareciam estar olhando diretamente através dela.

Ela olhou entre seus corpos, notando que ele estava relaxado e aparentemente despreocupado com a situação em que estavam. Até mesmo suas mãos estavam jogadas nos bolsos, como se ele estivesse esperando por algo e não como Lily o estava tocando.

Sua atitude indiferente só acrescentou ao seu escuro e misterioso comportamento.

Lily ainda não sabia como ele conseguiu se infiltrar pelo corredor sem ela ou Dino perceber ou por que ele tinha sido tão quieto e ainda estava. Que jogo ele estava jogando?

Quem diabos era esse homem?

O coração de Lily bateu um pouco mais forte em seu peito, lembrando do nome que Dino pronunciou anteriormente.

Damian Rossi.

– Olá.

Lily piscou.

Sua voz era de um tenor - escura e pingando riqueza. A palavra escorregou de sua boca sem seus lábios nem mesmo precisarem se mover. Ela teve o prazer de ouvir muitos sotaques em suas viagens, mas o dele era algo completamente diferente.

– Damian, – disse Dino, arrancando Lily de seu estupor. – É bom ver que você finalmente chegou.

– Eu passei por cima de um prego no estacionamento da igreja e acabei com um pneu furado.

– Ah, eu vejo.

Lily deu um passo atrás, se afastando de Damian. Seu olhar não se moveu dela por um segundo, nem mesmo quando ele falou com seu irmão mais velho como se fossem velhos amigos.

Eles eram?

– Olá, – disse Damian novamente. – Lily.

Lily saiu de seu completo torpor. – Olá.

– É Damian, – ele murmurou.

– Eu sei quem você é.

Damian levantou uma única e escura sobrancelha. – Oh?

– Sim.

– Você não parece satisfeita, – ele disse calmamente.

– Porque eu serei forçada a me casar com um homem que eu não conheço e não quero conhecer? – perguntou Lily amargamente. – Me desculpe desapontá-lo, Damian.

O leve sorriso de Damian se transformou em um sorriso completo. – Você me conhece.

– Eu-

– Conhece, – ele interrompeu antes que ela pudesse discutir ainda mais o ponto. – Só não tão bem.

Lily soltou sua frustração em uma lufada de ar, rangendo os dentes. Ela resolveu endurecer sua espinha e se lembrou do que seu irmão lhe pediu para fazer. Se virando, Lily deu de cara com um Dino nem um pouco incomodado e com cara de pedra.

– Eu vou fazer bonito e bancar a boazinha neste jantar, – disse ela.

– Obrigado, – respondeu Dino.

– Mas eu não vou casar com esse homem.

A expressão de Dino não vacilou. – Não é sua escolha.

– Eu não vou me casar com ele, Dino!

– Sim, você vai, – disse Damian.

As palavras rolaram sobre a pele de Lily como ouro líquido. Ela podia sentir o calor da respiração dele na parte de trás do seu pescoço.

Isso seria muito mais fácil se ela não o achasse atraente.

E por que diabos ele estava concordando com isso, afinal?

– Em dois meses, concordando ou não, você será minha esposa, Lily DeLuca.

Lily não pôde evitar; ela tremeu.

Capítulo Três

Damian tomou um gole de conhaque, deixando os sabores de baunilha, especiarias e flores tomar conta do seu paladar, e permaneceu imóvel no canto. Ele gostava de ficar nas sombras. Era o melhor lugar para observar as pessoas, afinal.

Enquanto os convidados se misturavam, riam bêbados e comentavam sobre o seu alegre dia, Damian observava. Principalmente Lily. Ela não era uma garota feliz. E não apenas por causa do noivado forçado, ele suspeitava.

– Eu quase não percebi você por aqui, – disse Tommas enquanto deslizava ao lado de um Damian quieto.

Esse era o ponto.

Damian deu a seu primo um aceno silencioso de reconhecimento, mas manteve os olhos na loira a mais ou menos três metros de distância conversando com Evelina Conti e as irmãs Trentini.

– Você irá realmente fazer isso, hein? – perguntou Tommas, seguindo o olhar de seu primo.

– Sim, – respondeu Damian.

– Não achei que você era do tipo que se casa, D.

Damian riu secamente. – Eu não sou.

– Então-

– Dino, – Damian interveio simplesmente.

Damian sabia que não teria que dizer mais nada e Tommas não iria interrogá-lo ainda mais sobre a declaração. Tommas estava ciente de que Damian tinha estado em dívida com Dino por um longo tempo e que os dois homens não discutiam o assunto.

– Bem, ela é bonita, – disse Tommas.

Damian suspirou. – Sim.

Se ser bonita era a única coisa que uma menina precisava para ser especial, então Damian tinha visto mais do que suficiente desse tipo de mulher em sua vida. Ele não estava interessado em ter outra. Lily era bonita, embora. Damian não podia negar isso.

Seus olhos castanhos brilhavam, especialmente quando ela estava animada com alguma coisa. Ele notou, enquanto olhava para ela durante o jantar e a festa, que Lily não sorria muito por qualquer motivo. Mas quando o fazia, seus lábios cheios se curvavam da maneira mais sexy. Com maçãs do rosto altas, corpo delicado, e uns bons quinze centímetros mais baixa que ele, mesmo de saltos, ela não era exatamente o que ele chamaria de beleza comum.

Não, ela tinha uma beleza clássica. Como uma velha atriz de cinema preto e branco.

Ela não era o tipo de garota que ele escolheria. Não gostava do tipo teimoso e combativo. Ele pretendia manter seu acordo com Dino sobre o casamento com o único intuito de negócios. Damian devia a Dino, isso era o que seu amigo exigiu dele como pagamento, e Damian planejava seguir com isso até o fim. Cada parte.

Lily não tinha nem um pouco de medo de mostrar suas emoções. Em um mundo onde todo mundo usava uma máscara, Damian gostava de coisas genuínas.

– Eu acho que ela pode ser mal-humorada, – disse Damian.

Tommas riu humilde. – Encrenca, você quer dizer.

– Não, ela não é encrenca.

Lily, não importava quanto tempo tivesse passado longe da Outfit e das suas regras sufocantes para as mulheres da família, sabia como se comportar. Damian meio que gostava disso também. Ele se perguntou o que seria necessário para conseguir com que ela se soltasse.

– O que Theo acha disso? – perguntou Tommas. – Eu sei que ele é apaixonado por ela. Pelo menos ele sempre fala sobre ela como se ela ainda fosse uma criança, em vez de uma mulher de vinte e um anos de idade.

Damian deu de ombros. – O que Joel pensa de você foder a irmã dele?

Tommas engasgou com o ar. – Que diabos, cara?

– Estou apenas dizendo, Tommy. Eu imagino que Theo se sinta da mesma maneira sobre Lily ser obrigada a se casar com um homem seis anos mais velho do que ela e que mal conhece por causa dos negócios, como Joel se sente em relação a você e Abriella.

– Joel não sabe sobre mim e... sim, ele uh... ninguém sabe, merda, eu pensei que você não soubesse.

Damian zombou baixinho. – Sim, eu sei.

– Como?

– Você cheira àquela merda que ela usa - perfume ou o que quer que seja, quando chega no clube na primeira hora da manhã parecendo que não dormiu a noite toda. E eu vi o seu carro estacionado na rua dos pais dela uma noite, quando Terrance me chamou sobre algo e eu tive que ir lá.

Tommas xingou. – Você disse-

– Não, – Damian disse rapidamente. – Eu não irei, também.

– Devo dizer obrigado ou o quê?

– Não, mas ela é oito anos mais nova do que você, Tommas, com um chefe da máfia como avô e um idiota como irmão mais velho. Eles estão procurando um homem para ela e você não é um deles. Você deve limpar a casa desse absurdo antes que se torne um hábito que você não possa quebrar e ela faça com que você seja morto.

Adivinhar o olhar no rosto Tommas já era um maldito hábito.

Perfeito.

Damian decidiu deixá-lo em paz. Ele tinha o suficiente de seus próprios problemas.

Como Lily e o que Dino queria que ele fizesse com ela.

O olhar de Damian encontrou o de Terrance Trentini no meio da sala, conversando com seu neto Joel, Ben DeLuca e um Capo da Outfit. O negócio nunca descansava quando se tratava da família.

Dino queria que Lily estivesse segura e ele ganhou a lealdade de Damian há muito tempo - Damian precisava pagar. Homens como eles não eram nada sem a sua palavra e também muitos homens na Outfit pareciam esquecer isso. Damian sempre manteve sua palavra a cada momento. Lily DeLuca não seria exceção, mesmo se isso significasse que ela o odiaria por isso.

Lily e Damian não tinham que gostar um do outro para se casar, aparentemente. As pessoas ao redor deles provavam esse fato o tempo todo.

– O que você acha da Outfit? – perguntou Damian. – Lá dentro, eu quero dizer. Não os negócios, mas o que você acha?

Tommas cantarolou. – É a família, cara.

– Realmente, isso é tudo que você tem para me dar? Família?

– A única família que conhecemos.

Verdade.

– Às vezes a família machuca, – disse Damian.

Tommas assentiu. – A nossa certamente.

– Alguém esteve observando você pela última meia hora, Lily.

Damian escondeu o sorriso com o copo de conhaque quando Lily lançou a ele um olhar penetrante por cima do ombro. Ah, sim, a menina ainda estava chateada. Ele fingiu não notar que ela o pegou olhando para ela e em vez disso, examinou o recinto, mantendo-a em seu olhar periférico.

Lily estava como folhas ao vento, se seu quinto copo de vinho tinto fosse qualquer indicação. Ela escondia a embriaguez bem. Damian tinha que lhe dar crédito por isso.

– Sim, eu estou ciente, – Lily resmungou baixinho.

Evelina riu levemente quando o olhar de Lily deixou Damian tão rapidamente como o encontrou. – Ele é muito bonito e uma vez que ele é meu primo, isso é tudo que eu estou disposta a te dar sobre o assunto.

– Cale-se, Eve.

– Ele é, Lily. – Evelina deu de ombros. – Ei, pelo menos Dino escolheu alguém para você que parece decente, pode cuidar de você, e gosta dos seus irmãos.

– Sim, isso é tudo o que importa.

– Apenas dizendo. Você poderia ser eu.

– O que isso quer dizer? – perguntou Lily.

Evelina bufou. – Isso significa que eu só estou esperando o lance mais alto chegar, Lily. Isso é o que acontece quando seu pai é o chefe de frente da Outfit e você é sua única filha. Pense nisso, ele precisa competir com Ben e quem diabos mais Terrance goste. Homens como o meu pai só querem subir e isso é tudo para o que eles dão a mínima. Se eles não conseguem subir por suas próprias mãos, eles vão usar a de outra pessoa para chegar lá. Minha mão passa a ser o que ele vai usar, talvez até mesmo para outra família.

– Qual?

– Quem sabe? Nova Iorque, Boston, talvez a Outfit da fodida Vegas. Ele poderia muito bem colar alguns selos na minha testa e me mandar pelo correio.

A cabeça de Lily se virou apenas o suficiente para dar a Damian um vislumbre do seu perfil. Sua carranca e testa amassada exalava preocupação e desgosto.

Por que ela se preocupava tanto com o que acontecia com outra pessoa?

– Isso é péssimo, – disse Lily.

– Sim, é, – Evelina concordou. – E eu estava meio que gostando de alguém, também. Papai teria um ataque se descobrisse.

– Oh, quem?

Evelina deu de ombros. – Ninguém.

– Eve, – Lily pressionou.

– Ninguém, Lily, sério. Será melhor para nós duas se você não souber.

Damian estava aprendendo todos os tipos de coisas novas hoje à noite.

– E Adriano? – perguntou Lily. – O seu pai vai fazer a mesma coisa com seu irmão?

– Eu não sei, – admitiu Evelina. – Nós não somos... próximos como éramos quando pequenos. E ele é exatamente como o nosso pai, às vezes. Além disso, ele tem um pau entre as pernas dele, certo? Então, os meninos entram com tudo. Completamente diferente, eu acho. Tanto faz. De qualquer forma, chega desta merda triste. Nós deveríamos estar unicamente nos divertindo. Falar sobre isso não é divertido e eu estava tentando salientar que Dino considerou você nisso tudo.

A voz de Evelina baixou, mas Damian ainda a ouviu agindo como se as pessoas dançando e rindo tivessem toda a sua atenção. – Damian é um cara legal. E eu não estou dizendo isso só porque ele é da família, também. Você não esteve por aqui por um longo tempo. Você não o conhece bem o suficiente para poder julgá-lo.

– Você não é a única a ser forçada a casar com ele como uma vaca vendida no mercado, Eve, – disse Lily acentuadamente.

– Eu prefiro vê-la ir para Damian Rossi do que para outro homem na Outfit.

Lily cuspiu uma risada. – Você só está dizendo isso porque não é você. Se o seu pai ou irmão tivessem enganado você como Dino fez comigo, você estaria chateada como nada mais. Toda essa rebelião que você demonstrou em voz baixa de repente ficaria muito mais alto. Não negue, Eve.

Evelina não se incomodou em tentar. – Eu já estou chateada com meu pai, então é inútil. Ouça, Damian é meio quieto e como você, não gosta dos holofotes. Ele costumava sair com seus irmãos quando Theo tinha doze anos ou algo assim. Eles são da mesma idade. Você não se lembra dele, afinal?

O rosto de Lily escureceu quando ela deu outra olhada em Damian. – Sério?

– Você realmente não se lembra?

– Não, – disse Lily.

Damian examinou Lily a partir do canto do olho, observando como ela mordia o lábio inferior com curiosidade.

– Ele era como vocês.

– Como assim?

– Você sabe, sendo jogado por aí de um lugar para outro, de pessoas para pessoas. Eu apenas acho que... vocês dois poderiam ter algo em comum quando se trata disso. Eles não irão te dar escolha, Lily, e, obviamente, Damian concordou com o arranjo por qualquer motivo. Está resolvido e a sua opinião não tem qualquer importância para eles. Eu sei que é bárbaro e antiquado, mas isso vai acontecer.

A noiva não oficial de Damian ficou em silêncio como se estivesse considerando as palavras de Evelina e recebendo o aviso como era. Não seria oficial apenas por um curto tempo, porque logo a palavra iria se espalhar sobre os murmúrios do acordo entre as famílias Rossi e DeLuca. A Outfit amava fofocas e as notícias se espalhariam como fogo selvagem. Desde que Dino queria que o casamento acontecesse antes de seu julgamento, um jantar como o Capo tinha dado hoje poderia ser considerado uma festa de anúncio do noivado.

– Talvez, – Lily finalmente disse calmamente. – Mas eu não tenho que gostar disso, Eve.

– Sim, eu sei. Você quer um copo de vinho?

– Hmm, sim, eu acho-

Damian decidiu intervir e acabar com essa ideia antes que Lily pudesse concordar. Dino teria um ataque se Lily ficasse mais bêbada do que já estava. – Obrigado, Eve, mas ela está bem por essa noite.

Lily olhou por cima do ombro e viu Damian despreocupado e ainda no seu canto. – Com licença?

– Esse é o seu quinto copo de vinho, seus olhos aparentam sonolência, e seu irmão nunca foi de tolerar uma mulher bêbada, – Damian informou como se eles estivessem partindo o pão sobre uma mesa de jantar. – Enquanto beber provavelmente parece ser uma boa maneira de lidar com esta merda de noite, eu não culpo você, honestamente... mas eu posso apostar que você irá se arrepender amanhã se agir como uma idiota e se envergonhar e aos seus irmãos. Você não é esse tipo de mulher, Lily.

Damian deu a uma Evelina com os olhos arregalados um sorriso encantador. – Mais uma vez, obrigado, mas não mais.

– Tudo bem, – disse Evelina fracamente.

Lily se virou e pressionou a mão fechada no quadril. – Quem diabos você acha.

O olhar de Damian se voltou para Lily e ela se calou instantaneamente. – Eu não estou dizendo isso para ser um idiota, Lily. Vá em frente, beba até não querer mais se é isso o que você quer. Você é a única que terá que enfrentar essas pessoas novamente quando estiver sóbria.

Lily entregou o copo de vinho a uma Evelina atordoada, sem uma palavra.

– Obrigado, – disse Damian com um sorriso.

– Eu não fiz isso por você, – Lily replicou.

Damian riu.

Não, meninas como Lily nunca faziam nada que não queriam fazer. Ele gostava disso também. Que pena que a coisa toda do noivado não funcionava dessa maneira para ela.

– Claro, – Damian disse com uma piscadela.

O olhar de Lily se estreitou um segundo antes dela sair marchando entre a multidão.

Damian fez questão de tomar nota de que direção ela foi, apenas no caso. Evelina suspirou com um aceno de cabeça.

– Isso não vai ajudar no seu caso, – disse Evelina suavemente.

Damian respondeu com um encolher de ombros.

– Você se importa se ela gosta de você, D?

– Isso importa? – perguntou ele de volta. – Ela não precisa gostar de mim para ter o meu sobrenome.

Evelina franziu os lábios. – Porra, você está me provando que eu estava totalmente errada hoje à noite.

– Como assim?

– Eu não achava que você era esse tipo de cara, Damian.

Ele limpou a garganta e evitou o olhar de Evelina. Ele e ela, eles eram crianças da máfia. Era seis anos mais velho que Evelina e oito que o irmão dela, mas ele passou um tempo nas casas dos Conti quando crescia. Todas as suas famílias se entrelaçavam dessa forma.

– Acho que você não me conhece muito bem, hein? – perguntou Damian, voltando ao seu habitual modo de agir.

Evelina não desviou o olhar quando disse: – Não, eu só acho que você é muito bom em fazer os outros acreditarem que você está fazendo o que eles querem.

Ela estava certa.

– Quanto você bebeu? – perguntou Damian.

– Demais.

– Onde está o seu pai?

– Dando em cima da esposa de alguém, – Evelina respondeu. – A minha mãe provavelmente está assistindo a partir do canto; ela gosta desse disparate, você sabe. Ela se excita com isso. Acho que a briga é algo como suas preliminares. É nojento.

Damian riu com vontade. – Sim, você já bebeu demais. Pare com isso, Eve.

Evelina se aproximou e passou para ele seu copo de vinho e o de Lily, mas não antes de esvaziar o dela. – Você sempre foi um fodido estraga prazeres, D.

– O que você descobriu sobre o acordo de transporte com Nova York? – Tommas perguntou ao seu chefe. – Seria ótimo se pudéssemos começar a trabalhar por lá novamente. É mais barato e tem tudo para deslizar a mercadoria através dos seus portos e depois direto para o nosso, uma vez que temos tudo sob controle com os subornos lá.

Damian fingiu saborear seu conhaque e parecer desinteressado na conversa acontecendo no escritório pessoal de Terrance. Ele apenas tinha seguido os homens quando o chefe os convocou, porque gostava de saber o que estava acontecendo ao seu redor, não porque ele tinha que estar lá. Damian não se preocupava com as gangues, os tributos, e essas merdas como o resto dos caras de Terrance. O trabalho de Damian na Outfit não caía nessa linha, a menos que alguém precisasse de um par extra de mãos para alguma coisa.

Normalmente Damian trabalhava com Tommas sobre essas coisas, de qualquer maneira.

– Marcello não vai nos deixar entrar nessa de novo, não depois daquela confusão de alguns anos atrás, – disse Terrance, virando o restante do seu vinho tinto.

– Eu não sei por que você se preocupa em ter cortesia com eles, – Joel murmurou baixinho. – Com as famílias Calabrese e Donati trabalhando com a gente, poderíamos facilmente abater os Marcellos e fulminá-los a nada. Poderíamos criar um sindicato-

– Oh, cale-se com esse fodido absurdo, – Terrance latiu.

A conversa tranquila silenciou no cômodo.

– Se os seus malditos homens tivessem feito o que era suposto fazer em primeiro lugar quando trabalhavam em Nova York, não teríamos este problema com os Marcellos, Joel, – Terrance disse, carrancudo. – Em vez disso, eles decidiram trocar tiros com a família dominante. Eu posso não gostar dos Marcellos tanto assim, mas não sou um idiota, também. Eles controlam Nova Iorque por uma razão. Eles detêm o poder sobre as outras famílias porque mereceram e estão estreitamente alinhados com os Sorrentos em Las Vegas. Então, sim, vamos em frente, agir como touros em uma loja de porcelana, e começar uma guerra que não podemos terminar. Por que não fazer isso, hein?

Joel parecia que tinha comido algo azedo. – Vô-

– Cale a boca, Joel. *Dio,* você está me dando nos nervos e eu não estou nem mesmo bêbado.

– Eu estava apenas dizendo que-

– Cale-se ou saia, Joel.

Damian supôs que entendeu por que Joel nunca iria chegar a ser um Chefe. O homem não sabia quando se sentar e ficar quieto.

– Nós detemos o poder em Chicago, – continuou Terrance. – Isso é o que importa aqui. Trabalhamos aqui. Temos nossas próprias relações para gerir aqui. A Outfit domina e ao contrário de Nova Iorque, não temos que nos preocupar em trabalhar com outras famílias, pois a Máfia de Chicago controla até elas. Esqueçam Nova Iorque, não é nossa, e eu não a quero.

– Tudo bem, – disse Joel com os dentes cerrados.

– Então, isso é um não? – perguntou Tommas.

– Sim, – Terrance disse rispidamente. – Isso é um fodido não.

– Pague um pouco mais para trazer a mercadoria aqui, isso é tudo, – disse o tio de Damian, Laurent. – Continue fazendo o que estamos fazendo.

– Podemos falar sobre trazer alguém para a Outfit? – perguntou Joel.

Damian se animou com isso, curioso. Normalmente o chefe traria em pauta algo assim, e não outro homem iniciado.

– Quem? – perguntou Terrance.

– James.

– Poletti?

– Sim.

– Não, – disse Terrance.

– Por que não?

– Porque ele é um maldito Poletti e metade da família de sua mãe está envolvida com os caras dos Lazzari. Eu não vou deixar que nenhuma criança de outra família use isso para chegar até mim, Joel. Isso é ridículo. Só porque você trabalha bem com eles, não significa que eles são aptos para a Outfit.

– Você nem mesmo o conhec...

– A resposta é não, – disse o Chefe, o interrompendo friamente.

Damian assistiu dois homens escorregarem para fora do escritório rápido e silenciosamente enquanto Terrance e Joel estavam entretidos. Mais reuniões do que Damian se preocupou em contar terminavam desta forma. Joel tinha algum tipo de complexo louco de superioridade porque seu avô era o Chefe. Terrance se recusava a dar a seu neto qualquer espaço para se mover.

Não era de se admirar.

Damian não tinha certeza se Joel entendia o que era respeito. Como Tommas era tão amigo deste homem, Damian não sabia. Ele suspeitava que era porque Tommas e Joel tinham a mesma idade e cresceram juntos. Eles não eram nada parecidos, embora.

– Fora, Joel, – disse Terrance. – Sem discutir. E o resto de vocês, também. Eu preciso de um tempo. Saiam.

– Nós vamos falar sobre isso novamente, – disse Joel.

Terrance apontou para a porta do escritório e não disse nada.

Damian se virou para sair com os homens restantes, mas parou quando seu chefe disse: – Não você, Fantasma.

Não importava quantas vezes alguém o chamasse assim, Damian ainda não gostava. O apelido maldito apenas o lembrava de quão esquecível ele tinha sido quando criança e não a merda que se referia a agora no tempo presente.

– Sim, Chefe? – perguntou Damian.

Terrance esperou que a porta do escritório estivesse fechada, olhando para o último homem que saiu com um olhar furioso: Joel.

– Cristo, aquele garoto é um problema esperando para acontecer. Eu gostaria que seu pai tivesse puxado a cabeça para fora de sua bunda e se juntado à Outfit como eu queria. Ele teria dado um bom chefe. Joel é apenas um maldito tolo e nada mais.

Damian optou por não dignificar isso com uma resposta. Ele imaginava que Terrance não estivesse esperando por uma, de qualquer maneira.

– O que você precisa? – perguntou Damian.

Terrance bateu os dedos na mesa em uma sequência rápida. – Aquele garoto... ele mencionou James. Você sabe quem ele é?

– Já ouvi falar sobre ele.

– Eu também. Seu pai era um apostador habitual que conseguiu ganhar a morte quando não podia mais pagar suas apostas repetidamente. Transformou a mãe do garoto em uma jovem viúva com quatro filhos que ela mal conseguiu cuidar. Eu não quero a confusão dessa família em qualquer lugar perto da Outfit.

Damian não pestanejou diante da omissão. – Interessante, mas o que isso tem a ver comigo, Chefe[3]?

– Joel precisa entender que ele não pode dar as cartas assim. E o pequeno show que ele deu esta noite tem acontecido com muita frequência ultimamente. Eu não sei o que deu nele, mas sinto a necessidade de lembrá-lo de quem é o responsável e por que. Então, você vai fazer isso por mim.

Damian não tinha certeza de que tinha entendido o trabalho corretamente. – Você quer que eu ensine uma lição a Joel?

Ele não conseguia pensar em uma única vez em sua carreira como assassino a serviço de Terrance que teve que fazer um movimento tão próximo da família ou dos amigos do Chefe.

– Mais ou menos, – Terrance meditou. – Se Joel quer se comportar como uma criança, então eu vou puni-lo como uma, tirando dele algo que ele quer.

---

3 A diferença entre Capo e Chefe é a seguinte. O chefe é o cabeça da máfia inteira. Já o capo, é o chefe da sua família que está dentro da Outfit.

Claramente, ele quer este homem na Outfit, de modo que isso não pode acontecer. Certifique-se de que Joel compreenda de uma maneira que seja permanente, Damian.

Sim, Damian entendia.

James Poletti precisava ir.

– Joel não vai gostar disso, eu imagino, – disse Damian.

Terrance fez um som de desprezo que soou tão frio quanto sua demanda quando ele disse: – Eu deixei os absurdos dele irem longe demais. É hora de começar a aprender que ele não é o único homem que comanda este show, meu rapaz. E parece que agora você tem um trabalho a fazer, então por que você ainda está de pé aí?

Damian não sabia. – Como você quer que seja desta vez?

– Oh, torne isso fácil para o garoto, eu suponho. Não é culpa dele, afinal.

Não, certamente não era. Damian não sentia muito sobre a coisa toda, e não estava muito surpreso com a demanda, também. Este era quem ele era e era parte da vida que escolheu. O assassinato nem sempre tinha que ser justificado ou até mesmo fazer sentido, principalmente quando o Chefe dá a ordem. Homens como Damian não tinham a opção de recusar, não se gostavam de estar vivos.

– Você quer uma chamada quando estiver feito?

– Não, eu vou assistir ao noticiário.

– Tudo bem então.

– Trinta mil por esse, Damian, – disse Terrance. – Será transferido para a sua conta quando eu receber a notícia.

Trinta mil.

Esse era o preço da vida de um homem.

Damian provavelmente poderia ter argumentado o número com seu chefe e lutado por algo mais elevado, especialmente desde que a morte do homem era sem propósito e Damian não costumava agir assim, mas ele não o fez. Obviamente, Terrance tinha sua mente voltada para o que queria e nesse caso era matar o homem Poletti.

– E quanto à família da mãe dele? – perguntou Damian.

Terrance não parecia se importar muito com isso, se sua expressão desinteressada fosse qualquer indicação. – O que tem eles?

– Eles podem retaliar.

– Que assim seja.

Damian estendeu a mão para a maçaneta e abriu a porta.

– Só mais uma coisa, – acrescentou Terrance.

– O que é?

– Parabéns pela menina DeLuca, Damian. Casar-se o coloca um passo mais perto de onde você precisa estar. Irá funcionar bem para você, tenho certeza. Você tem vinte e sete anos, então é hora de sossegar de qualquer maneira e ter um casal de filhos para mantê-lo ocupado. Ela será uma boa e adequada esposa para um homem iniciado - os irmãos dela com certeza se certificaram disso.

As palavras de Terrance reiteraram o que Dino disse à Damian duas semanas antes sobre o homem estar de olho nele para ser o Chefe da Família. E isso só reforçou sua determinação para fazer o que precisava ser feito para que ele pudesse manter sua vida do jeito que ele gostava.

Dele.

Damian não deu a seu chefe uma resposta enquanto saía do escritório.

Os convidados estavam finalmente começando a se dispersar da propriedade Trentini quando Damian fez o caminho de volta para o andar de baixo. Ele observou que Joel e alguns outros homens da família que tinham estado no escritório para testemunhar a discordância entre o Chefe e seu neto tinham ido embora também.

Essa era a coisa sobre a Outfit, todo mundo tinha um lado para escolher.

Damian se despediu de seus primos e ignorou seu tio e tia quando passou por eles na sala de jantar. Em vez de estacionar seu carro na grande garagem dos Trentini e correr o risco de ficar bloqueado se quisesse sair mais cedo, Damian havia estacionado seu Porsche 911 GT3 azul cobalto na parte de trás da casa. O carro era o seu bebê. Ele não vivia em um excesso de luxo, considerando que o seu pequeno loft de dois quartos era tão modesto quanto poderia ser na área de Chicago Wicker Park. O Porsche era o seu show de riqueza.

Damian não estava na Outfit por dinheiro. Se esse fosse o caso, ele provavelmente teria caído fora há muito tempo. Levava anos antes de um homem ser realmente capaz de começar a colocar as mãos em qualquer tipo de dinheiro decente onde a Outfit estava em causa. A maior parte da receita ia para o Chefe - setenta por cento de tudo.

Damian supôs que essa era outra razão pela qual ele gostava de sua escolha de carreira. Trabalhando com a equipe Rossi para Tommas de vez em quando ele ganhava um dinheiro decente. Mas ser assassino pessoal de Terrance, quando necessário, era a real renda de Damian. Enquanto ele nunca parasse de trabalhar para a Outfit, e as outras pessoas continuassem a pensar que ele era seu soldado pessoal para fazer o que eles quisessem, Damian sabia que poderia dar um passo atrás se quisesse.

Então, por que não o tinha feito?

Damian franziu a testa enquanto caminhava em direção a parte de trás da casa, percebendo como Terrance tinha estado preparando-o em alguns aspectos. Cristo, Damian não tinha notado o que estava acontecendo e aquilo o enojava. Terrance muitas vezes empurrava as demandas de seus homens para Damian quando era algo que ele não queria lidar. Voltando atrás, Damian podia se lembrar de mais de uma vez em que Terrance pediu abertamente a opinião de Damian em certas coisas.

Damian pensou que era um ato inocente.

Porra.

Não era apenas sobre o que o Chefe estava tentando devagar e silenciosamente ensinar a Damian, também. Era sobre os homens ao seu redor e a Outfit como um todo. Os homens da Outfit estavam tendo vislumbres de outra pessoa de importância, alguém com uma voz a ser ouvida e com uma mão de cartas no jogo.

Exceto que Damian não queria sua mão naquele fodido jogo. Muitos homens fariam um bom Chefe - Damian poderia ser um bom Chefe. Mas ele não queria ser.

Na parte de trás da casa, onde os convidados não iam durante festas e jantares, Damian se encontrou em um corredor silencioso e escuro, sem janelas. As grandes casas como a dos Trentini tinham poucas janelas no piso inferior, mas as que tinham eram mais altas do que o normal. Nenhum Chefe queria dar a alguém uma maneira fácil de invadir, afinal de contas.

A figura encostada na parede sombreada pela porta dos fundos fez com que Damian parasse instantaneamente. A pouca luz vinda da janela de vidro fosco na porta criava uma auréola em torno da sua forma e a banhou em uma onda de cor.

Por um breve segundo, ela, na verdade, parecia calma e feliz.

Sozinha, mas feliz.

Lily DeLuca.

A memória brilhou em sua mente tão depressa que ele quase a perdeu.

– Porra, o tio Ben vai ficar puto, Lily, – disse Theo, com a voz de doze anos de idade, rachando com o nome do tio.

Lily fungou, afastando o pedaço rasgado do seu vestido de verão para olhar para os danos em seu joelho. Ele estava ralado e sangrando, algo terrível. Provavelmente estava doendo, mas diferente do seu fungar, Lily não chorou.

– Ai, – Lily murmurou.

– Não deveríamos tê-la deixado sozinha por aí, talvez, – disse Damian. – Dino não vai gostar disso, também.

Ou talvez os meninos não devessem ter decidido escalar à cerca.

– Mas eu sempre vou com Theo, – Lily sussurrou.

A maioria dos amigos de Damian não deixavam que suas irmãs mais novas saíssem com eles, mas desde que Theo e Lily não tinham mais os pais e Dino estava muito ocupado com o que fazia, Lily estava sempre por perto. Ela não tinha muitos amigos porque estava muito ocupada seguindo seu irmão por onde quer que ele fosse e Damian não se importava desde que ela se mantivesse calada.

Damian gostava das pessoas caladas.

– A cerca está enferrujada, também, – disse Damian.

Theo gemeu. – Ótimo.

– O que significa isso? – perguntou Lily.

– Significa que temos que contar para o tio Ben para que ele possa levá-la para o hospital.

Os olhos castanhos de Lily se arregalaram e lágrimas começaram a surgir. – Mas-

– Você vai precisar de uma injeção, eu acho.

– Não!

Damian estremeceu. Sempre que uma garota chorava, seu estômago ficava estranho. As meninas não deveriam chorar. – Não vai doer, certo, Theo?

Damian mentiu.

Essas injeções doíam muito.

– Uh, certo. Não vai doer, só um pouco.

Lily fungou novamente. – Tudo certo.

Damian se perdeu da memória, surpreso primeiramente por aquilo ter voltado para ele. Uma grande parte da sua infância tinha sido de alguma forma perdida para os recessos de sua mente ao longo dos anos. Ele não tinha muito que lembrar mesmo se realmente quisesse.

Será que Lily se lembra dele estando por perto, às vezes, na época, também?

Damian, sabendo que ela provavelmente não o tinha ouvido chegando, limpou a garganta calmamente.

Lily nem sequer piscou. – Eu imaginei que Dino viria me procurar. Ou talvez Theo. Definitivamente não você, de qualquer maneira.

– Eu não estava procurando por você, – ele disse honestamente. – Meu carro está estacionado nos fundos para evitar que alguém fosse morto se o arranhasse.

– Fascinante.

– Sério? Porque você parece entediada como o inferno.

Ela também parecia muito mais calma do que antes.

Damian se perguntou o que havia mudado para Lily no espaço de algumas horas. Ele desconsiderou isso. Não importava. Damian tinha um trabalho a fazer, o que significava que ele tinha que ir para as ruas e obter as informações necessárias para fazer isso o mais rapidamente possível.

Retomando sua caminhada pelo corredor, Damian passou por uma tranquila Lily.

– Eles ainda chamam você de Pequena? – ele perguntou enquanto abria a porta dos fundos.

Lily ficou imóvel, mas não respondeu.

Foi o suficiente para Damian saber que seus irmãos ainda a chamavam assim.

Damian se virou para encará-la. A brisa que vinha de fora soprou pelo corredor e trouxe o cheiro do perfume floral de Lily através do espaço. Ela o observou por debaixo dos seus grossos cílios escuros e ele se perguntou se ela queria fugir o mais longe dele que podia.

Não havia muito espaço no corredor, então girando como ele fez o colocou diretamente na frente dela. Lily olhou para cima e Damian podia ver claramente a raiva ainda em guerra em seu olhar. Isso a deixou ainda mais bonita, com apenas um lampejo de desafio por trás do seu olhar castanho. O biquinho frustrado em seus lábios exigia atenção.

Ela tinha uma boca feita para beijar.

Merda.

Damian não precisava de mais nada adicionado ao seu prato, mas ele descobriu naquele momento que gostava de meninas irritadas.

– Sabe, você não tem que me odiar, Lily DeLuca. Você pode tornar essa coisa toda muito mais fácil se apenas aceitar o que vai acontecer e acabar logo com isso.

– Acabar com isso, certo, – Lily zombou. – Ser vendida como gado, você quer dizer. Eu deveria simplesmente aceitar que não tenho o direito a escolher o meu marido ou meu futuro.

– Eu nunca te comprei, esse não foi um negócio colocado sobre a mesa.

Lily olhou para longe. – Oh.

– Não.

– Por que você está concordando com isso? – ela perguntou.

Damian nem sequer abriu um sorriso. – Porque eu tenho que concordar.

– Você não quer escolher sua própria esposa, não uma dada à você?

– Quem disse que eu não teria escolhido você, Lily?

Capítulo Quatro

– Theo, diga a ele! – Lily acenou desesperadamente para Dino. – Diga a ele que isso não é justo!

Theo suspirou. – Dino-

– Não é sua escolha a fazer, Theo, – Dino o cortou com firmeza.

– Sim, eu entendo, – o mais novo dos dois irmãos respondeu. – Você poderia ter me dito antes, no entanto.

– Não era importante.

– Isto é por causa da coisa da condenação? – Theo perguntou vagamente.

– Essencialmente, – Dino respondeu.

– Ben não gosta disso, ele escondeu bem hoje, mas ele disse que não gostava.

– Terrance aprovou.

Theo riu. – Imagino o motivo.

– Você conhece o motivo, – disse Dino.

– Eu conheço D, também.

Dino sorriu levemente. – Todos nós conhecemos. Ele vai fazer o que eu preciso que ele faça, porque ele precisou de uma coisa também. Mãos amigas não existem neste mundo. Eles estão todos tentando receber algo de volta. Eu acho que ele está começando a aprender isso.

– E quanto a Lily?

Dino deixou cair o garfo e o guardanapo na mesa, descansou os braços ao lado do seu prato e encarou seu irmão. – Você acha que Damian é uma má escolha?

– Não, eu acho que ele é uma boa escolha, – Theo respondeu. – Para um homem da Outfit, de qualquer maneira.

– Para um homem, em geral, você quer dizer.

– Seja como for, Dino.

– Se eu tivesse discutido com você, quem você teria escolhido para fazer o trabalho?

Era tudo que Lily era, um *trabalho*?

Nojo rolou grosso e forte em seu intestino, ameaçando derramar sua caçarola e salada à mesa do jantar.

– Joel Trentini, talvez? – continuou Dino, com a voz cheia de sarcasmo e um sorriso torcido.

– Ei, – Theo latiu. – Eu sou um fodido DeLuca também.

Dino assentiu. – Então você sabe por que eu escolhi um Rossi.

– Bem, eu sei por que você escolheu Damian.

– Mesma coisa.

Theo arqueou uma sobrancelha. – Você poderia ter escolhido Tommas - ele seria bom para o trabalho.

Novamente com esse fodido título.

– Eu não sou um trabalho! – Lily estalou, finalmente encontrando sua fala.

Dino e Theo agiram como se ela não tivesse dito nada. Nem os homens olharam para longe um do outro.

– Tommas é bom para o trabalho final. Certifique-se de que você saiba o lado certo a estar quando chegar a hora, – disse Dino. – Além disso, eu estava pensando em Lily aqui, independentemente do que ela acredita. Um homem como Tommas, sempre farejando ao redor da árvore que não deveria, não vai fazer nada certo por ela no final. Tommas fará o que é certo pelo que é dele, pode ter certeza, mas Lily não é dele.

O quê?

Lily estava tão confusa que não era nem mesmo engraçado. Seus irmãos poderiam muito bem estar falando em enigmas pelo pouco que ela tinha entendido.

– Ela não é do Fantasma, também, – disse Theo calmamente. – Você pensou nisso, ou você está pensando somente no passado, Dino?

A expressão de Dino mal demonstrou emoção quando ele disse, – Nós dois conhecemos D, Theo. Dê a ele tempo para digerir e começar a lidar com a porra da coisa toda antes de começar a abrir a boca para cuspir bobagens, ok?

Theo soltou um fluxo constante de ar, balançando a cabeça. – Tudo bem.

– Eu agradeço.

Theo atirou a Lily um olhar que não era nada de desculpas. – Desculpe Pequena, você está nessa para a vida toda.

O queixo de Lily caiu.

Como poderia?

Não só toda a conversa dos irmãos tinha sido como se ela não estivesse nem mesmo na sala, mas eles ainda conseguiram convencê-la a andar em círculos sem incluí-la. Lily olhou entre seus irmãos que tinham voltado a comer, sem uma confirmação para o outro.

Ela ainda não tinha certeza de onde saiu errado aqui.

Theo apareceu mais cedo, sem uma razão, disse menos de algumas palavras para Dino quando seu irmão mais velho o convidou para o jantar, e agora eles estavam agindo como estranhos novamente. Que diabos tinha acontecido com suas vidas?

– Theo! – disse Lily, com desespero em sua voz.

– Dino está fazendo o que é certo, Lily.

Era isso. Isso foi tudo o que seu irmão disse.

Lily deixou cair o garfo à mesa com um barulho, ganhando a atenção de ambos os irmãos enquanto ela se levantava da mesa e empurrava a cadeira para longe dela.

Dino olhou seu prato de comida. – Nós ainda não acabamos de comer, Lily.

– Eu acabei, ou você está pensando em me dizer quantas calorias eu tenho que consumir em um dia também? Talvez você quisesse me dar uma lista de coisas que eu deveria e não deveria estar fazendo, como quantos quilometros correr de manhã ou a cor do meu batom. O que devo vestir, como devo falar e andar? Vamos, Dino, o que mais você pode fazer por mim?

– Lily-

– Por que você está fazendo isso comigo? – perguntou ela. – Por que, Dino?

– Porque eu tenho que fazer.

As palavras de Damian alguns dias antes ressoaram no fundo da mente de Lily como um sinal de alerta.

– Eu não sou o seu caminho para o topo! – ela gritou.

Dino não piscou. – Eu não tenho o objetivo de chegar lá.

Lily não conseguia entender seu irmão. E Deus sabia que ela tentou. – *Dino,* por favor.

– Pare de implorar, Lily, – disse Dino, suas palavras afiadas como a ponta de uma lâmina. – Você é uma DeLuca quer queira ou não. Os DeLuca não imploram, nunca, e você, certo como não irá começar agora. Quanto ao que você pode e não pode fazer, você já sabe a resposta, então não comece comigo. Você sabe o que é esperado de você; o que mais você quer de mim?

– Que você me deixe viver a minha vida, – disse Lily.

– Estou tentando.

Abriella Trentini deixou cair a pilha de revistas na pequena mesa de centro redonda e se sentou com um acesso de raiva. A renda branca, os botões de pérola, e as sedas fluidas nas capas das revistas deixaram Lily doente só de olhar.

– Você achou um estilo que goste? – perguntou Abriella. – Isso iria ajudar a reduzir as opções um pouco.

– Ela vai tornar isso extremamente difícil, – Evelina informou antes de tomar um gole de seu chai latte.

Lily deu à sua melhor amiga um olhar sujo. – Clássico, marcado na cintura, rendas.

– Alguém estava errada, – disse Abriella de maneira cantante, e sorrindo.

Evelina deu de ombros. – Dê tempo a isso.

– Todo branco? – perguntou Abriella.

– Off-white, – disse Evelina.

Lily riu baixinho. – Ela sabe. Definitivamente off-white. Quanto menos sussurros eu tiver que ouvir, melhor. Não há necessidade de dar às vadias da Máfia mais razão para agir como aranhas peçonhentas que elas já são.

– Ei, – disse Evelina, zombando da ofensa com a mão pressionada contra o peito. – Essa é a forma como você nos chama? Vadias da Máfia?

– Não, só vadias.

Todas as três meninas riram - e o riso ecoou na tranquila cafeteria, chamando a atenção de vários olhares irritados. Lily nem sequer se preocupou com eles. Não era a vida deles que estava sendo revolvida e decidida sem a sua opinião ou aprovação. Eles não estavam sendo forçados a planejar um casamento que não queriam ou sendo obrigados a casar com um homem que não conheciam.

– Falando sério, – disse Abriella, decepcionada. – Como você está lidando com tudo isso?

Lily suspirou e olhou para as revistas. – Eu passei a última semana discutindo e gritando com Dino.

– E?

– E aqui estou olhando revistas de noivas.

Lily pensou que a declaração era autoexplicativa sem ela ter a necessidade de entrar em mais detalhes.

– Como no inferno Dino conseguiu fazer com que a igreja concordasse em fazer vista grossa para o aconselhamento de casal obrigatório de seis meses? – perguntou Evelina.

Lily zombou. – Subornou a igreja, provavelmente.

– Ah, o cheiro do dinheiro velho, suborno e religião na primeira hora da manhã, – disse Abriella em um longo suspiro. – Cheira a lar, meninas.

Evelina riu baixinho. – Como é em casa.

– E a Máfia, – Lily acrescentou amargamente.

– Isso é tudo o que é para você? – perguntou sua melhor amiga.

Lily não sabia como responder corretamente a pergunta de Evelina. – Em parte, mas é sobre mim, também. Por que eles me deixaram começar a minha vida longe de tudo isso e, em seguida, me arrastam de volta?

Evelina deu de ombros. – Talvez Dino e Theo nunca a tenham deixado ir, você só pensou que era isso.

– Dino escolheu a data, – acrescentou Lily. – Eu não pude nem mesmo escolher minha própria data de casamento, ele teve que escolher.

– Por quê? – perguntou Abriella.

– Eu não sei. É um pouco menos de um mês antes do início do julgamento dele.

O olhar de Evelina se arregalou. – Isso é como... isso deixa o casamento a quase dois meses a partir de hoje.

– Sim, – Lily murmurou.

– Merda.

– Sim.

– Eles não estão perdendo tempo, não é mesmo? – Abriella disse suavemente.

– Não, – respondeu Lily, tristeza torcendo suas entranhas.

– Damian não queria um pouco mais de tempo ou algo assim? – perguntou Evelina.

Lily deu de ombros. – Como diabos eu deveria saber?

– Perdão?

– Eu não o vejo desde o jantar na casa do Chefe. Ele não esteve por perto, ele não perguntou por mim, e não temos nos falado de outra forma. Eu não tenho nenhuma ideia do que Damian quer, mas eu posso apostar que não sou eu.

– E se ele quiser? – perguntou Abriella.

Lily bufou indelicadamente. – Ele não quer.

– Eu não perguntei isso. Eu perguntei *se* ele quiser, o que você faria se fosse esse o caso?

– Nada, – Lily disse honestamente. – Eu não faria nada.

Evelina observou Lily como se ela fosse um cervo pronto para fugir por cima da borda da xícara. – Você já está fazendo nada, querida.

– Me fale quando for você, Eve. Me deixe saber como você se sente, então.

– Eu irei. Está prestes a acontecer. E eu espero que você me deixe gemer e chorar até os meus olhos malditos caírem, porque eu não vou casar com o homem que eu quero. Simples assim.

Lily se sentiu atordoada diante da flagrante demonstração de sua amiga. – Eu irei.

– Ótimo. Siga em frente com a sua birra e seus choramingos.

– Eu não estou choramingando, – Lily apontou.

– Por enquanto, – Abriella murmurou.

– Os DeLuca não choram, – disse Evelina antes que Lily pudesse.

– Isso mesmo.

– Não para outras pessoas, de qualquer maneira, – Evelina acrescentou.

Resmungando, Lily abriu uma das muitas revistas que Abriella trouxe para o encontro de café da manhã. Abriella Trentini era muito parecida com Lily e Evelina na forma como haviam sido criadas em torno da Outfit. Ela era uma criança da máfia por completo, de modo que ela, como Lily e Evelina, provavelmente sabia que não havia nenhuma maneira de escapar do arranjo feito.

– Eles estão planejando uma grande festa, – disse Lily. – Dino estava trabalhando na lista de convidados esta manhã. Era ridícula.

– Quão grande? – perguntou Evelina.

– Pelo menos trezentos convidados. Provavelmente mais. – Lily fez uma careta. – Eu nem conhecia a maioria dos nomes na lista. Como você planeja um casamento assim tão grande em menos de dois meses?

– Dinheiro, – disse Evelina como se isso explicasse tudo.

Lily supôs que sim.

– É uma coisa grande duas famílias se mesclarem, – disse Abriella. – Eu não estou surpresa que Dino tenha escolhido um Rossi.

Lily não tinha certeza se queria saber, mas porque ela tinha estado tão fora do circuito da Outfit e das famílias envolvidas nos últimos anos, não teve escolha a não ser perguntar. – Por quê?

Abriella ergueu uma sobrancelha. – Sério?

– Sim, eu perguntei, não foi?

– Terrance fez a escolha, Lily, – disse Abriella calmamente. – Se Dino queria alinhar você com outra família, faz sentido fazê-lo com uma que ele confia. A família Rossi teve muito pouco a ver com o que aconteceu. Terrance e seu tio são quem comandaram a bagunça, você sabe.

Lily ainda não entendia. – Não, eu não sei.

Evelina limpou a garganta, dando a Abriella um olhar que Lily não conseguia decifrar. – Ela nunca esteve muito por perto, Ella. Dino a manteve de fora de muita coisa, especialmente da Outfit. Ela nem sequer fala comigo sobre essas coisas, certo?

– Não posso culpá-la, – Abriella murmurou.

– Eu estou bem aqui, ok, – disse Lily. – Falem como se eu estivesse.

Abriella suspirou. – Seus pais. Terrance e Ben fizeram tudo aquilo.

A espinha de Lily se endireitou na cadeira. – Eu sei.

– Então você sabe que Dino escolheria um Rossi e não alguém mais perto da sua família ou um Trentini para juntar a você em um casamento.

– E daí? Dino não acha que alguém na família Trentini iria se casar comigo porque o nosso pai era um rato? Isso é-

– Não, porque Dino não confia neles, – Evelina interrompeu suavemente. – Tem sido um longo tempo, com certeza, mas os ferimentos nunca se curam como as pessoas pensam que acontece.

Lily engoliu em seco, tentando forçar o nó na garganta para baixo. Não ajudou. Suas feridas certamente não estavam curadas. Mal tinham desvanecido em tudo.

– Sim, nem me fale, – Lily sussurrou.

– Ok, chega disso, – disse Abriella, agarrando a revista das mãos de Lily.

– Ei!

Evelina apenas riu dos olhos arregalados de Lily.

– Sério, é o suficiente. – Abriella reuniu as revistas e as jogou em sua bolsa. – Este dia é ridículo. Este casamento é ridículo. Escolha um vestido outro dia. Dino vai ter tudo planejado e ir em frente, independentemente de nós, portanto, nós poderíamos muito bem deixá-lo fazer isso. Nós temos coisas melhores a fazer.

Lily ficou boquiaberta. – Como o quê?

Abriella deu de ombros. – Que tal um clube?

Evelina fez uma careta. – Nós deveríamos?

– Quem é que vai contar? Uma de nós?

– Qual é o problema? – perguntou Lily, olhando entre suas duas amigas.

– Nada, – respondeu Abriella, dando a Evelina um olhar aguçado. – Fazemos isso o tempo todo. Saímos e nos divertimos um pouco, sacudimos o estresse, e esquecemos o dia. Nada de errado.

– Contanto que ninguém nos veja, – disse Evelina. – Papai ficaria louco e você sabe que seu avô ia virar o diabo, Ella.

– Terrance nunca irá saber.

– Mas-

– Ele não descobriu em nenhuma das outras vezes, Eve.

– É verdade, mas isso ainda me deixa nervosa. Quer dizer, Lily vai se casar e eles sabem que somos todas amigas. Terrance provavelmente tem uma meia dúzia de agentes nos seguindo em uma base diária apenas para se certificar que estamos sendo boazinhas.

Sendo boazinhas?

Lily zombou. Que mundo de merda elas vivem? Elas eram adultas, certo? – E daí se eles descobrirem?

– Eles não irão, então não é importante, – disse Abriella. – Eve está apenas cismando, como ela sempre faz.

– Eu não estou!

– Ok, você não está. Cale a boca sobre isso. No clube de Tommas? – perguntou Abriella.

Evelina assentiu. – Ele é o único que não irá abrir a boca se nos vir sair.

Abriella sorriu. – É. E eu sempre sei como enrolar os nossos seguranças. Eles ficam muito envergonhados para ligar para o vovô e dizer a ele que me perderam porque eles sabem quanta merda eles teriam que lidar. Que tal pegarmos o meu carro, parar no lugar que Tommas aluga para mim depois que eu despistar os-

– Uou, espera aí, – disse Lily, se inclinando com interesse. – O que você acabou de dizer?

Pela primeira vez, Abriella realmente parecia nervosa. Ela não olhou Lily nos olhos. – Não é nada.

– Alguém da família do Capo está alugando um lugar privado para você e isso não é *nada*? – Lily repetiu estupidamente.

– Não é nada *para* você, – disse Abriella com firmeza. – É melhor você não saber, Lily. Confie em mim.

– Eu não sei, tampouco, – disse Evelina com um sorriso.

Oh, ela sabia claramente.

Abriella não tirou os olhos de Lily por um segundo. – Olha, o que eu faço é o que eu faço, Lily. E eu vou ter a maldita certeza de me divertir enquanto eu posso antes que eu não possa mais. Eu não estou pedindo a permissão de ninguém aqui. Será que estamos bem?

Lily pensava assim. – Estamos bem.

O clube de Tommas Rossi não poderia suportar nenhuma outra alma dentro. Lily tinha certeza disso. Como o clube não tinha bombeiros batendo na porta para levar os corpos para fora, ela não sabia.

– O que você está fazendo aqui? – Adriano perguntou a sua irmã mais velha.

Evelina não se virou do bar enquanto fazia o pedido.

– Ei, olhe para mim, – Adriano latiu. – Não aja como se eu não estivesse falando com você, Eve.

– Cale a boca, Adriano, – disse Evelina com um bufo. – Você não é nem mesmo maior de idade. Quem diabos te deixou entrar?

– Tommas.

Abriella revirou os olhos. – Claro. Onde ele está?

– No escritório nos fundos lidando com algo.

– Trabalhando, você quer dizer, – disse Abriella. – Ele está fazendo negócios aqui. Deus, ele nunca vai aprender.

– Algo parecido com isso, – Adriano respondeu com um encolher de ombros.

Lily aceitou a bebida verde brilhante que Evelina tinha oferecido e virou para tomar um grande gole. O álcool inundou sua boca instantaneamente, junto com o sabor intenso da bebida. Cristo, era bom.

– Não tão rápido, – disse Evelina, rindo. – Você vai ficar tão bêbada que eu poderia não ser capaz de levá-la para casa sem Dino saber.

– Dino que se foda, – Lily respondeu antes de tomar outro gole do drinque.

A atenção de Lily foi novamente direto para o irmão e irmã que estavam olhando um para o outro.

– Você não deveria estar aqui, – disse Adriano.

– Tommas está aqui, certo? – perguntou Evelina docemente.

– Eu já disse isso, Eve.

– Exatamente. Alguém está aqui. Ele vai manter o olho em nós. Qual é o problema?

Os dentes de Adriano rangeram. – Você sabe qual é o maldito problema.

Evelina acenou com a mão para seu irmão antes de tomar um gole do mix de Sourpuss e Seven-Up. – Não realmente, irmãozinho.

– Você é impossível, caralho, – Adriano murmurou. – Eu estou tentando te dar um aviso aqui e você está me ignorando.

– Você vai ser um pequeno rato e correr para contar para o papai? – perguntou Evelina.

O olhar de Adriano se estreitou quando ele olhou entre Lily e Abriella. – Não, mas não é por sua causa que alguém pode ficar louco esta noite, Eve.

– Vire a cara, Adriano. Não é isso que todo mundo continua me dizendo?

– Você me deve.

– Tanto faz.

– Eu vou manter minha boca fechada sobre você, mas alguém precisa saber sobre ela, – disse Adriano, apontando para Lily.

Quem diabos se importaria se ela estava ou não no clube?

Adriano desapareceu na multidão sem outra palavra.

– Foi fácil, – disse Lily.

Evelina não parecia muito satisfeita com as palavras de despedida de seu irmão. – Estraga prazeres fodido.

– Quanto tempo você acha que nós temos? – perguntou Abriella.

– Uma hora, talvez.

Abriella fez beicinho. – Eu vou encontrar Tommas e ver o que ele pode fazer.

Evelina fez uma careta. – Nada, provavelmente.

– Dê a ele uma chance.

– O que estou perdendo? – perguntou Lily, saboreando sua bebida novamente.

Ela precisava de um desses em cada mão. Eles eram muito bons.

– Não é nada, – Evelina assegurou. – Vamos apenas nos divertir e dançar enquanto podemos.

Isso soou perfeito para Lily. A música praticamente bombeava através dos pisos e vibrou nos saltos emprestados que Lily estava usando.

Ela tinha vindo a descobrir que o apartamento alugado de Abriella Trentini poderia muito bem ser uma segunda casa com um guarda-roupa inteiro incluído. Lily optou por não fazer perguntas quando notou os ternos de um homem pendurados ao lado dos vestidos de Abriella anteriormente. Então, novamente, ela se lembrou que o nome de Tommas Rossi tinha sido mencionado mais do que suficiente, então era meio óbvio.

Alguém não ia gostar quando seu segredo fosse descoberto.

– Vamos dançar! – Evelina gritou, rindo enquanto puxava a mão de Lily.

Lily sorriu. Fazia muito tempo desde que ela foi capaz de apenas se divertir, especialmente com Eve.

– Vamos dançar.

Luzes estroboscópicas brilhavam de todos os ângulos em rápida sucessão, tornando a multidão nada além de um borrão preto e branco piscando para Lily. Ela se virou com seus braços jogados para o alto, engolida pelos frequentadores do clube, bêbados, suados, corpos balançando com a música.

Ela não era o tipo de garota festeira. Claro, Lily se divertia de vez em quando, mas ela nunca realmente se deixava levar. Era tão bom dançar e ser apenas mais um rosto na multidão, alguém irreconhecível e desconhecido.

Não uma DeLuca.

Não uma menina afiliada com a Máfia.

Não a filha de um traidor ou a irmã de homens iniciados.

Não, apenas Lily.

Ela se lembrou de quando estava viajando e sendo livre.

Lily percebeu que tinha perdido sua amiga em algum lugar no meio da multidão. Ela realmente não se importou. Evelina provavelmente tinha ido para o bar buscar mais uma rodada de bebidas. O zumbido deslizando através das veias de Lily disse que ela provavelmente tinha tido o suficiente naquela noite.

Grandes mãos encontraram a cintura de Lily por trás antes que seu corpo fosse arrastado para o peito firme de alguém. Um homem. Ele cheirava a clube, álcool, e colônia desconhecida. Ele não foi a primeira pessoa a pegar aleatoriamente Lily e trazê-la para uma dança ou duas, então ela não se importava. Seus quadris se moveram no ritmo com os do homem e a música. Lily queria ver quem era que decidiu dançar com ela, então ela se virou em seus braços para encontrar um cara de boa aparência, estranho e com um sorriso largo.

– Qual é o seu nome, garota bonita? – perguntou.

Ela não achava que dar o nome dela seria um problema. Não era como se ela planejasse levar este homem para casa.

– Lily.

– Carter, – respondeu o homem.

– Olá, Carter.

– Olá, Lily. Bonito vestido.

– Obrigada.

Seu sorriso se derreteu em um sorriso sensual. – Vamos ver se eu posso tê-lo fora de você antes que a noite acabe.

Lily não tinha certeza de como responder a isso. Ela gostou do som de sua voz, no entanto. – Você vai ter que trabalhar muito duro.

E ele não tinha nenhuma chance.

– Vamos ver, – murmurou Carter.

Lily deixou Carter trazê-la mais perto quando a mão dele deslizou até suas costas expostas. Durante todo o tempo, ela jurou que podia sentir alguém olhando para ela.

Alguém que não era Carter.

Capítulo Cinco

– Oh, qual é, Tommas, – disse Abriella com o rosto rosado. – Você é um idiota. Como é que Lily se divertir um pouco é diferente de qualquer um-

– Pare com isso, Ella, – Tommas estalou. – É totalmente diferente. Eu mantenho um olho maldito em você quando você está lá fora.

– Porque eu venho aqui, – Abriella respondeu com veemência. – E eu faço isso *por* você. Eu a trouxe aqui, então qual é a porra do problema?

– E você não deveria ter feito isso! – Tommas rosnou.

– Você-

– Chega, Ella.

Abriella encarou seu companheiro.

Damian agiu como se os dois não tivessem punhais nos olhos encarando um ao outro. Na verdade, ele desejava não saber nada sobre o relacionamento do seu primo com Abriella Trentini. Tommas ia morrer por causa dessa merda algum dia - Damian tinha certeza disso.

– Adriano levou Eve para casa, então? – perguntou Damian.

– Poucos minutos atrás, – Tommas confirmou.

– Será que ele vai manter a boca fechada sobre as meninas estarem em um clube sem supervisão?

Tommas assentiu. – Claro, ele vai. O garoto é de ouro, você sabe.

– Um bando de estraga prazeres é o que vocês são, – disse Abriella com um bufo.

– Não, nós estamos mantendo vocês fora de confusão com os seus pais e avós, – disse Tommas com uma careta.

Abriella bufou. – Certo, isso é o que você está fazendo. Para onde estou indo hoje à noite, Tommy? Com você ou para a casa do vovô? Como você planeja explicar o fato quando você me deixar? Talvez você deva me levar de volta para o meu apartamento, onde os intrometidos estúpidos estão esperando por mim como sempre. Eu estive bebendo, certo? Eu não posso dirigir. Deus sabe que você não confia em uma alma em torno de mim, então você vai ter que me levar para casa... ou talvez vamos voltar para o nosso lugar e-

– Pare, Ella. Você está bêbada e eu não quero lidar com os suas besteiras. Você sabe o tipo de posição que me colocou hoje à noite? – perguntou Tommas.

– Como o tipo em que você me colocou? – perguntou Abriella de volta docemente.

A mandíbula de Tommas abriu. – Ella!

Ai.

A menina tinha bolas, de qualquer maneira.

Talvez Damian conseguisse entender por que Tommas estava fazendo a porcaria que estava com Abriella - o que quer que fosse. Tommas sempre gostou de suas mulheres um pouco ásperas e difíceis. Abriella com certeza se encaixava nesse tipo.

Damian pigarreou. – Tudo bem, chega disso. Vocês podem brigar ou se foder. Eu não me importo. Onde está Lily?

– Na pista em algum lugar, – disse Tommas, sem mover seu olhar penetrante de Abriella. – Ela estava dançando na última vez que eu a vi.

– Obrigado, – disse Damian.

– Não tem problema, cara. É apenas dez; Dino provavelmente não começou a perder a cabeça porque Lily não apareceu em casa ainda.

Damian acenou com a declaração de seu primo. De jeito nenhum Damian iria ser capaz de levar Lily para a casa de seu irmão sem Dino descobrir o que aconteceu. Especialmente se Lily estava bebendo como Tommas disse quando ele ligou mais cedo. Dino não ficaria feliz com essa besteira. Melhor seria Damian levar Lily para um lugar seguro por essa noite e se desculpar pela manhã, quando ele a levasse de volta para casa.

– Você não tinha aquele trabalho hoje à noite? – perguntou Tommas. – Poletti e tudo mais?

Damian deu de ombros. – Sim, mas você me chamou, então...

Coisas mais importantes.

Além disso, a noite não tinha exatamente terminado. Damian ainda pode ter sucesso se o homem Poletti seguisse sua agenda normal. Havia certa arte de ser um assassino, afinal de contas. Observar suas vítimas e planejar antes de tirar uma peça importante do quebra-cabeça. A chance de deixar algo para trás ou foder com algo diminuía.

Damian Rossi não sabia como fazer bagunça.

– Terrance não vai gostar disso, eu suponho, – disse Tommas.

– Eu vou fazer.

Tommas arrebatou o copo cheio de líquido vermelho da mão de Abriella assim que ela tentou tomar outro gole. – Oh, eu acho que você já teve o bastante, *mia bella donna.*

– Vá para o inferno, Tommy.

– Maldição, Ella, você sabe que eu am-

Damian virou as costas e foi embora antes que tivesse que ouvir outra coisa que não queria ou precisava saber. Ele rapidamente se jogou no meio da multidão de frequentadores do clube, procurando através dos rostos desconhecidos por um que ele conhecia.

Ele tinha a maldita certeza de que Lily não iria apreciar o fato dele apenas aparecer e carregá-la para fora do clube, mas ela não lhe deu muita escolha, realmente. Não era culpa de Lily, tanto quanto ele estava preocupado. Abriella e Evelina sabiam que não deviam tê-la trazido para um clube de propriedade de um mafioso. Seus pais e a Outfit esperavam que aquelas meninas fossem irrepreensíveis em todos os momentos. Não poderia haver uma única razão para a fofoca começar a se espalhar.

Eles não eram nem um pouco anjos. Damian não fingia que eram, mas ele não queria vê-las se meter em qualquer tipo de problema porque queriam se divertir um pouco também. Lily, especialmente. Desde que ela era noiva de Damian - tecnicamente -Tommas o chamou primeiro, em vez de chamar os irmãos de Lily. Damian deveria estar de olho em Lily, o que era um dos pedidos de Dino, mas sua semana tinha sido inundada em aperfeiçoar seu plano para cumprir a ordem de Terrance a respeito do homem Poletti.

Lily escapou através das rachaduras.

Damian achou que ela ficaria bem por uma maldita semana, mas aparentemente não.

Damian, incomodado quando as pessoas encostavam, se mudou para a parede e caminhou ao lado do espaço menos lotado enquanto seu olhar esquadrinhava a pista. Quando finalmente encontrou Lily, algo estranho queimou e rápido através do seu estômago. A coisa se reuniu lá e ameaçava dominá-lo com a sensação.

Lily dançava com um homem de forma aconchegante. As mãos dele estavam no corpo dela, pegando em sua cintura e quadril antes de viajar ainda mais sobre o vestido preto justo que Lily usava. As mãos do rapaz poderiam muito bem ter estado sobre ela toda, pelo amor de Deus. O maldito vestido era curto pra caralho. Muito curto, talvez. Damian poderia ter gostado de ver aquele vestido nela em qualquer outro momento, na verdade.

Na verdade, ele poderia ter realmente gostado de vê-la dançar em qualquer outro momento, também.

Damian tinha que admitir que Lily era um inferno de uma visão sexy.

Ela se movia no ritmo da música perfeitamente, o balanço e as curvas de sua bunda captaram seu olhar e o segurou quando o ritmo pegou. Com os cabelos em ondas soltas, as mechas loiras cobriam suas costas e ombros enquanto ela dançava. Um manhoso, quase tímido, sorriso curvou seus lábios no sorriso mais doce, enquanto seus olhos escuros brilhavam com um brilho malicioso.

Sim.

Sexy pra caralho.

Seu vestido preto abraçava cada curva. Ela tinha um corpo delicado, feito para caber nas mãos de um homem. Não aquele que a segurava agora, no entanto.

Damian não esperava sentir ciúmes. As mulheres não eram propriedade em sua mente, mesmo com o negócio que Dino meio que colocou em cima da mesa para ele e Lily. Assistir sua noiva dançar com outro homem; ver aquele homem tocá-la... Damian não poderia aceitar essa merda. Algo nele ardia como um louco, correndo diretamente para fora de controle.

Ele decidiu na porra daquele momento, bem ali, que Lily DeLuca era dele e ela iria saber. Mesmo que ele demorasse um pouco para convencê-la disso.

Quando a mão do homem desceu pelas costas de Lily, chegando perigosamente perto de sua bunda enquanto ele a puxava contra ele, Damian se sacudiu para frente. Um calor severo se enrolou em seu estômago e ele seguiu com os dentes e os punhos cerrados.

– Uou, muito perto, – Lily disse, tentando dar um passo para trás para se afastar do cara.

Ela ainda não tinha visto Damian vindo.

Ainda não, de qualquer maneira.

– Que porra é essa que você quer dizer, muito perto? – perguntou o rapaz. – Estamos apenas dançando.

– Suas mãos podem ficar longe da minha bunda, – Lily respondeu.

– O objetivo é tirar você deste pano.

– Isso não vai acontecer. Afaste-se um pouco, ok?

Ele ainda não a tinha soltado. Ele não recuou como ela lhe disse para fazer também.

Damian chegou por trás de Lily, colocou a mão em sua cintura, e a agarrou com força. – Tire as mãos do corpo dela, ou eu vou cortar cada um de seus dedos e enfiá-los na sua garganta, imbecil.

Lily girou e seus olhos castanhos estavam arregalados, mas esmaecidos por causa da bebida. Pelo aperto em seus lábios e a forma como a mão dela pressionava sua barriga como se para afastá-lo, ela não ficou satisfeita ao vê-lo aparecer. – Damian? O que você está fazendo aqui?

Damian não lhe deu nenhuma atenção. Ele estava muito ocupado olhando para o filho da puta que parecia que pretendia colocar as mãos em Lily novamente.

– Vá em frente, faça isso, – Damian cuspiu. – Toque nela novamente, cara. Deixe a minha noite perfeita derramando sangue por todo o chão do clube do meu primo. Aqui está uma merda de lição que você deve saber antes de ir em frente em tocar mulheres que não pertencem a você. Rossi. DeLuca. Trentini. Conti. Será que esses nomes lembram alguma maldita coisa para você? Aqui é Chicago – e esses são os primeiros nomes que se aprende a ficar bem longe quando você está nas ruas.

O homem deu um passo para trás, com as mãos para cima voando em uma posição de defesa. – Desculpe, foi mal.

Damian riu. – Sim, está certo. Dê o fora daqui e não me faça mandar de novo.

Os lábios de Lily se abriram quando ela se virou para ver o homem se jogar na multidão de corpos em movimento. Ninguém parecia notar nada fora do lugar.

– Damian! – sua pequena mão bateu no peito firme dele. Olhos consideravelmente castanhos olhavam para ele com uma ferocidade que dizia que ela estava pronta para uma luta. – Você, você…

– O quê? – ele perguntou.

– Oh meu Deus. Por que você fez aquilo?

Damian levantou um único ombro. – Ele não deveria estar tocando você, Lily. Você não deveria se surpreender.

– Nós estávamos dançando, – ela meio que chorou. – E você... você aparece aqui como se fosse meu dono ou algo assim.

– Você é minha noiva. Isso significa que eu...

– Vá se foder, – Lily cuspiu com escárnio. Nojo coloriu suas palavras. – Nenhum homem é dono de mim, Damian. Nem você ou qualquer outro.

– Não é sobre possuir você, Lily. É sobre respeito. E se você quiser sair e beber, fazer festa, ou qualquer outra coisa que queira, você precisa ter certeza de que tem o acompanhante adequado com você. Especialmente agora que você está prestes a se casar comigo. Evelina e Abriella podem agir pelas costas de todo mundo e fazer o que diabos elas quiserem, mas você sabe que não deve agir assim, e, francamente, elas também.

Os punhos de Lily encontraram seus quadris. – E eu deveria avisar quem?

– Eu. Dino. Qualquer homem na Outfit.

– Dane-se a Outfit. Eu tenho vinte e um anos de idade. Eu deixei de avisar aonde ia ou de pedir permissão quando eu fiz dezoito anos.

– Desculpe, querida, mas não funciona dessa forma. Nós estamos tentando mantê-la longe de problemas aqui. Você não entendeu ainda?

– Não. – a risada de Lily estava cheia de desprezo. – O que eu vejo é você pensando que já tem algum tipo de opinião sobre as coisas que eu faço ou deixo de fazer. A realidade, Damian, é que você não tem. Nenhuma.

Lily girou sobre seus saltos altos. Damian não a deixou ir longe demais. Ele pegou uma Lily gritando em torno da cintura, a ergueu enquanto ela lutava contra ele, e a embalou por cima do ombro como se ela não pesasse nada mais do que um saco de flores.

– Seu filho da puta, – Lily sussurrou, batendo no ponto entre as omoplatas com a palma da mão aberta.

– Ai, bata um pouco mais abaixo. Eu não sabia que você gostava dessas coisas.

Lily acalmou suas mãos antes de começar a se contorcer novamente. – Você é... *impossível.*

– Você vai gostar.

– Eu duvido, – Lily cuspiu.

Damian ignorou os olhares curiosos os observando enquanto caminhava pelo enxame de pessoas que separava na pista, enquanto ele passava.

– Eu pareço uma criança, me coloque no chão agora, – ordenou Lily. – Eu posso andar, sabia?

– Não, se você agir como criança, você será tratada como uma.

– Damian!

– Quantos drinks você bebeu? – ele perguntou.

– Alguns.

– Alguns?

Lily bufou, pressionando os montículos rosados de seus seios no ombro dele. – Você não é a minha babá, Damian. Você não pode me dizer o quanto eu posso ou não beber. Isto é indigno. Me coloque no chão.

– Você prefere que eu chame Dino para buscá-la?

Lily congelou. – Não.

– Pare de espernear e me deixe te tirar daqui, então.

– Tudo bem, – disse Lily calmamente, toda a luta em sua voz desapareceu.

– Sério, quantos drinks? – Damian perguntou enquanto o segurança familiarizado acenava para ele na porta da frente.

– Cinco, talvez.

– Talvez?

– Definitivamente não foram sete, – Lily murmurou.

Damian riu e sentiu Lily ficar tensa enquanto o som abalava seu corpo contra o dele. – Por que a festa hoje à noite?

– Abriella sugeriu mais cedo. Tentando tirar a minha mente de outras coisas.

– O casamento? – perguntou Damian.

– Algo assim, – Lily respondeu baixinho. Damian sentiu o cotovelo de Lily escavando em seu ombro enquanto ela apoiava a mão. – Quem te chamou?

– Tommas.

– Pequeno rato.

Damian não a agraciou com uma resposta. O ar de final de junho no exterior do clube era mais frio do que no interior com todas aquelas pessoas bêbadas dançando. Lily prendeu a respiração quando Damian atravessou o estacionamento com ela ainda pendurada no ombro. Pelo menos ela parou de lutar. Ele apreciou isso.

– Você contou para Dino ou Theo? – perguntou Lily.

– Não.

– Por que não?

– Porque você é minha responsabilidade, – Damian respondeu honestamente.

– Desde quando?

– Desde que ficamos noivos.

Lily fez um barulho descontente sob sua respiração. – Ótimo.

Damian tinha estacionado seu carro na extremidade do estacionamento. Ele caminhou pelo espaço escuro em silêncio, deixando a atitude de Lily e a raiva saltar para fora dele. A garota podia ter seus sentimentos, não invejava o fato deles terem direito sobre ela, na medida do que estava acontecendo. O que o dava esperança era de que ela acabasse por se contentar com a ideia do casamento deles.

Era para a vida toda, afinal de contas.

Nenhum deles tinha muita escolha no assunto.

Damian gostaria que sua futura esposa o tolerasse, no mínimo. Não queria viver os próximos cinquenta ou sessenta anos em uma casa como as que ele cresceu, com casais brigando todo o fodido tempo e odiando um ao outro.

Franzindo a testa, Damian tentou sacudir os pensamentos. Querendo admitir ou não, ele gostava muito de Lily. Ele começou a se lembrar mais e mais em seus lampejos de memórias de quando eles eram mais jovens e que ele costumava ir para todo lado com Theo. Lily DeLuca era um pedaço doce e honesto do passado de Damian que ele tinha esquecido.

Os dedos de Lily tamborilando na parte de trás do pescoço de Damian o arrancaram de sua agitação interna.

– Então, que diferença faria se você contasse aos meus irmãos que eu estava festejando sem uma babá, afinal?

– Bem, para começo de conversa, você estava apenas se divertindo quase de forma inocente. Eu não culpo você por ser jovem e querer sair com as amigas. Dino pode não ver da mesma forma, isso é tudo. Só aquele idiota com quem você estava dançando. Isso é inaceitável, Lily. Eu não vou aceitar coisas do tipo.

Lily bufou. – Nós estávamos dançando. Não foi nada.

O aperto de Damian em torno da sua cintura aumentou como se ele não quisesse deixá-la ir. – Ele estava tocando em você. As mãos dele estavam em você. Isso não pode acontecer de novo.

Sua voz ficou mais baixa quando ela disse: – Eu disse a ele para recuar.

– E ele não recuou.

– E então você agiu como um maldito bárbaro, – disse Lily.

Damian praticamente podia sentir os olhos dela rolando.

– Escute, se você quiser sair, nós vamos sair. Você apenas tem que me convidar ou me dizer. Tanto faz. Eu não me importo. Mas você não pode sair assim sozinha. Não ficaria bem para seus irmãos nem para mim você sair livre, leve e solta sem alguém-

– Para bancar a babá, – Lily interrompeu, claramente irritada.

– Eu estou tentando aqui, – disse Damian suavemente. – O mínimo que você pode fazer é tentar também.

Ele tinha a sensação de que não iria funcionar dessa maneira, no entanto.

Lily murmurou alguma coisa ininteligível baixinho.

– O que foi? – perguntou Damian.

– Nada.

Damian usou a mão livre para acariciar a lateral do tornozelo de Lily. Ela não poderia ter escondido o riso sem fôlego, mesmo que tentasse. – Eu tenho que pedir de novo?

– Senhor Eu-Não-Gosto-De-Me-Repetir, heim?

– Entendeu, não é?

– Sim, – disse Lily. – Você não tinha que ter o assustado, sabe? Eu estava indo muito bem sozinha, Damian.

– Bem, eu também não gostei dessa porra, está bem? Talvez você pudesse ter lidado com isso, mas eu lidei, então vamos seguir em frente.

Lily cantarolou baixinho, o som saindo brincalhão e provocador. Talvez fosse esse o álcool em seu sistema, mas Damian gostou de ouvir do mesmo jeito. – Oh?

– Sim, não pense muito nisso.

– Você sabe... – Lily cutucou Damian na parte de trás quando ele parou ao lado do seu Porsche. – Abriella disse algo para mim hoje.

Damian lutou contra a vontade de bufar. Abriella Trentini dizia um monte de coisas. Quase colocar sua menina em algum tipo de problema colocou Abriella no topo da lista de merda de Damian. Claro, Lily era adulta e capaz de tomar suas próprias decisões - boas ou ruins, mas Abriella deveria muito bem saber que aquilo era errado.

– Eu não me importo de ouvir muito do que ela tem a dizer ou o que ela pensa, no momento, – Damian admitiu. – Essa menina gosta de causar problemas onde quer que vá. Um dia desses ela será pega, mas você não irá sofrer com a reação, Lily.

– Ah, você está chateado porque ela levou Eve e eu para sair?

Seu ato de doçura não convenceu Damian nem por um segundo.

– Sim.

Lily suspirou. – Eu não. Isso foi bom. Eu precisava disso.

– Ela sabe que não deveria.

– Eu também, – Lily confessou baixinho. – Todo mundo gosta de usar a desculpa de que Dino me deixou passar tanto tempo longe de casa que eu não sei o que é esperado de mim, mas eu sei, Damian. Eu sei.

Damian colocou Lily de pé. Seus saltos pretos sensuais clicaram na calçada enquanto ela endireitava o vestido e olhava para ele. – *Você* sabia, não é?

– Sim.

– Por que você veio, então?

Lily deu de ombros, como se o ato explicasse tudo. – Eu te disse, eu precisava disso.

Damian acenou com a cabeça. – Eu sou uma espécie de sentença de morte de merda para você, é isso?

– Bem…

– Bem, o quê? – Damian exigiu. – Será que a ideia de casar comigo te deixa enojada? Faz você querer correr para as montanhas; aceitar o 'para sempre' com um homem que irá cuidar e te dar tudo o que você precise é tão horrível, Lily?

A testa de Lily franziu antes que ela apontasse para o peito dele. – Ninguém pensou em *me* perguntar, Damian. É a minha vida e eu estava me divertindo fazendo o que eu queria fazer.

– Não, você estava fugindo.

– Ei, você não sabe...

– Sim, eu sei, absolutamente, – Damian a interrompeu bruscamente. Ele ignorou o estremecimento de Lily. – Eu tive mais do que o suficiente de discussões com seus irmãos e tempo só para mim e foi quando eu fui capaz de pensar em tudo isso. Dino deixou você ir porque você não podia lidar com a Outfit. Você não podia lidar em ver sua família fingindo que seus pais não existiram e que eles não te amavam com tudo o que tinham. Porque eles te amavam, certo? Seu pai amava suas crianças o suficiente que queria o que ele pensava que seria melhor para vocês, uma vida livre, uma vida limpa. Então, foi o que aconteceu com você. Dino a deixou ficar longe por tanto tempo quanto podia. Você não pode fugir mais, Lily. Pare de culpá-lo; não é culpa dele.

Lily não encontrou o olhar dele. – Ele está me casando como um pedaço de carne.

– Não, ele está tentando salvá-la disso. Cristo, menina, pense um pouco

– Mas-

– Mas nada, Lily. Você não pode saber de tudo, está bem? Você simplesmente não sabe. É melhor para você e para todos os envolvidos se você souber tão pouco quanto possível nesta vida. Aprenda a confiar nas pessoas uma vez em vez de depender apenas de si mesma. Você nunca sabe o que pode acontecer se você fizer isso.

Lily soltou uma risada amarga. – Confiar, certo, isso é uma piada. Depois de tudo que a Outfit fez comigo quando eu era criança, confiar neles ou em qualquer outro que esteja lá dentro é impossível.

Damian estava de saco cheio daquela festa de piedade. Ele acenou com a mão em sua direção com desdém, querendo dizer 'chega disso'. – Pobre de você, Lily. Eu tenho notícias de última hora para você - você é a única pessoa neste estacionamento segurando a porra de um cartão de membro de um clube que ninguém quer fazer parte.

– Como?

– Você é órfã, certo? É assim que você se sente. Adivinha? Você não é a única aqui sem pais. Você não é a única que cresceu sem eles e você certamente não é a única que foi criada pela Outfit. Entende? Os meus podem não ter sido mortos como os seus foram, mas eu ainda perdi todos eles da mesma maneira. É hora de seguir em frente, inferno. Deixe o passado onde ele precisa ficar. Para trás.

Lily respirou fundo, e capturou o lábio inferior entre os dentes. – Eu sinto-

– Não se desculpe. Isso não é o que eu quero ou preciso ouvir. Eu não busco a simpatia dos outros. Isso não faria nada por mim.

– Ok, – Lily disse calmamente.

Damian cruzou os braços e desejou que sua irritação abrandasse. – Eu não sinto muito por mais cedo, aquele idiota merecia isso e ele tem sorte de eu não ter quebrado a cara dele apenas por respirar perto de você. Mas, eu sinto muito sobre a semana passada.

Lily imitou sua pose, abraçando o próprio corpo no vestido justo. – Oh?

– Você é minha responsabilidade, – disse Damian, repetindo suas palavras de antes. – Eu deveria ter estado por perto esta semana, talvez te convidado para sair para comer ou algo apenas para que pudéssemos conversar. Tentado, pelo menos. Claramente você tem porcarias na cabeça que precisam sair. Está com raiva, eu entendo isso. Você pode ficar com raiva; você precisa descontar nas pessoas certas, mas não poderá fazer isso se não tem sequer realmente entendido porque você está irritada.

– No entanto, eu não tentei o suficiente esta semana, – continuou Damian, o canto da boca se curvando em uma careta. – Eu estava ocupado e outra coisa apareceu e eu tive que cuidar. Eu pensei que você não me quisesse perto de você por um tempo. Talvez você ainda não queira.

Lily deu de ombros. – Eu achei que você não queria estar por perto. Isto é apenas... um dever para você, certo? Você tem que fazer e você não tem escolha também.

Parcialmente.

Poderia ter sido um pouco mais, também.

– A menos que você tente me conhecer um pouco, você não terá nenhuma pista sobre isso, nós, ou por que eu estou fazendo isso, Lily.

– Verdade, – disse Lily. – Mas você não é como eu, Damian. Todo mundo vai virar o rosto para o que você faz depois que nos casarmos. Ninguém irá se importar nenhum pouco com quem você está transando ou o que você está fazendo, mesmo que você tenha uma esposa. Eu? Eu estou presa com você mesmo que você não tenha que ficar preso comigo.

– Espere um segundo, – disse Damian, erguendo uma sobrancelha. – É isso que você acha que são os meus planos? Casar com você e mantê-la em uma prateleira como uma esposa troféu adequada enquanto eu tenho uma dúzia de prostitutas ao lado?

– Parece que é a norma, não é?

Damian balançou a cabeça. – Não para mim.

– Então, o que, eu serei apenas o corpo quente na sua cama sempre que lhe apetecer me usar?

Isso era tão nojento que Damian se preocupou em explicar.

– Eu não vou forçá-la à minha cama. Não sou chegado a essas merdas desagradáveis, mas eu meio que espero não ter que forçar você, Lily. Eu quero que você venha por conta própria, porque quer.

Ela engoliu em seco, e uma coloração rosa cobriu suas bochechas. – Como?

– Assim como eu disse. Eu não irei criar uma espécie de missão para seduzi-la, mas eu não acho que tenha que fazer isso. Você é jovem, bonita, incrivelmente vibrante e sexy. Eu seria estúpido e cego para não perceber. Então, não, eu não irei forçá-la a vir para a minha cama agora ou daqui a dez anos, mas as chances são de você fazer o caminho até lá por conta própria. Eu quero que você venha a mim de bom grado.

– Uau, – Lily murmurou. – Eu não esperava ouvir isso. Ou você é terrivelmente arrogante ou arrogantemente poderoso.

– Ambos, na verdade. Eu também sou honesto, – Damian acrescentou rindo. – Apesar do que a minha profissão possa dizer sobre mim, eu sou aberto com os meus motivos. Então por que não te mostrar alguns deles agora, hein?

– Como o quê? – ela perguntou.

– Não temos que ser estranhos. Você não tem que me odiar e eu realmente não quero que você me odeie. Você é malditamente linda, eu não estava procurando uma esposa, mas acho que eu gostaria de tê-la como minha. Nós vamos trabalhar nos detalhes e enquanto o fazemos...

– O quê? – ela perguntou, seus olhos castanhos encontrando os dele sem vergonha.

– Você dita às regras. Só saiba que o casamento vai acontecer. Tem que acontecer.

O queixo de Lily ficou tenso. – Sim, eu já entendo. Dino deixou isso perfeitamente claro.

Damian achou que Lily precisava saber de uma parte do plano de seu irmão para que ela pudesse finalmente, talvez, entender o que Dino estava tentando fazer por ela. – Você sabe o que ele me pediu para fazer por você? O que ele queria de mim como a outra metade desta equação com o casamento?

– O quê?

– Ele me pediu para cuidar de você e te manter segura quando ele não puder. Pense nisso, Lily.

Lily se moveu em seus saltos. – Ele vai para a prisão em breve.

– Bem, com certeza parece que vai.

– Ele não será capaz de me manter segura a partir de lá.

– Ele te deixou ficar longe por tanto tempo quanto podia.

Lily soltou um suspiro trêmulo. – Você ainda não me disse por que está fazendo isso.

– Eu disse. Porque eu tenho que fazer.

– Essa é não é uma resposta, – Lily apontou.

Talvez sim, mas era o melhor que ele poderia fazer agora.

– Você olhará para um futuro bastante decente se apenas parar de lutar contra, Lily DeLuca.

Lily piscou, e uma sobriedade limpou sua visão. – Na verdade, eu estou olhando para você, Damian.

– E eu não sou uma escolha assim tão ruim, considerando os homens que poderiam ter sido escolhidos para casar com você.

– Talvez, – Lily concordou. – Mas ainda assim eu não tive nada a dizer sobre o assunto.

– Não há nenhum talvez nisso, querida. Me dê um pouco de tempo, e eu vou te dar tudo o que você precisa.

– Isso é uma promessa muito pesada, – disse ela. – E essa vida não faz nada, exceto quebrá-las, Damian.

– Eu pareço à porra de uma fada madrinha para você? Eu não estou distribuindo desejos, Lily.

– Bem, eu não exatamente desejei isso, não é?

– Exatamente, – respondeu Damian. – Então faça o melhor dele.

Damian desligou as luzes do seu Porsche e deixou o carro rolar pela rua calma e escura. Verificando seu telefone, ele podia ver que nenhum dos sensores de dentro do seu apartamento tinha sido ativado, ou seja, Lily ainda estava segura e dormindo em sua cama, onde ele a deixou horas mais cedo.

Se tudo corresse bem, ele estaria de volta em casa antes mesmo de ela acordar sem ao menos saber que ele tinha saído.

O bairro no lado leste de Chicago estava silencioso por ser de madrugada. A maioria das casas no subúrbio de classe média ainda estavam escuras já que o sol ainda não tinha nascido. Ninguém gostava de estar de pé antes do amanhecer. Com o sol ainda baixo no horizonte, as estradas ofereciam pouca luz, exceto as lâmpadas dos postes da rua lá em cima.

Damian encontrou um lugar para estacionar o seu Porsche, desligou o motor e esperou.

Às vezes, seu trabalho era tudo sobre esperar.

Terrance tinha provavelmente se perguntado por que o tiro ainda não tinha sido dado, mas o chefe sabia melhor do que questionar as razões e escolhas de Damian quando se tratava da realização de negócios. Damian agia em seus termos e tinha seu próprio tempo para que o trabalho fosse feito corretamente e sem problemas.

Damian não planejava passar sua vida atrás das grades.

A vida de nenhum homem era digna desse preço.

Ele observou o homem Poletti por uma boa semana. O cara tinha uma variação de rotinas de trabalho entre alguns esquemas, correndo entre seus lugares favoritos, e fazendo o caminho para casa todas as noites. Damian tinha tomado nota do fato de que o garoto não tinha a esposa ou namorada e provavelmente, nenhum filho. O cara não tinha visitado ninguém durante a semana, de qualquer maneira.

Damian esperava que esta pequena lição que Terrance queria ensinar a Joel desse resultado. Mortes sem sentido eram apenas isso, sem sentido e inúteis.

Independentemente disso, Damian deixou seus pensamentos e sentimentos sobre o assunto de lado para que ele pudesse completar a tarefa, chegar a porra da casa dele e começar o dia renovado. Era sempre melhor se ele não deixasse que este tipo de absurdo se infiltrasse em sua consciência.

A máfia era o que era. A morte vinha de mãos dadas com viver essa vida.

Damian não era exceção. Nem ele, nem ninguém.

Ninguém era imortal neste mundo.

Quando uma luz foi acesa no final da rua, iluminando uma casa de dois andares e o jardim da frente, Damian se inclinou em seu banco e abriu o porta-luvas. Ele pegou a glock que tinha escolhido ali para o trabalho, verificou o clipe, encaixou de volta, e desarmou a trava.

James Poletti puxou o capuz sobre a cabeça e fez alguns minutos de alongamentos em sua pequena varanda da frente. Damian abriu a janela do lado do passageiro do seu Porsche, deixando o ar do final de junho percorrer através do seu carro. A brisa era apenas o suficiente para manter o calor úmido a uma temperatura suportável com o ar condicionado do carro desligado.

Pouco tempo depois, James Poletti começou sua corrida matinal de costume pela rua escura. Damian queria fazer o trabalho em outro local, mas este funcionaria muito bem.

Damian não fazia muita confusão com a matança. Ele não fazia uma demonstração, a menos que lhe fosse pedido.

Rápido, Terrance tinha dito.

Quando James estava quase na janela do passageiro, Damian virou a chave e ligou o motor e acendeu as luzes do carro. O homem tropeçou para longe do carro, mas se conteve com bastante facilidade. Com uma maldição murmurada, James lançou um olhar para dentro da janela aberta, direto para o cano da arma de Damian.

Luzes apagadas.

Capítulo Seis

Lily abraçou a camisa em torno do seu tronco, bem ciente de que o ato não fazia nada para esconder a extensão de suas pernas nuas enquanto ela percorria o curto corredor de um apartamento desconhecido. Com cabelos despenteados do sono, olhos cansados, e uma sensação de vazio no estômago, ela continuou se movendo para encontrar o cheiro doce do café sendo feito.

Ela se lembrou da noite anterior claramente. Ela não tinha caído em uma cama estranha por estupidez embriagada, mas em vez disso, se enfiou sob os lençóis de Damian Rossi sem nenhum argumento. Então, novamente, ele dormiu no quarto de hóspedes.

Por que ele simplesmente não ficou em sua própria cama e deu a Lily a cama de hóspedes, ela não tinha certeza.

A pequena cozinha tinha uma visão da grande sala de estar. Lily estava malditamente perto quando tropeçou em seus próprios pés com a visão de Damian com o peito nu e um short de corrida pendurado em seus quadris. Com cada puxar enquanto ele erguia seu tronco musculoso por cima da barra colocada entre o batente da porta de um cômodo que se comunicava com a sala, seu corpo mal reagia ao esforço. Como se fosse nada, ele fez vários levantamentos, enquanto assistia a um programa de notícias ligado em volume baixo.

A garganta de Lily ficou seca.

A extensão de seu peito musculoso se comunicava diretamente por um caminho mais como uma estrada de ferro de músculos abdominais até o corte em V de sua virilha. A pele de Damian era limpa de qualquer tatuagem e se não fosse uma pequena cicatriz em seu peitoral direito, seu corpo seria sem máculas. Um pequeno brilho de transpiração umedecia sua pele enquanto seu cabelo escuro caía sobre seu olhar colado na tela plana. Qualquer mulher olhando para ele assim, provavelmente, se lançaria para cima dele. Ele era a visão perfeita de um macho personificado. Sexo ambulante - em carne e osso.

Até mesmo Lily se viu se remexendo onde estava e esfregando as coxas para acalmar a dor súbita entre suas pernas.

Jesus Cristo.

O que havia de errado com ela?

Eu quero que você venha para mim de bom grado.

Lily respirou fundo e forçou o desejo repentino a se afastar.

Ela não pôde evitar de se perguntar como este homem ridiculamente atraente parecia passar tão despercebido em torno das pessoas como ele fazia. Como ele poderia se infiltrar em uma multidão e desaparecer quando ele praticamente gritava para qualquer um por perto olhar para ele?

Um som de vibração interrompeu as flexões de Damian. Ele pousou no chão sem fazer barulho, atravessou o espaço até o sofá em duas passadas fluídas e bateu em alguma coisa sobre a almofada. Damian limpou seu lábio inferior com o polegar; Lily lambeu o dela em resposta.

Como seria beijá-lo assim?

Ela balançou a cabeça para livrar dessa noção insana.

– Sim, Chefe. Dia.

– Fantasma, – veio uma resposta familiar.

Terrance Trentini.

Lily teve a nítida sensação de que não deveria estar lá ouvindo.

– Você está vendo isso? – perguntou Damian, seu olhar ainda examinando a televisão em silêncio. Seu corpo bloqueava a visão de Lily de ver o que a tela mostrava. Ela não se importava. A visão de suas costas musculosas vincadas com linhas cinzeladas era muito melhor.

– Últimas notícias, – Terrance respondeu. – Muito bem.

– Algo parecido com isso, – resmungou Damian.

– Eu por um acaso notei a menção de um veículo azul. O que foi que eles disseram?

– Uma cor impressionante, – disse Damian. – Nada mais.

– Ainda muito perto para se sentir confortável, meu rapaz. Isso não é como você age.

– Eu queria ter feito em outro lugar. Mas funcionou assim, também.

– O que aconteceu? – perguntou Terrance.

– Os planos mudaram. Não importa, a testemunha não conseguiu dar uma descrição adequada da placa do carro ou licença. O subúrbio não é importante suficiente para ter câmeras nessa área. Eu fiz a porra da minha lição de casa antes de tomar a decisão.

– Trinta mil foi transferido, – disse Terrance.

– Eu já verifiquei.

– Eu pensei que você teria feito isto mais cedo. Estou feliz em ver terminado de qualquer maneira, mas ainda assim, você levou tempo.

– Eu fiz o meu trabalho, – disse Damian secamente. – Há mais alguma coisa, Chefe?

Lily jurou que havia um sorriso na voz de Terrance quando ele respondeu: – Hmm, não. É hora de dar a terrível notícia para Joel, eu suponho.

– Basta manter meu nome fora disto.

– Eu sempre mantenho, Damian.

A chamada terminou sem outra palavra.

Damian não se virou quando disse: – Escuta clandestina é um mau hábito que você deve interromper antes que você se meta em apuros, Lily.

Lily mordeu o lábio inferior. – Desculpa?

Ele lhe atirou um olhar aquecido por cima do ombro. A visão por si só pareceu golpeá-la no peito com a intensidade. – Há coisas que é melhor não saber.

– Eu realmente não queria escutar.

Damian sorriu. – Não, você estava me espionando.

Os braços de Lily se apertaram em torno do seu tronco novamente. De repente, ela se tornou muito consciente do olhar de Damian passeando pelo seu com uma intenção deliberada. Ele não disfarçou seu olhar e seu sorriso maroto só parecia crescer junto com a visão de satisfação quanto mais ele a olhava.

Ela se sentiu nervosa sob o seu olhar.

– Eu pareço que saí do inferno, – disse Lily, sem saber por que deixou essas malditas palavras escaparem em primeiro lugar.

– Você está incrível, – disse Damian calmamente. – Parece que você passou a noite rolando nos lençóis de alguém, o que suponho que seja verdade.

Lily riu. – Apenas não com alguém, hein?

– Não por escolha minha, querida.

Ela estremeceu.

Droga.

Damian estava claramente jogando pra valer, seja qual fosse o jogo que ele tinha decidido começar.

Lily não tinha certeza se estava pronta para isso.

Precisando afastar sua mente do lugar sexy - digno de encharcar calcinha que tinha ido parar rapidamente - Lily perguntou: – Isso é geralmente o que você faz de manhã?

– Falar ao telefone?

– Não, fazer exercícios.

Damian balançou a cabeça uma vez. – Se eu tiver tempo. É um bom apaziguador de estresse.

– O que mais você faz além de rastrear meninas em clubes, se exercitar e assistir a transmissões de noticiários sem volume?

– Você está perguntando sobre o meu trabalho?

Lily franziu os lábios, seu olhar voando entre ele e o local onde ele atendeu o telefone. – Sim, eu suponho que estou.

– Eu faço o que o Chefe quiser que eu faça, Lily.

– Qualquer coisa? – perguntou ela.

– Sim.

O segundo tremor que se arrastou por sua coluna veio por uma razão completamente diferente que o primeiro. Foi frio, também.

Qualquer coisa era vago o suficiente para a imaginação de Lily correr solta, mas apontava o suficiente para ela entender sem ele diretamente dizer.

– Então, você não é como meus irmãos, certo? – perguntou ela.

– E eu não sou como Tommas, também, – disse Damian.

– Huh.

– Isso te incomoda, não é?

– Um pouco, – ela admitiu.

– Há uma razão pela qual eles me chamam de Fantasma, Lily.

– Oh?

– Sim, porque nunca me veem chegando e eles não me ouvem indo embora.

Lily pensou em Dino e nos motivos vagos que tinham sido dados a ela a respeito de porque Damian era a primeira escolha para ela. Talvez juntá-la com um dos homens mais perigosos fosse a maneira de Dino de mantê-la segura. Ela não tinha certeza de como se sentia sobre isso.

– Porque você é invisível, – disse Lily.

– Nas formas mais importantes.

– Como?

– Que me impedem de ser pego, – respondeu Damian.

Damian se virou totalmente para ela e cruzou os braços sobre o peito largo. Ele acenou para ela e disse: – Você está bem com a minha camisa.

A declaração foi tão aleatória que pegou Lily desprevenida. Sua voz tinha baixado, transformando-a em um tom rico e escuro. Um calor instantâneo floresceu em seu sexo e se espalhou por seu estômago.

– Estou? – Lily sussurrou.

– Sim. É uma pena que você tenha que tirá-la para colocar aquele maldito vestido novamente.

Bom Deus.

– Eu não sei como fazer isso, – disse ela baixinho.

Damian não mexeu um músculo. – Fazer o quê?

– Ficar bem com isso.

– A coisa do casamento?

– Não, – disse Lily, e seu olhar se afastou rapidamente dele. – Eu ouvi o suficiente para saber que eu não tenho escolha no assunto.

– Então o quê?

– Eu não gosto do que você faz. Eu não gosto das coisas que você faz parte. Eu não gosto que você tenha concordado com isso, independentemente das suas razões.

– E? – perguntou Damian.

– E talvez eu pudesse gostar de você.

– Sim, – disse Damian, seu riso escorrendo como melaço - lento, grosso, e cobrindo cada polegada que poderia alcançar. – Isso é uma droga, certo?

Quem era esse homem?

– Você está atrasada, – disse Dino, suas palavras saindo como um sussurro afiado.

Damian deu de ombros. – Eu liguei.

– À uma da manhã, porra, – Dino rosnou.

Lily fingiu ignorar a forma como seu irmão a olhava, como se estivesse procurando algum sinal de contaminação. Ela odiava acabar com os pensamentos dele, mas aquela contaminação havia acontecido anos atrás, quando ela tinha dezesseis anos, em um verão - de férias na Alemanha.

– Degraus da igreja, – disse Lily calmamente, lembrando o irmão de onde ele estava. – As pessoas estão nos observando.

Dino fez uma careta. – Por que você não ligou?

Lily acenou com a mão no ar. – Esqueci. Damian ligou. Era tarde, Dino. Eu estava me divertindo.

Seu irmão não parecia acreditar nela por um segundo.

– Ela estava comigo, então qual é o maldito problema? – perguntou Damian. – Você não ligou para Tommas?

– Sim, – disse Dino.

– E?

– E eu não a quero naquele clube novamente, supervisionada ou não.

Lily enfrentou seu irmão. – Por que não?

– Porque Tommas faz negócios naquele lugar, Lily, e não o tipo com bebidas.

– Tudo bem, eu vou levá-la em outro lugar na próxima vez, – disse Damian.

O olhar de Dino se conectou com o de Damian. – Certifique-se que não seja de propriedade da Outfit.

– Considere feito.

– Tudo bem, – Dino murmurou.

– Perfeito.

Lily suspirou, irritada pelo dia inteiro já. – Igreja, então?

A mão de Damian encontrou a parte inferior das suas costas e Lily tentou não reagir ao toque. Ela seriamente precisava colocar sua cabeça, coração e corpo na mesma página.

– Sim, – disse Damian. – Igreja.

– Ok, agora isso é outra coisa, – disse Evelina.

– Ela parece uma prostituta bem-paga, – Abriella respondeu às gargalhadas.

– Eu não disse que era bom. Eu disse que era outra coisa.

Lily nem sequer se preocupou em esconder suas próprias risadinhas enquanto fazia um inventário da peça de seda furtiva no espelho. Era de fina seda preso por duas pequenas tiras e seguia para baixo com joias pesadas ao longo do decote. Uma fenda na parte lateral cortava o tecido marfim até a parte superior da coxa de Lily.

O vestido de noiva era sexy, com certeza, mas não era coisa para a Igreja Católica.

– Oh, Deus, – Lily disse, olhando para a peça. – Você poderia imaginar a cara de Dino ou de Theo?

– Podemos tirar uma foto para enviar para eles apenas como piada? – perguntou Abriella.

Lily posou e deixou sua amiga tirar uma foto rápida. Abriella digitou uma mensagem antes de deixar cair seu telefone novamente em sua bolsa.

– Próximo, – Abriella ordenou.

– Não é esse estilo que estamos buscando, – disse Evelina para a gerente da loja. – Pense em clássico, não sem classe.

A senhora assentiu com força antes de sair apressada para encontrar outro vestido.

Apesar de detestar a ideia de passar horas em uma loja de vestidos procurando o vestido perfeito, as amigas de Lily a tinham convencido a dar uma tentativa. Não tinha acabado por ser uma coisa tão ruim, realmente.

Lily passou as mãos para baixo pela seda. – Eu gosto da sensação.

– Você pode escolher a seda, – disse Evelina. – Só não algo como isso.

– Ou, – Abriella falou lentamente com um olhar malicioso, – Você pode escolher seda para a noite de núpcias.

Lily se virou para longe das meninas, não querendo que elas vissem o calor em suas bochechas, mas se esqueceu dos espelhos malditos que a rodeavam.

– Ei, o que nós perdemos? – perguntou Evelina.

– Nada, – Lily disse, talvez um pouco rápido demais.

– Oh, eu vou te dizer o que perdemos, – Abriella respondeu, mostrando seu sorriso maroto. – Domingo de manhã, Tommy recebeu um telefonema.

Lily girou sobre seus calcanhares. – Cuide da sua vida, Ella.

– Você estava com Tommas no domingo de manhã? – perguntou Evelina.

– No início da manhã, antes de eu correr de volta para o meu apartamento e de Alessa. Eu tinha que chegar à igreja sozinha, você sabe.

Claro, pensou Lily.

Abriella estava brincando com fogo e quando isso acontecia, alguém sempre acabava com queimaduras.

– De qualquer forma, – disse Abriella.

– Ella, por favor, – implorou Lily. – Basta deixar quieto. Não foi nada.

– Tudo bem. – Abriella jogou as mãos para cima em derrota. – A noiva está sempre certa. Não devemos irritar a princesa DeLuca.

O olhar de Lily se estreitou. – Olha quem fala, rainha Trentini.

Abriella bufou. – Fofa.

Evelina não parecia querer deixar de lado como Abriella tinha feito. – O que você não está me dizendo, Lily?

– Não foi nada, – Lily assegurou. – Eu estava bêbada, Damian apareceu no clube e não queria me levar para casa de Dino daquele jeito-

– Então, ela acabou no apartamento dele, – Abriella terminou com um sorriso largo. – Toda a noite e, em seguida D mandou Tommy mentir quando Dino ligasse para saber o que tinha acontecido no clube.

Lily bufou. – Você fala como se houvesse muito mais sob a superfície, Ella.

Abriella deu de ombros. – Não me culpe por ter uma imaginação, amor.

– Bem, não há nada para imaginar.

Evelina ergueu uma sobrancelha. – Nadinha?

– É tão difícil de acreditar? – perguntou Lily.

– Não, – respondeu Evelina. – Mas parece que há algo em sua mente. Fale comigo.

– Conosco, – Abriella corrigiu.

Evelina silenciou a amiga. – Vamos, Lily. O que se passa nessa sua cabecinha?

Lily fez um gesto para o vestido de noiva. – Eu não quero fazer isso.

– Isso não é novidade.

– Mas ele não é o que eu esperava, – acrescentou Lily.

A expressão de Evelina virou pedra. – Oh.

– Sim.

– Eu gosto de Damian, – Abriella disse calmamente. – Ele é... eu não sei, genuíno. Isso é difícil de encontrar nas pessoas ao nosso redor. Com ele, você recebe o que vê. Ele não esconde propositadamente as coisas.

– Você sabe o que realmente é uma porcaria sobre a coisa toda? – Lily perguntou a ninguém em particular.

Evelina sorriu, mas não soou verdadeiro. – O quê?

– Eu só convivi em duas ocasiões com o cara, uma das quais ele me informou que era o meu noivo, e a segunda foi quando eu agi como uma idiota e passei a noite em sua cama.

– E então? – Abriella pressionou.

– Duas ocasiões, – Lily repetiu. – E eu meio que gosto dele. Eu não sei como lidar com isso.

– Eu acho que isso é uma coisa boa, – disse Evelina.

– Talvez seja. Se eu não estivesse tão confusa sobre minhas opiniões e pensamentos, poderia muito bem ser. É como a porra de um furacão aqui, – disse Lily, apontando para a cabeça. – Eu me sinto atraída por ele porque ele é totalmente diferente do que eu pensei que seria, pelo menos é o que parece. E estou chateada pelas coisas que ele está envolvido. Eu não posso deixar de me perguntar o que aconteceria se eu simplesmente... deixasse isso tudo de lado.

– Mas? – perguntou Evelina.

– Os sentimentos vieram com muita facilidade, – disse Lily.

– Você está levando isso muito a sério, – Abriella respondeu com um sorriso. – Lily, nem todo casamento arranjado funciona de uma forma em que a mulher consegue o que quer.

– Eu não irei conseguir o que eu quero, porém, – Lily tentou explicar.

– Tudo bem, vamos olhar para isso de forma diferente, – disse Abriella.

– Como?

– E se você tivesse tido dois encontros com Damian, em circunstâncias semelhantes, mas sem o noivado? O que teria acontecido então? Será que você ainda se sentiria atraída por ele?

– Provavelmente, – Lily admitiu.

– Será que você ainda se incomodaria pelo fato de que ele está envolvido com a Outfit? – perguntou Abriella.

– Você sabe que sim.

– Você o veria novamente?

Lily não sabia como responder a isso ou o seu orgulho estúpido não permitiria.

Abriella não estava procurando por uma resposta, aparentemente. – Sim, era o que eu pensava.

– Dê uma chance, – disse Evelina com um pequeno sorriso começando a se formar. – O que você tem a perder, Lily?

Seu coração.

Suas crenças.

Lily deixou escapar a primeira coisa que veio a sua mente. – Ele disse que queria que eu fosse até ele de boa vontade.

– O que você quer dizer? – perguntou Evelina.

– Sua cama.

– Bem então...

– Sim, – disse Lily com um suspiro. – Eu não esperava isso. Você sabe o que isso significa, certo?

Abriella assentiu. – Significa que ele quer você também.

Ela estava tão fodida.

O olhar de Lily pegou a gerente da loja trazendo um bonito vestido, ligeiramente off-white com bordados intrincados ao longo do decote. O vestido, coberto por uma renda delicada e enfeitado com pequenas pedras, instantaneamente lembrou Lily de uma tela de prata.

Deus, era lindo.

E ela não tinha sequer provado.

– Esse é perfeito, – disse Lily suavemente.

Evelina e Abriella admiraram o vestido de casamento enquanto a senhora o pendurava na porta aberta do provador.

– É definitivamente clássico, – disse Evelina. – Ele é a sua cara.

Abriella olhou para seu telefone vibrando. – Oh, eu recebi uma resposta sobre o vestido de seda.

Lily riu, feliz com o alívio da brincadeira quebrando a gravidade da coisa toda. – É mesmo?

– Sim, de Damian.

O coração de Lily foi parar na garganta. – Você mandou para Damian?

– Eu mandei para Theo e Dino, também.

– Abriella!

A menina apenas deu de ombros.

Uma encrenqueira; isso é o que ela era.

Lily não podia deixar de perguntar: – Deus, o que ele disse?

– Esse em particular é um não definitivo para o vestido. Muito chamativo para a igreja.

– Mas? – perguntou Lily.

Ela podia ouvir o 'mas' em algum lugar.

Abriella sorriu de maneira ímpia. – Ele parece ser fácil de tirar à noite.

Jesus.

Evelina riu, escondendo a boca com a mão. – Soa como um homem.

Abriella olhou para baixo quando seu telefone tocou novamente. – Mas ele prefere renda preta.

– Você é horrível, – disse Lily para Abriella.

– Você vai me agradecer, eventualmente.

Lily mordeu o interior da bochecha, considerando a escolha de lingerie. Não era algo que ela tinha pensado muito antes. – Renda preta?

– Foi o que ele disse.

– Huh.

Evelina sorriu. – Eu conheço uma loja nessa mesma rua, Lily. Eles têm algumas coisas incríveis que ficariam perfeitas sob o vestido.

Lily fez uma careta. – Não me incentive, Eve.

Sua amiga nem sequer piscou. – Você sabe que eu irei.

Sim, ela iria.

– Lily, você tem visita.

Lily espiou por cima do livro em suas mãos quando a forma de Dino escureceu a sala de estar. O banco da janela tinha se tornado o ponto de descanso pessoal de Lily desde que ela chegou em casa. A luz do sol a mantinha quente e reconfortante. Ela também tinha uma excelente vista do grande quintal da propriedade. Propiciava-lhe tempo quieto e privado para pensar e ler, ou apenas fazer o que ela quisesse.

Dino raramente interrompia Lily quando ela ia para o seu lugar.

– Visita? – perguntou Lily.

– É uma coisa de última hora, eu acho. Ele está esperando no hall de entrada.

– Ele?

– Damian, – explicou Dino. – Você vai precisar se trocar e vestir algo mais apropriado. Um vestido, de preferência. É para um jantar com as famílias Trentini e Rossi em um dos lugares mais sofisticados de Laurent. Damian está vestindo preto sobre preto.

Lily piscou. – Algo mais apropriado?

– Quando foi que você se transformou em um papagaio, Lily?

Ela lançou um olhar sujo a Dino antes de empurrar seu romance sob a almofada do banco de janela. No andar de cima, Lily fez um rápido trabalho de encontrar um vestido que funcionasse para o jantar, saltos prateados para combinar e dar um toque de cor, e então ela rapidamente acentuou um pouco da tonalidade rosada em suas bochechas e lábios. Rímel ajudou a valorizar os cílios e delineador negro escureceu seu olhar.

Lily percorreu o caminho até o hall de entrada com uma bolsa prata na mão para encontrar com Damian. Dino não tinha mentido. Damian usava um terno preto sob medida, com um colete preto, gravata e camisa por baixo também pretos. Até mesmo seus malditos sapatos de couro eram de um preto lustroso. Ele parecia realmente bem com as mãos juntas e a cabeça inclinada para baixo.

Damian era a visão total de escuro, misterioso e sexy em seu terno. Seu noivo sorriu enquanto apreciava sua roupa.

– Perfeito, – Damian disse calmamente. – Você está bonita.

Lily não tinha certeza de como lidar com o elogio. Parecia suficientemente honesto, mas Lily ainda não sabia se queria jogar seus jogos ou não. – Obrigada. Você parece apto para estar no Serviço Secreto.

Damian sorriu. – Eu gosto de preto.

– Percebi. Você poderia ter me dado um pequeno aviso que viria hoje, – disse Lily.

– Foi uma coisa de última hora.

– Foi o que Dino disse.

– Você não pode recusar um convite do Chefe, Lily, mesmo se tiver um milhão de outras coisas para fazer. Ele é a coisa mais importante.

Lily deu de ombros. – Na mente dele.

Damian riu baixinho, o som era sexy e profundo. – Bem, nós apenas não dizemos isso a ele. Você está pronta?

– Como eu sempre estarei. Qual é o plano, de qualquer maneira? Dino disse algo sobre um jantar em um dos restaurantes do seu tio.

– Temos um show para ir antes, – disse Damian. – Vai ajudar a passar o tempo antes do jantar mais tarde. Achei que poderíamos muito bem aproveitar a oportunidade para sair e realmente fazer algo juntos.

– Oh?

– Sim. Como você se sente sobre balé?

Lily encontrou seu olhar azul aquecido e procurou por qualquer tipo de motivo oculto. Ele poderia saber de alguma forma que balé era uma das coisas favoritas de Lily? Damian não dava um único indício de que ele estava jogando novamente.

– Eu gosto muito de balé, – Lily finalmente se forçou a dizer.

– Você já viu *Giselle*? – perguntou Damian.

– Uma vez, quando eu era menina.

– E nunca mais?

– Não, – Lily respondeu com um sorriso. – Mas eu me lembro de ter gostado da primeira vez.

Damian deu um sorriso sensual. – Me deixe ser o único a reapresentá-lo você, então.

– Você sabia que o papel de Giselle é considerado um dos mais procurados na carreira de uma bailarina? – perguntou Lily, sem tirar o olhar do palco.

Damian humildemente cantarolou seu 'não'. – Eu não sabia, na verdade. Por quê?

– É um clássico. Um dos balés mais favoritos e memoráveis. Ele mostra emoção verdadeira e honestamente é uma coreografia bonita. Até mesmo a música é incrível. – Lily pegou a visão do sorriso de Damian com o canto do olho. – O quê?

– Nada. Estou feliz que você esteja se divertindo, Lily.

– Onde você conseguiu os ingressos, afinal?

– Theo, na verdade. Ele levou um bolo.

A sobrancelha de Lily subiu. – Meu irmão tinha um encontro hoje?

Damian riu. – Ei, não venha querer arrancar respostas de mim. Ele não disse quem, só que eles não poderiam vir. Theo sempre foi privado sobre esse tipo de coisa, e eu não sou o tipo de cara que faz perguntas.

Lily não poderia evitar sua curiosidade. – Eu quero saber quem ela é.

– Alguém, obviamente.

– Obviamente, – Lily zombou, provocando.

– Como eu disse, eu não sei quem é, só que não deu certo. No entanto, quando eu liguei para perguntar se ele tinha uma acompanhante para o jantar de Laurent, ele disse que não, e perguntou se eu estaria interessado em levá-la a um balé. Ele não queria que os ingressos para o camarote fossem para o lixo e, aparentemente, você gosta dessas coisas.

Então foi assim que ele ficou sabendo.

– Eu gosto, – Lily admitiu. – Eu consegui ver um ou dois na Europa também. Eles foram surpreendentes.

– Eu aposto.

Lily suspirou, se recostando na cadeira de estofado chique e cruzando as mãos sobre o colo. – Obrigada por me trazer.

Damian imitou sua posição, exceto o braço esticado sobre a parte traseira da cadeira dela. – Nunca me agradeça por isso, querida.

O silêncio tomou conta do camarote, cobrindo Lily com uma sensação de conforto e desconforto, tudo ao mesmo tempo. Ela não tinha certeza de como isso era possível. De sua visão periférica, o olhar de Damian pegou o dela e ele segurou o olhar. O homem não pestanejou e ele nem sequer parecia estar respirando.

Não, ele apenas observava.

Algo quente floresceu em seu peito sob sua consideração pesada. Era como se ele parecesse ter algum tipo de prazer de simplesmente olhar para ela. Lily percebeu então que Damian não tinha outra razão para trazê-la para o balé, diferente de passar um tempo com ela e fazê-la feliz com algo que ela gostava.

Mas por quê?

Não temos que ser estranhos.

Não temos que odiar um ao outro.

– O quê? – perguntou Lily suavemente.

– Eu gosto mais quando você está sorrindo para mim e não perdida em pensamentos, – disse Damian.

– Estou tentando.

– Eu estou grato. – seu murmúrio tomou conta da pele dela quando uma onda lenta deslizou sobre cada polegada de sua pele exposta como se seus nervos estivessem expostos para sua atenção. Lily não tinha nenhuma pista de porque Damian provocava um efeito tão estranho nela. – E você é linda, Lily. Coisas bonitas devem ser admiradas. Me deixe admirá-la em paz.

Quando ele dizia coisas assim, ela achava difícil calibrar suas intenções. O que ela sabia era que ele gostava claramente da influência que tinha sobre ela. O sorriso de Damian se transformou em quase satisfatório como se fosse algo natural como seu olhar escuro.

– Eu pensei que você tivesse dito que não ia me seduzir, Damian?

A expressão de Damian não vacilou quando ele disse: – Eu não estou.

– Sério?

Por que mais um homem banharia uma mulher de elogios, a levaria para fazer coisas que ela gosta, e olharia para ela como se ela fosse uma joia preciosa que poderia ser roubada a qualquer momento?

– Não, – Damian disse com um aceno de cabeça.

Aqueles olhos azul-aço nunca vacilaram da direção de Lily.

– Se não for isso, então o que você está fazendo? – ela perguntou.

Damian riu. – Mantendo minha promessa, *dolcezza.*

Que promessa seria essa?

– Mesa Rossi, – disse Damian. – Damian e convidada. A festa foi indeterminada pelo que eu sei.

A mulher atrás do pódio assentiu uma vez e acenou para o casal. A mão de Damian encontrou as costas de Lily enquanto eles eram levados através do restaurante sem uma palavra, passando por várias mesas de clientes bem vestidos. A mulher desviou para a direita, levando-os para uma seção privada com amplas janelas que tomavam toda a parede com vista para a rua tranquila ao lado do restaurante.

– Damian Rossi e sua convidada, – disse a mulher com um aceno em direção à Lily e seu companheiro. Ela se virou em seus saltos altos pretos e desapareceu de volta para a sala de jantar comum sem ao menos um sorriso.

Lily rapidamente tomou nota das pessoas sentadas à mesa comprida. Várias mesas devem ter sido colocadas juntas para a refeição que mais parecia uma reunião do conselho que um jantar privado. O tio de Lily, Ben, estava sentado ao lado de Terrance Trentini. Laurent Rossi e sua esposa Serena se sentavam em frente do chefe da Outfit com Tommas ao lado de seu pai. Lily não esperava ver as irmãs Trentini no jantar, mas ambas, Abriella e Alessa estavam em suas respectivas cadeiras ao lado de sua mãe e seu pai, que estavam do lado do avô na mesa. Joel, irmão de Abriella e Alessa, tomou um gole de um copo de vinho ao lado do pai. Do outro lado de onde estava o Chefe da Outfit, estavam Riley Conti e sua esposa Mia com Evelina e Adriano.

Considerando que os mais altos membros da Outfit tinham sido convidados para o jantar, juntamente com seus familiares, Lily tinha que saber se isso era mais do que apenas uma refeição regular. A mesa estava vazia de comida, mas todo mundo tinha um copo de algo para beber.

– Sorria, Lily, – Damian disse calmamente quando Terrance levantou de seu assento para cumprimentar os dois recém-chegados.

– Você está atrasado, – disse Tommas, estendendo a mão para pegar pão da cesta.

– Lily teve a oportunidade de conhecer os dançarinos após o balé e eu não poderia deixá-la desperdiçar a oferta.

– Claro que não, – respondeu Terrance enquanto contornava a mesa. – Foi bom o balé?

– Muito, – disse Lily, rebocando um sorriso em seu rosto por causa de Damian.

Seu comentário sobre o balé não era mentira, mas o seu sorriso para Terrance era. Lily ainda não conseguia se sentir confortável em torno deste homem. Ele havia ordenado a morte de seus pais anos atrás e seu coração não a deixava esquecer.

Terrance agarrou a mão de Lily, apertou delicadamente, e então se inclinou para pressionar um beijo em sua bochecha. Ela suprimiu o desgosto e a raiva rolando imediatamente em seu estômago quando Terrance finalmente a soltou e deu um passo para trás.

A mão de Damian pressionada suavemente na parte inferior de suas costas lembrou a Lily que ele estava lá. Por alguma razão, ela estava grata por seu apoio silencioso.

– Você está linda, Lily, – disse Terrance.

– Obrigada.

– Fico feliz em ver que você foi capaz de roubar Lily para longe de Dino por uma noite, – disse Terrance para Damian, sorrindo amplamente.

– Ele estava indo para o extremo sul se encontrar com um revendedor, então não se importou de eu roubá-la por essa noite, – disse Damian.

A testa de Lily franziu. Ela não se lembrava de Dino ter mencionado nada sobre trabalho. Na verdade, ela tinha certeza que ele tinha planejado ficar em casa essa noite e assistir a uma maratona de reprise de um de seus programas de TV favoritos. Então, novamente, Dino não falava muito para ela sobre seu trabalho como Capo da Outfit. Provavelmente para o bem dela, realmente.

– Sentem-se, sentem-se, – Terrance exigiu com um aceno por cima da mesa. – Eu vou pedir a Laurent para avisar os garçons que estamos prontos para trazerem a comida.

– Vocês já pediram? – perguntou Damian.

– Um buffet. Haverá mais do que o suficiente para escolher.

Terrance tomou o seu lugar enquanto o tio de Damian se levantava do dele. Lily aceitou os cumprimentos de todos os outros na mesa enquanto Damian puxava sua cadeira, e a colocava confortavelmente na mesa, e em seguida, tomou o assento ao lado dela.

Serena Rossi estava sentada em frente à Lily e tomou um gole de seu vinho tinto como se fosse água. Na verdade, todos na mesa tinham um copo de vinho, até mesmo Adriano Conti que não tinha idade suficiente para beber.

Lily não podia deixar de notar como Abriella e Tommas evitavam olhar para o outro a todo custo. Enquanto uma vibração tranquila passava sobre a mesa, uma grande quantidade de alimentos foi trazida, os dois só falavam um com o outro se fosse preciso. Ninguém, exceto Lily parecia notar.

Eles encenavam bem seus papeis.

Quanto tempo aquilo duraria?

– Qual era o balé? – perguntou Evelina de seu lugar mais afastado na mesa.

Lily sorriu. – *Giselle.*

– Oh. Eu amo esse balé. Quantos anos faz que nós o vimos todos juntos pela primeira vez?

– Oito, talvez, – disse Lily. – Quem estava no grupo? Eu não me lembro

– Sim, todos nós, – Evelina respondeu.

– Todos?

Evelina assentiu. – Você e Theo, eu, Adriano, Abriella, e...

– Eu, – Damian interveio naquele tenor escuro que era sua voz.

Lily ficou imóvel em sua cadeira, pegando o olhar de Damian com o dela. Por que ela não se lembrava disso? Não era a primeira vez que alguém dizia que Damian tinha estado por perto quando Lily era mais jovem, mas ela simplesmente não conseguia encontrar essas memórias. A verdade era que Lily tinha passado tanto tempo tentando esquecer esses primeiros anos depois do assassinato de seus pais que, aparentemente funcionou.

– Você? – Lily perguntou a Damian.

– Sim e eu odiei.

Lily riu. – Por quê?

– Eu era um adolescente com coisas melhores a fazer, – disse Damian, sorrindo.

– Você odiou hoje, também?

– Não, eu não odiei.

Lily acreditou nele. Mas se ela fosse honesta, Damian passou mais tempo olhando para ela durante o balé do que assistindo ao show. Pelo menos, com certeza parecia assim.

– Damian estava hospedado com a gente na época, – disse Riley do nada enquanto pegava uma garrafa de vinho do balde de gelo. – Por um ou dois meses, eu acho. Não foi, Mia?

Mia Conti assentiu. – Sim, foi.

Damian ficou tenso, disparando a sua tia e tio um olhar sobre a mesa. Nem Laurent nem Serena pareceram notar a tensão com a afirmação de Riley aparentemente causada por Damian. Lily tinha.

– Você era quieto quando era um menino, – acrescentou Riley.

Terrance riu alto. – Ah, sim, o Fantasma preferia estar nas sombras, mesmo quando criança, não é?

As costas tensas de Damian não relaxaram quando ele disse, – Algo assim.

Joel zombou de onde estava. – Ele ainda é quieto.

– Joel, – Abriella o repreendeu. – Cuidado com a boca na mesa, pelo menos.

– Olha quem fala, – murmurou Joel. – Falando sério, Damian ainda é mais quieto agora do que quando era criança. Deixa um cara nervoso às vezes; isso é tudo o que estou dizendo. Quanto você pode confiar em um homem tão quieto?

Terrance ergueu uma sobrancelha. – Você poderia aprender alguma coisa com Damian, Joel, se tirasse um tempo para prestar mais atenção. Como o fato de que escutar em vez de abrir a boca te levaria muito mais longe.

– Para onde, vovô? – Joel ergueu o queixo na direção de Damian. Lily se sentiu ofendida apenas com a visão. – Onde diabos isso teria levado ele, então?

Damian pegou dois copos de vinho limpos e entregou um a Lily. – Bem, eu ainda estou vivo, não é?

– Isso é suposto ser uma proeza? – perguntou Joel de forma debochada.

– Eu diria que sim.

– Por quê?

Damian pegou a garrafa de vinho aberta e serviu um copo para ele e Lily. Seu silêncio só pareceu irritar Joel Trentini ainda mais.

– Damian, eu fiz uma pergunta, – disse Joel.

Lily pegou o sorriso de Damian com o canto do olho antes de seu noivo dizer: – Quantos outros homens podem dizer o mesmo?

Capítulo Sete

Damian examinou os convidados na mesa de jantar enquanto comiam, conversavam, e discutiam os próximos eventos.

Tal como o seu casamento.

Felizmente, Lily aceitou as discussões e se juntou a eles quando necessário. Ele pensou que ela era muito parecida com ele da maneira que não gostava de ser o centro das atenções, para não mencionar que não era totalmente apaixonada por todos sentados à mesa.

Então, sim, ele estava grato pela sua cooperação.

Não era como se Damian quisesse estar lá, também. Terrance não lhe deu muita escolha quando ligou mais cedo sobre o jantar. Não era incomum para o Chefe reunir os seus homens mais próximos e suas famílias para uma refeição que não envolvesse os negócios, simplesmente porque Terrance gostava de estar a par de tudo, mas Damian raramente tinha sido convidado antes.

Enquanto os convidados comeram, temas fluíam a partir dos estudos de Evelina, Alessa, e Abriella - no que elas estavam focando na faculdade e se Lily planejava fazer a mesma coisa após o casamento. Tommas e Laurent vagamente discutiram negócios o melhor que podiam na frente do Chefe da Outfit, Riley, e Ben durante a tentativa de manter suas palavras veladas para o benefício das mulheres.

Damian ficou quieto em seu lugar ao lado de Lily, observando cuidadosamente o humor de sua companheira durante toda a refeição. Afinal, repartir o pão com estas três famílias poderia ser um evento desgastante. Alguém sempre tinha que criar drama. Damian evitava essa merda como a peste. Outros procuravam como moscas procuram a merda.

– Nós vamos de pêssego e azul bebê, certo? – perguntou Abriella.

Lily assentiu com a cabeça e passou o garfo através da sobremesa macia de Damian quando ela achava que ele não estava olhando. – Sim, – disse ela antes de enfiar o fruto do roubo em sua boca.

Damian se inclinou e sussurrou no ouvido de Lily, – Posso te pedir um desses, você sabe.

– O seu está bom. Eu só queria um pouquinho.

Certo.

Foi por isso que ela tinha comido metade já.

Damian a deixou ficar com o doce.

– Damian vai vestir pêssego? – perguntou Serena.

Suas palavras se arrastaram no final da frase, lembrando Damian que sua tia já tinha virado metade de uma garrafa de vinho desde que ele e Lily chegaram uma hora antes. Não sabia quanto álcool Serena tinha consumido antes de chegarem lá.

Conhecendo-a, provavelmente muito.

– Não, azul, – Lily respondeu, mantendo sua atenção no doce.

– Bom, bom, – Serena murmurou. – Deus sabe que não quero que ele pareça um tolo no dia de seu casamento.

– Serena, – Laurent chamou sua atenção duramente.

Serena, bêbada como estava, agiu como se não tivesse ouvido nada do que seu marido tinha dito. Todos os outros na mesa tinham se acalmado e aquietado, observando a cena se desenrolar entre as duas mulheres no meio da mesa.

– Ele já fez o suficiente da parte dele com essa coisa toda, – acrescentou Serena. – Ele vai ter sorte se metade da família Rossi aparecer sem usar algo para esconder seus rostos. Que vergonha, meu Deus.

– Serena! – disse Laurent novamente, muito mais alto da segunda vez.

– Isso é o bastante, – disse Damian, se recusando a alimentar os absurdos de sua tia bêbada. – Você disse o que queria muito antes disso, então eu não quero passar por isso novamente.

– Oh, – Serena falou lentamente, sacudindo um dedo no ar. – Mas ela não ouviu, Damian. Ela deve saber que não-

– Laurent, controle a sua esposa e sua bebida ou nenhum de vocês será convidado para jantar com a minha família mais, – disse Terrance da cabeceira da mesa.

Serena zombou em voz alta.

A testa de Damian ficou franzida com isso. Claramente sua tia tinha ingerido muito mais álcool do que ele pensava anteriormente se ela estava até mesmo mostrando sua maldade para Terrance. Serena sabia melhor do que começar esse tipo de porcaria com o Chefe.

Serena tinha seus problemas, com certeza. Especialmente onde o casamento estava em causa. Infelizmente para ela, ela não tinha direito a ter opinião nenhuma quando se tratava de Damian e Lily. Ele também não dava a mínima para o que sua tia pensava. Ela não tinha se importado muito com ele quando era suposto, então qual era a maldita diferença agora?

Ele podia adivinhar pelo comportamento de sua tia, que Serena estava prestes a ter um de seus colapsos que normalmente se davam quando ela bebia demais. Damian não estava interessado em presenciar, então achava que era hora de ir. Pegando seu celular, ele mandou uma mensagem rápida para avisar à Dino que iria levar Lily para casa assim como ele pediu para fazer quando ele a pegou anteriormente.

– Serena...

Laurent nem sequer teve a chance de dizer outra coisa.

– Oh, cale-se, Laurent, – Serena sussurrou, jogando a mão na direção de seu marido sem nenhum cuidado. – Nós todos sabemos, não é? Quero dizer, vamos lá. Até mesmo ela tem que saber.

Lily olhou para Serena através de seus cílios escuros. Damian jurou que viu seus olhos se estreitam. – Saber o quê?

Serena riu em um som alto e afiado. – Sério? Você está me perguntando?

– Foi você quem disse, não é? – Lily perguntou baixinho. – Eu só estou pedindo para você cuspir em vez de mastigar. O que quer que seja.

Damian tinha que dar crédito a sua noiva; Lily não piscou diante do comportamento de Serena.

Serena tentou fazer algum ruído estranho parecido com um arrulho que saiu totalmente errado. Em vez de doentiamente doce como ele supôs que ela quisesse que soasse, saiu como uma bagunça ilegível misturada fortemente com o álcool. Muito provavelmente porque estava pronta para tombar, Serena nem sequer compreendeu as consequências de suas ações. Ela geralmente tinha um pouco mais de controle do que estava mostrando agora. Damian tinha tido o suficiente e não estava disposto a deixar Lily passar por uma rodada de abuso de sua tia só porque a cadela não conseguia controlar o quanto bebia.

Inferno, ela nunca controlou.

Damian ainda tinha uma fodida cicatriz no peito para provar isso.

Tommas tinha algumas também.

Ficando de pé, Damian ofereceu a Lily sua mão. Ela a pegou, sem pestanejar, deixando inacabado o doce no prato e ficando de pé diante de sua cadeira. – Desculpe, Chefe, mas eu acho que nós vamos ter que dizer boa noite.

Terrance franziu a testa. – Sim eu-

– *Você* vai fugir, agora? – Serena sorriu maliciosamente, o vinho em seu copo chapinhando quando ela acenou para Lily. – Desde quando você foge, Damian? Será que não o ensinamos bem quando você era criança? Você não quer me deixar explicar para a pobre moça quão terrível ela está fazendo você parecer?

– Serena, isso é mais do que o suficiente! – exclamou Laurent, seu rosto ficando vermelho.

Lily ficou tensa ao lado de Damian e sua mão apertou a dele. – Eu?

A questão tinha sido levantada como uma borda perigosa, como se Lily não pudesse acreditar no que tinha ouvido.

– Lily, vamos, – disse Damian com firmeza. – Ela não é importante e está bêbada.

– O que não é nada novo, – Tommas murmurou sobre sua mãe.

– Damian, eu sou sua *tia!* E eu espero que você me trate com respeito!

Damian estalou. Todo e qualquer controle que ele tinha conseguido manter durante a noite toda foi perdido com três simples palavras. Se virando para enfrentar a cadela do outro lado da mesa, Damian a olhou. Raramente ele demonstrava emoção na presença de outros e certamente não diante da Máfia. Era um jogo perigoso e enquanto Damian era poderosamente bom no que fazia, ele geralmente não gostava de dar a alguém uma abertura para um de seus pontos fracos.

Serena Rossi acabou de bater na cabeça maldita do prego com uma marreta.

– É isso mesmo, – disse Damian cheio de escárnio. – Você é minha tia. Minha bêbada, inútil e vadia tia. Tão inútil, na verdade, que você não é nem mesmo capaz de manter o seu marido em casa. Mas você era poderosamente boa pra caralho em abrir as pernas e fazer crianças que você não queria e não cuidava. Uma mulher que não podia sequer se incomodar em me criar e em vez disso me entregou a toda e qualquer pessoa que quisesse me levar. Mas não foi só comigo, seus próprios filhos, também. E quando estávamos com vocês, merda... Tommas e eu passamos a maior parte do tempo nos esquivando dos seus abusos e tomando os golpes uma e outra vez para que Cara e Lea não tivessem que apanhar.

– Sim, minha tia, – Damian repetiu, cuspindo as palavras entre os dentes cerrados. Ele acenou para Mia Conti, a irmã de Serena. – Você quer falar sobre como eu estou envergonhando a família, hein? Por que não podemos ir direto para a porra da jugular e falar sobre como até mesmo a sua própria maldita irmã não gosta de compartilhar uma mesa de jantar com você, porque você está ocupada demais tentando foder o marido dela metade do tempo?

Um suspiro afiado cortou a tranquila área de jantar. Damian nem sabia de onde ou de quem veio. Ele também não se importava.

– Se você acha que eu dou a mínima sobre o que você pensa de mim ou o negócio com a família DeLuca, você está extremamente enganada, Serena. Engula outra taça de vinho, seu sangue não está suficientemente azedo, ainda.

Damian desejou que pudesse ser surpreendido que nenhuma pessoa interveio para impedi-lo de derrubar verbalmente sua tia, mas ele não estava.

Nada do que ele disse a Serena era mentira. Merda, havia um inferno de muito mais que ele tinha deixado de dizer e provavelmente era melhor.

Até mesmo o tio de Lily no final da mesa ao lado de Terrance se sentou em silêncio e permaneceu estoico com seu olhar na borda do copo de vinho. Não foi um choque tão grande para nenhum deles. Damian achou que seu discurso tinha sido em benefício de Ben, de qualquer maneira. Não era exatamente vantajoso para Damian perder o controle na frente da família e dos homens importantes da Outfit, para não mencionar o Chefe. Ben DeLuca encenou bem a parte dele, mas as chances eram de que ele estava planejando algo para Damian de uma forma ou de outra.

Fodido Cristo, Damian não se importava naquele momento. Ele só queria sair dali.

Lily tinha praticamente se transformado em gelo ao seu lado enquanto olhava para ele com olhos tristes e desconfiados.

– Podemos ir agora? – Damian perguntou a ela.

Lily assentiu com a cabeça, mas não disse uma palavra.

Damian colocou Lily na frente dele quando ele se virou para a mesa mais uma vez. Ele devia a uma pessoa na mesa um pedido de desculpas e era apenas por uma questão de respeito e um pouco mais. – Chefe...

Terrance ergueu uma única mão. – Está tudo perfeitamente bem, Damian. Eu vou te ver amanhã, no tributo, sim?

– É claro, – disse Damian.

Damian não tinha sequer se afastado da mesa completamente antes de Serena soltar um grito. Sua raiva transbordou, tornando sua voz alta. Damian deveria ter pensado melhor antes de virar as costas para sua tia quando ela estava com raiva e bêbada. Na verdade, ele sabia, mas sua preocupação sobre tirar Lily da presença de sua tia louca tinha sido mais importante do que as lições de vida que ele aprendeu crescendo com uma tia abusiva e alcoólatra.

– Você... seu pequeno bastardo! – gritou Serena.

Damian mal avistou o copo de vinho voando na direção dele e de Lily em tempo suficiente para reagir. Ele deu um passo à frente de Lily e o cristal pegou o lado de sua mandíbula, quebrando em seu rosto e salpicando vinho tinto e afiados pedaços de vidro ao longo de sua bochecha. A dor floresceu enquanto algo úmido e pegajoso gotejava em sua camisa e paletó.

– Oh, meu Deus, – Lily sussurrou.

Damian piscou, aturdido quando as mãos macias de Lily foram sobre seu rosto. Ele podia ouvir os sons de seu tio e os outros na mesa finalmente começando a reagir à exposição muito pública de Serena. Enquanto Laurent repreendia o mau comportamento de sua esposa, alguém estava exigindo um pedido de desculpas.

Lily continuou tocando no rosto de Damian com a ponta dos dedos. – Merda, você está sangrando.

Damian deu de ombros. – Apenas... vamos sair daqui antes-

– Diga a ela, Damian! – sua tia cuspiu.

– Serena Rossi, você vai fechar a boca ou eu vou fechá-la para você, – Laurent ordenou.

Essa ameaça não impediu Serena.

– Vá para o meu carro, Lily, – disse Damian. – Por favor.

Lily não se mexeu. Estava muito focada em enxugar o corte que ardia no rosto de Damian com a manga de seu vestido preto.

– Ela sempre será a filha daquele tolo, Damian, – a tia colocou para fora. – Pode ser uma DeLuca, mas ainda é filha dele. Semente de um vira-casaca, de um rato. Ela tem 'traidora' marcado nela. Poderia muito bem estar tatuado em sua testa. Está em seu sangue e não há sangramento que faça isso sumir. Quanto tempo vai demorar antes que ela derrame sobre você, também, hein? Seu próprio pai não pôde se manter fiel à Outfit, o que ela irá pensar de você quando finalmente der uma boa olhada em quem você é, Damian?

A respiração de Lily falhou quando seu olhar encontrou o de Damian. Dor correu por seus olhos enquanto as lágrimas brotavam.

Não chore, ele queria dizer a ela. *Nunca deixe uma mulher como Serena Rossi ver você chorar.*

Lily DeLuca era muito melhor do que Serena Rossi poderia sequer sonhar em ser, independentemente das ações passadas do pai. Lily, Theo e Dino não eram seu pai. Claro, seus pais os tinham criado, mas seus futuros não eram ditados por ações passadas. Serena podia colocar pra fora seus absurdos o quanto quisesse, mas não iria fazer diferença para o que pensava Damian.

A Outfit deveria ser sobre a família. O pai de Lily poderia ter quebrado essa regra há muito tempo, mas havia um monte de homens, alguns mais próximos do que qualquer um deles sabia, que trabalhavam duro para trazer a Outfit de volta ao que deveria ser.

La famiglia.

A família.

Serena não sabia nada sobre a família. Não a dela, a Outfit, ou a de qualquer outra pessoa. Ela certamente não sabia nada sobre Lily ou o quanto os irmãos da menina haviam cuidado dela e a amado.

Damian não teve que dizer nada a Lily. Ela endireitou os ombros, deu um único olhar para trás de Damian para a puta com o rosto vermelho chamada

Serena, e rejeitou a mulher mais velha com uma erguida do queixo e um balanço de seus cílios.

Era isso.

Lily não disse uma palavra. Sua atitude indiferente, imperturbável era mais do que suficiente. Lily simplesmente rejeitou Serena de uma forma que lhe permitiu manter a própria dignidade enquanto desprezava a tia de Damian na frente de uma mesa inteira lotada de pessoas. Ao contrário do desdém muito vocal, embaraçoso e indigno de Serena, Lily ficou em silêncio e isso falou muito mais alto. Uma boa mulher, inteligente e forte, não tinha necessidade de fazer uma cena para envergonhar ninguém.

Ela entendeu claramente o respeito de uma maneira que Serena não entendia.

Damian apreciou aquilo.

Enxugando o corte em sua bochecha com o polegar, Damian olhou por cima do ombro para sua tia. Serena permaneceu na mesa, carrancuda e bufando como um touro irritado. Ela parecia uma maldita bagunça. Bêbada, insensata, e à procura de outra briga. Damian não seria o único a dar a ela a batalha que ela claramente queria.

Todos os outros na mesa pareciam estar tendo o seu próprio momento de choque, incapazes de falar ou reagir. Ele não os culpava. Claro, todos eles testemunharam um dos momentos de Serena ao longo dos anos, mas nunca como este, em um lugar público. Foi só então que ele notou que os garçons tinham corrido para a porta da sala de jantar privada também.

– Vamos, – disse Damian para Lily.

Lily assentiu. – Claro, tudo bem. Vamos encontrar um banheiro primeiro. Eu vou limpar essa bagunça em seu rosto.

A postura de Damian suavizou. Ela estava realmente preocupada com ele e ele desejou que ela não estivesse. Não era a primeira vez que algo assim acontecia. Sem outra palavra para as pessoas na mesa, Damian guiou Lily passando pelos garçons que se apressaram em voltar para o cômodo. Claramente a pequena cena não passou despercebida pelos clientes regulares se a forma como estavam encarando era qualquer indicação.

O primeiro banheiro que eles encontraram era feminino. Lily não parecia se importar quando abriu a porta e puxou Damian para dentro com ela. Uma mulher estava diante das pias lavando as mãos.

A mulher guinchou e suas bochechas ficaram vermelhas com a visão de um homem dentro do banheiro. Poderia ter tido algo a ver com o fato de Damian estar sangrando, ter cacos de vidro em seu ombro, e seu terno estar molhado com vinho tinto.

Porra. Ele cheirava como uma maldita adega.

– Saia, – Lily ordenou.

– Isto é um-

O salto de Lily fez barulho no chão de azulejos. – Eu disse para sair. *Agora.*

A mulher saiu correndo do banheiro, se certificando de manter um amplo espaço entre ela, Damian, e Lily enquanto caminhava para a saída. Ele não se importou nem um pouco.

Lily cruzou o banheiro para onde havia toalhas de rosto brancas enroladas em pequenas dobras e colocadas estrategicamente perto das pias. Ela acenou para um Damian estoico se aproximar e enxugou o rosto dele com o tecido seco e macio para limpar um pouco do sangue escorrendo por seu queixo e pescoço. Uma vez que molhou o pano, Lily tomou um tempo enxugando sua ferida, retirando pedaços de vidro do corte, e varrendo os outros que estavam em seu ombro.

– Este terno está arruinado, – Lily murmurou.

Damian deu de ombros, tentando ignorar a forma como as mãos quentes vagando sobre sua pele o faziam se sentir. – Ah, tudo bem.

– Há sangue por todo o seu pescoço e ombro. Não está saindo.

– É apenas um terno, pequena.

Os olhos de Lily se afastaram dos dele. – Eu não sou tão pequena mais, sabia?

Damian sorriu, incapaz de se deter. – Eu estou muito consciente disso.

– Você me chamava assim, também?

– Uma ou duas vezes. Combinava, naquela época. Essa diferença de idade entre você e seus irmãos com certeza fazia um pouco menor do que eles no grande esquema das coisas.

Lily sorriu. E parecia honesto e verdadeiro. Damian poderia contar em uma mão a quantidade de vezes que esta mulher sorriu em sua presença e realmente quis sorrir. Ele gostou; ele queria ver mais do mesmo.

– Eu era o bebê oops.

A testa de Damian franziu. – O quê?

– O bebê oops, – Lily repetiu, enxugando o rosto com golpes leves. – Me lembro da minha mãe me dizendo uma vez que depois de Theo, ela não queria outro bebê, porque estava com medo de acabar no inferno com três meninos para criar.

– E então você apareceu.

– Assim como um pequeno oops.

– Você não é um erro, no entanto, – Damian disse com uma sobrancelha erguida.

Lily riu. – Não, ela nunca disse isso. Ela teve sua menina, certo?

– Bem, ela teve você.

– E eu compensei tudo, – disse Lily com um rolar de seus lindos olhos castanhos. – Que pena, eu gostei deste terno.

Damian não pôde deixar de notar o leve tremor na mão de Lily enquanto ela jogava o pano sangrento na pia. – Você gostou?

– Sim.

– Lily-

– Deus, aquela mulher é vil. Como você cresceu na casa dela? – perguntou Lily.

– Eu passei tão pouco tempo com ela quanto possível, mas na maior parte, fomos criados por outras pessoas. Ouça, não dê atenção nenhuma a ela.

– É mais fácil falar do que fazer, – Lily murmurou.

– Ei. – Damian pegou o rosto de Lily em sua palma. Ele passou o polegar sobre a delicada linha de sua mandíbula e inclinou a cabeça para que ela olhasse para ele. A umidade ao longo de seus cílios inferiores dizia que as palavras de Serena tinham afetado Lily muito mais do que ela estava deixando transparecer. – Isso aí, – disse ele, ainda mantendo um domínio sobre ela enquanto limpava as lágrimas não derramadas com sua mão livre. – Não faça isso, Lily. Ela não vale nada para o que eu ou qualquer outra pessoa pensa quando se trata de você. Serena prospera em sua necessidade de manipular e criar algum tipo de drama, não seja uma de suas vítimas.

Lily piscou para se livrar da umidade. – Não é ela ou o que ela disse, realmente não.

– O que é, então? – ela não lhe respondeu, mas Damian tinha uma boa indicação do problema. – Seu pai?

– Parcialmente.

– Eu pensei que não era sobre o que ela disse?

Lily acenou para a porta fechada com uma ferocidade e raiva que apareceram de repente. – Essas *pessoas*... todas elas.

– Você vai ter que explicar isso melhor para mim, querida.

– Eles simplesmente o rotularam como um rato. Eles não se importam nem mesmo se ele era um homem com filhos e uma esposa, como se sua vida não importasse no final, porque ele não seguiu suas regras. Ele era mais do que a Outfit, ele era meu pai. *Meu pai,* tudo bem? E me incomoda que ele não possa ser o meu pai, ele tem que ser o homem que os traiu. Ele ainda é meu pai.

– Eu sei, – Damian murmurou.

– Ele é, certo? – perguntou Lily calmamente. – Meu? Por que eu tenho que fingir que ele não valia nada?

– Ele ainda é seu, independentemente do que qualquer outra pessoa diga ou pense. E você nunca irá vê-lo como eles veem, porque você não é como eles, Lily. Só para constar, eu não acredito que suas ações determinem o seu futuro, também. Há uma enorme diferença entre ser cegamente leal e ser fiel à sua família.

– Eles são a família, – disse Lily. – Não é isso o que sempre foi dito?

– Sua família é o que você faz. A família é o povo que protege e ama você, não importa o que custe no final. A família é para quem você sempre volta quando tudo que você quer fazer é fugir.

– Meus irmãos, você quer dizer.

Damian deu de ombros, ainda correndo o polegar sobre a linha de sua mandíbula. – Claro, mas eu estou esperando que você me coloque nessa categoria, eventualmente, também.

Lily estremeceu com o toque dele. – Como posso fazer isso quando eu nem te conheço?

– Você sabe o suficiente, – Damian respondeu com sinceridade.

Tudo o que ela precisava saber.

– Eu não sei, – Lily argumentou. – Você ainda não me disse por que concordou com isso.

– Sim, eu disse. Duas vezes.

– Porque você tem.

– Exatamente, Lily.

– Isso ainda não é uma resposta, Damian.

– Talvez você não esteja fazendo as perguntas certas, querida. Se você passasse metade do tempo olhando para outras pessoas como passa presa dentro de sua própria cabeça, você poderia encontrar as respostas bem na frente desse seu rosto bonito.

Lily mordeu o lábio inferior e se remexeu no local. – Sinto muito.

Damian não estava esperando isso. – Pelo quê?

– Não me lembrar muito sobre você. Eu queria ter dito isso antes, mas agora parece um bom momento.

– Quando você era mais jovem, você quer dizer?

– Sim.

Damian riu, pegou seu pulso com a outra mão, e puxou Lily um passo mais perto dele então seus narizes roçaram quando ele olhou para ela. Ela arregalou os olhos quando sua mão espalmou para contra seu peito. Não o afastou, no entanto. Damian tomou isso como um bom sinal.

– Quando eu andava com Theo, você era jovem e seus pais tinham acabado de morrer. Eu era transferido para um monte de casa em casa, por isso houve apenas um breve momento em que Theo e eu fomos próximos quando crianças. Para você, aquele momento em particular foi traumático. Seus pais sendo mortos, ir morar com seu tio, e Dino sair de casa. Você estava muito focada em Theo e em permanecer do lado dele porque todo mundo ao seu redor havia ido embora.

Lily fungou, mas as lágrimas não vieram dessa vez. – Você se lembra de muita coisa.

– Parece que suas memórias são um espaço em branco por causa de sentimentos ruins, os meus estão voltando por causa de sentimentos bons. Grande parte da minha infância foi passada ouvindo gritos, me mantendo fora do caminho de todos, e tentando ser invisível.

– Oh.

– Sim, então eu não me importo de me lembrar de tudo aquilo. Mas você parece ser um ponto doce.

Os lábios de Lily se curvaram em um pequeno sorriso. – Huh. Imagine isso.

– Aquela época não é tão importante assim, Lily.

– Não? – ela perguntou.

– Não. Agora é. Hoje. Amanhã. Tudo o que você quer fazer ou onde quer que você esteja pensando em ir. Essas são as coisas importantes; essas são as coisas que são importantes para mim. Eu disse que nós vamos trabalhar todos os detalhes à medida que avançamos. Eu não estava mentindo.

– Eu quero confiar em você, – ela sussurrou.

– Você irá.

Esse tipo de coisa vinha com o tempo. Damian certamente não estava tentando fazer esta menina se apaixonar por ele, mas ele não queria fingir que não tinha alguns sentimentos residuais por ela; algo lá dentro que apertava seus pulmões e coração com um aperto firme - como se para mantê-lo firme e claro. Ele a queria segura e feliz, mas não era somente por causa de seu irmão e sua dívida.

– Seu vestido está uma bagunça, – observou Damian, irritado com as manchas de vinho na lateral de seu vestido preto.

– O vinho me pegou também. – Lily estendeu a mão e pressionou as pontas dos seus dedos ao longo de seu corte. – Não é tão ruim, realmente. Eu não sei por que sangrou tanto.

– Feridas no rosto sangram.

– *Hmm.*

– Eu deveria te levar para casa e você possa talvez salvar este vestido, – disse Damian.

Lily deu de ombros como se não fizesse diferença. Ela ainda tinha que afastar o olhar de seu rosto e continuava tocando-o com uma ternura que dizia que ela estava preocupada. Damian pegou a mão dela, querendo afastar todo o absurdo acontecendo em sua cabeça.

– Eu estou bem, Lily.

– Ela realmente não gosta de mim.

Damian riu. – Você se importa?

– Não.

– Ótimo.

– Por que isso é ótimo? Eu não deveria querer que sua família gostasse de mim?

– Eu não dou a mínima se Serena aprova as minhas escolhas ou não. Não são as escolhas dela. Há apenas três pessoas com o sobrenome Rossi que eu considero família e minha tia e tio não estão incluídos.

– Mas-

– E logo, eu estarei adicionando uma quarta pessoa a essa lista também, – disse Damian, dando a ela um sorriso lento.

Lily congelou, seu olhar voando para a boca de Damian antes de saltar de volta para seus olhos. – Você é muito bom para o seu próprio bem, Damian.

– Sim, bem, eu tento.

Com isso, ele se abaixou e pegou seu suspiro surpreso com a boca. No momento em que seus lábios tocaram os dela, doçura floresceu em sua boca. Podia sentir o gosto dela na ponta da língua, e Damian estava perdido. A mão de Lily agarrou seu paletó quando ele deu mais um passo para perto dela até que seu corpo foi pressionado contra o dele e as costas dela empurradas contra o balcão. Ele só queria distrair suas preocupações, mas agora que podia sentir a forma em que seus lábios estavam se movendo contra os dele, Damian não estava a fim de parar. Suas mãos deslizaram sob sua saia, percorrendo os arredores de sua bunda tonificada e ele a agarrou apertado. Levantou-a sobre o balcão em um movimento fluido, necessitando dela mais elevada para que ele não tivesse que se dobrar para obter a boca dela na dele como ele queria.

Lily prendeu a respiração irregular, seus lábios se separaram apenas o suficiente para permitir que Damian aprofundasse o beijo. Sua língua encontrou o delicioso calor de sua boca. Quando a beijou mais forte, deixando os dentes rasparem sobre o lábio inferior dela enquanto ela o observava sob cílios escuros, suas mãos percorriam a curva de sua cintura e pela lateral de seu corpo até que ele estava segurando sua mandíbula novamente. Seu pau engrossou sob suas calças e a maneira como seu corpo se movia era atrito apenas o suficiente para deixá-lo mais duro do que o aço e pronto para rasgar a porra daquele vestido dela. Ele já estava arruinado, certo?

Damian forçou a cabeça de Lily para trás, expondo seu pescoço e fazendo seus olhos se arregalarem. Ela era bonita. Seus lábios vermelhos e inchados de seu beijo tremeram. Sua língua lisa disparou para fora para molhar os lábios antes de desaparecer de volta para dentro daquela boca doce.

Sim, boca doce.

Porque era muito doce e muito viciante para parar em apenas um.

O vestido de Lily tinha se amontoado para cima, expondo a forma de seus quadris e um flash de renda preta na junção das coxas. Seu peito se expandiu e caiu rapidamente com a velocidade de suas respirações.

– Eu não estava esperando isso, – disse Lily, um calor cobrindo suas palavras.

Damian sorriu. – Os melhores momentos vêm quando você não está esperando, Lily.

– Eu não disse que tinha sido ruim.

– Não estava apostando isso, querida.

As pernas de Lily se apertaram ao redor da cintura dele. – Você vai fazer isso de novo?

– Pode ser.

Lily engoliu em seco. – Eu não-

– Silêncio, – Damian exigiu.

– Damian-

– Lily, fique quieta.

Seu tom não oferecia espaço para discussão. Damian queria aproveitar os poucos momentos que tinha com essa menina interessante e desafiante enquanto ela estava disposta. Ele não queria que suas preocupações ou segundos pensamentos a fizessem fugir.

– Silêncio, – repetiu ele.

Ela assentiu com a cabeça lentamente. – Ok.

– Sim.

– O quê? – ela perguntou.

– Eu menti. Sim, eu vou fazer isso de novo. Eu vou te beijar de novo, porque eu gosto do sabor da sua boca e eu sempre tomo o que eu quero. E eu estou realmente ansioso para descobrir se você fode como beija, porque se assim for, eu não posso esperar.

Os olhos de Lily brilhavam com luxúria. – Que jogo você está jogando, Damian Rossi?

– Nenhum jogo.

– Você tem certeza?

– Sim, mas se eu estivesse, você deve saber que eu jogo para ganhar.

– E você sempre toma o que quer, – disse Lily, jogando suas palavras de volta para ele.

– Com certeza sim.

Capítulo Oito

As pontas dos dedos de Damian entraram em contato com os lábios de Lily e ela pulou no momento em que ele a tocou. A ação simples criou um raio de calor que percorreu através do seu corpo inteiro. A dor entre suas coxas aumentou à medida que o formigamento em seus lábios se espalhou para sua língua.

Sem dizer uma palavra, Damian se inclinou e deu um beijo leve como uma pena na boca de Lily. Ele não reivindicou sua boca com a fúria exigente de sua língua como da primeira vez. Seus dentes não puxaram e morderam o lábio inferior dela como antes, também.

Não, ele só... a beijou.

Suave e doce.

Suave e rápido.

Quando ele se afastou, a língua de Lily saiu correndo para recuperar o gosto dele em sua boca novamente.

Os olhos de Damian escureceram. – Toda vez que você faz isso, lambe a porra dos seus lábios, me faz querer te dar algo para provar, Lily.

Ela sabia que não devia cutucar um monstro quando ele estava mostrando-o por vontade própria, mas Lily não conseguiu se segurar. – É mesmo?

– *Mmm,* e eu aposto que você gostaria disso também.

Lily estremeceu. Das pontas dos dedos dos pés em seus saltos até os malditos ombros, ela sentiu a promessa que atava suas palavras rastejar sobre sua pele, pelo corpo todo com intenção.

Damian deu um passo atrás se afastando de Lily e ofereceu a ela a mão. – Desça daí e eu vou te levar para casa para que você possa tirar esse vestido. Você provavelmente já tem manchas de vinho em toda a sua pele agora.

Sua mente foi para o lugar mais sujo possível. Um lugar onde a língua, a boca e os lábios dele limpavam todas essas manchas de vinho. Damian não estava nem mesmo tentando esconder suas intenções de Lily e já estava tentando adivinhar o que pensava que queria.

Seria um casamento com este sexy e perigoso homem uma coisa tão má? Se ele a queria e iria tratá-la como se ela fosse importante para ele, o que mais ela poderia querer? Lily não tinha tido escolha a respeito de quem Dino tinha escolhido por ela se casar, mas ela estava começando a pensar que se tivesse, Damian poderia ter estado no topo de sua lista.

Lily deslizou para fora do balcão e ajeitou seu vestido bem a tempo. A porta do banheiro se abriu para expor uma Evelina franzindo a testa.

– Aí está você, – disse a amiga.

Evelina não agiu como se a proximidade entre Lily e Damian fosse algo incomum. Ela quase não percebeu o cabelo de Lily, obviamente, despenteado, o vestido enrugado, e o batom manchado quando entrou no banheiro e deixou a porta fechar.

– Eu queria ver se você gostaria de companhia hoje à noite, – disse Evelina para Lily. – Você sabe, falar mal dos seus sogros com alguém ou qualquer coisa assim.

Damian bufou. – Cuidado, as orelhas de Serena queimam quando falam dela.

Evelina deu de ombros. – Espero que elas caiam, porra. Ela foi horrível hoje.

– Eu não me importo com aquela mulher, – disse Lily.

Ela estava falando sério.

– Ela foi horrível, – Damian concordou. – Tenho certeza que se Laurent não colocá-la na linha, Terrance irá. Serena sabe seu lugar, mesmo que não tenha agido assim hoje.

– Alguém deve tomar cuidado com o quanto bebe, – Evelina murmurou, atirando a Lily um olhar de desculpas.

– É difícil acreditar que você seja parente dela, – disse Lily para a amiga.

– Damian também é.

– Imagine, Tommas, Lea, e Cara vieram dela, – acrescentou Damian.

Isso tinha que ser impossível, caramba. Aqueles três não eram nada como sua mãe. Na verdade, eles não eram nada como seu pai, também. Bem, o que Lily sabia das gêmeas Rossi? Não era muito, mas ela duvidava que elas fossem tão terríveis quanto sua mãe. Especialmente se Damian falava sobre elas com carinho.

– De qualquer forma, quando notei que o carro de Damian ainda estava no estacionamento, eu vim procurar por você. – Evelina abriu um grande sorriso. – Eu não pude deixar de seguir as gotas de sangue até aqui. E encontrar vocês aqui... juntos.

Sim, lá estava.

Lily teve a nítida sensação de que sua amiga não iria deixá-la em paz se ela não convidasse Evelina para passar a noite.

– Eu limpei o corte dele.

Evelina piscou. – Certo. Então, hoje à noite?

– Sim, tudo bem, – disse Lily. – Damian vai me levar para casa e, então nós podemos fazer o que você quiser.

– Soa como um plan...

As palavras de Evelina foram cortadas quando 'pops' ecoaram seguindo o som de vidro quebrando e gritos. Muitos gritos. Gelo percorreu através das veias de Lily, congelando-a no local. De repente, seu coração parecia que estava batendo fora do seu peito e seus pulmões não expandiam para trazer o ar que ela precisava para respirar.

Algo estava muito errado.

A mente de Lily gritava.

Ela conhecia aquele som. Aquele pop, pop, *pop*.

Tiros. Repetidos e rápidos.

Mais gritos.

Evelina estendeu a mão para a porta do banheiro para abri-la e no momento em que o fez, o som de pneus cantando gritaram no fundo dos ruídos de pânico no chão do restaurante. Lily tentou dar um passo para frente, mas a mão de Damian a agarrou pela parte traseira de seu vestido, a enraizando em seu lugar. O medo a saturou de dentro para fora.

– Não se mova, – ela ouviu Damian falar com uma voz firme.

Mas…

Lily queria discutir. Sua amiga já estava correndo para fora do banheiro na direção de sua família e amigos. Lily compreendeu por que Damian não queria soltá-la. Dentro do banheiro, eles estavam a salvo por enquanto.

– Eve! – Lily gritou.

Ela finalmente saiu de seu devaneio chocado. Empurrando com força o suficiente para o aperto de Damian em seu vestido escorregar, Lily fugiu do banheiro atrás de Evelina. O grito de Damian atrás dela era uma advertência distante que ela mal ouviu.

– Lily!

Pessoas se moviam em todas as direções do lado de fora do banheiro. Clientes em estado de pânico corriam para as saídas do restaurante o mais rápido que podiam se mover. Garçons gritavam pedindo calma enquanto outros exigiam que alguém ligasse para o serviço de emergência. Uma brisa distinta de Chicago, que era sentida até mesmo no verão em toda a cidade, soprou através do edifício. Era demais para que pudesse ser proveniente das portas que se abriam para os clientes em fuga.

Tão errado.

Ela podia sentir em seu coração.

Lily se moveu como se tivesse sido colocada em uma bolha, como se estivesse em transe. Evelina estava talvez alguns passos à frente dela, mas ela praticamente podia sentir o medo que irradiava de sua amiga em ondas grossas.

– Lily, espere, – disse Damian de algum lugar atrás dela.

Ela não parou.

Lily virou a repartição que separava a área principal da sala privada, onde eles tinham jantado antes. A brisa do lado de fora era mais forte quanto mais perto ela chegava. O olhar de Lily varreu a carnificina e a confusão. Pessoas se moviam, pessoas que ela reconheceu e conhecia, mas não podia discernir o que estava realmente acontecendo na frente dela. As grandes janelas que tomavam toda a parede estavam quebradas, os cacos de vidro espalhados por todo o chão e pela mesa comprida. Uma cor berrante, terrível e vermelha mórbida manchava as toalhas de mesa brancas e tinha salpicado até a parede.

Alguém estava gritando novamente.

Outra pessoa estava arfando um som borbulhante e terrível. Como se não pudesse respirar ou falar. Como se estivesse engasgando com algo enquanto as palavras abriram caminho para fora.

Evelina estava tão perto de Lily que poderia esticar o braço e tocá-la.

– Jesus, – Lily sussurrou.

– Ligue para o 911! – Tommas gritou.

– Quem diabos foi?

– Um carro branco, eu acho.

– Você *acha,* porra?

– Definitivamente branco!

– Vidros escuros. Muito escuros, – Tommas cuspiu. – Merda, não está parando. Eu não consigo fazê-lo parar.

– Mia? Mia... baby...

O murmúrio continuou, mas estava se tornando fraco.

– Não, respire!

Onde estava Tommas? Ele estava falando, mas ela não podia vê-lo. Lily tentou discernir as vozes e as pessoas, mas a neblina não se dissipava, não importa quantas vezes ela tentasse piscar.

– Lily...

Ela sentiu os braços de Damian envolver sua cintura e puxá-la de volta. Ela lutou contra, vendo Evelina curvada em um monte de membros e lágrimas no chão. Lily precisava ajudar sua amiga, ela tinha que fazer isso.

– Me solta! – Lily gritou. – Me solta, por favor!

Damian continuou puxando-a para trás. Lily lutou ainda mais.

– Movam-se, movam-se, movam-se! – Ben DeLuca gritou. – Fora, Chefe. *Agora.*

Lily observou como seu tio empurrou um olhar atordoado à Terrance a partir do espaço onde estava. Eles passaram por Lily e Damian sem olhar para trás - para a devastação e dor que eles estavam deixando para trás.

Proteja o Chefe.

Sempre.

Lily se sentiu mal.

Ela não era a única, aparentemente. Serena Rossi vomitou em um canto, enquanto o marido apoiado contra uma parede, pressionava uma ferida sangrando em seu ombro.

– Atravessou, atravessou, – ela o observou murmurar para si mesmo.

Joel Trentini foi o segundo a deixar o local, seguindo atrás de seu avô e Ben rapidamente.

Choque era algo terrível.

Ele corroía tudo. Ele te deixava debilitado, pior do que até mesmo o medo. Pelo menos contra o medo uma pessoa tinha a chance de lutar ou fugir. Contra o choque, não havia nada... apenas quietude, reação letárgica, e a incerteza total.

– Nós temos que ir, – Damian disse no ouvido de Lily.

Ela não podia deixá-lo arrastá-la para fora de lá, não importa o quanto seus instintos gritassem para ela sair. Seus amigos estavam dentro daquele restaurante. Evelina ainda era uma bagunça chorando no chão implorando através de soluços que Lily não conseguia entender.

– Por favor, – implorou Lily, empurrando contra o domínio de Damian. Ele estava incansável em sua intenção de afastá-la. Não importa o quanto ela lutasse, ele não a soltou. – *Damian,* por favor!

Lily piscou novamente e a neblina começou a se dissipar. Sob a mesa do outro lado, onde uma das toalhas de mesa estava rasgada, havia um corpo caído e sangrando. Um lado do rosto da pessoa estava irreconhecível. Sangue se acumulava em uma poça escura vermelha em torno da cabeça, manchando o carpete bege.

Tommas espalmou o rosto da pessoa, inclinando a cabeça para trás enquanto ele gritava de novo para ela respirar. Riley Conti estava sentado no chão, com o rosto entre as mãos e os ombros tremendo. Lily começou a olhar ao redor para os rostos, fazendo um inventário, percebendo que ainda estava lá, falando, chorando... respirando e viva.

– Mia...

– Mãe, – Adriano disse com voz rouca.

A voz de Adriano saiu falhada e dolorida. O corpo do rapaz tremia enquanto lágrimas eram derramadas. Ele caiu ao lado do corpo de sua mãe, empurrando Tommas de lado e assumindo as compressões torácicas.

– Lily, nós temos que ir, – disse Damian.

Sua garganta estava apertada, sufocando-a em silêncio. Ao lado do corpo, as mãos de Lily se cerraram até que suas unhas cravaram nas palmas de suas mãos e a dor atravessou sua pele. Ela parou de lutar. Damian era quente, forte e reconfortante. Seus braços a faziam se sentir mais segura e quanto mais ele a levava para longe dos gritos e do sangue, melhor seu peito se sentia. Ela o deixou arrastá-la para fora e para longe... daquilo.

Ela não queria isso.

Lily nunca quis isso.

Não importa o quanto tentasse, Lily não conseguia parar sua mão no colo de tremer. Damian desligou o motor do carro, cobrindo a calçada da casa do irmão dela com a escuridão novamente. Ele a olhou com cautela do assento do motorista enquanto ela balançava as mãos e tentava fazer com que a sensação de sujeira saísse de sua pele.

– Você quer falar sobre isso? – perguntou Damian.

– Não.

Isso, ela tinha mais do que certeza.

– Você era uma convidada no restaurante, especificamente o de Terrance, então você deveria ser conscientizada...

– Eu poderia ser interrogada, – interrompeu Lily.

– Sim.

Ela encolheu os ombros. Que diferença essa porra faria?

– Eu não sei de nada.

– Foque nisso, – disse Damian calmamente.

– Eve... – Lily molhou os lábios, sentindo a secura na boca. – E sobre Eve?

Damian suspirou. – Vamos entrar. Você deve se trocar e tentar descansar ou algo assim. Vai te dar tempo para pensar.

Lily não tinha forças ou vontade de discutir. Uma parte dela queria exigir que ele a levasse até Evelina para que sua amiga tivesse alguma forma de conforto. Outra parte sua gritava para correr para sua cama, se esconder debaixo dos cobertores, e dormir o resto deste horrível e inacreditável dia.

– Ok, – Lily concordou em silêncio.

Damian saiu do carro, deu a volta na frente, e depois ajudou Lily a sair como o cavalheiro que era. O homem agiu como se nada tivesse acontecido apenas menos de uma hora antes. Ele não agia como se uma mulher tivesse sido morta a tiros e que se eles ainda estivessem naquela sala de jantar, poderiam ter sido mortos também.

A porta da frente estava trancada. As mãos de Lily tremiam demais para ela conseguir abrir. Damian pegou as chaves e abriu a porta, expondo a casa em silêncio. Nenhuma luz estava acesa. Lily achou estranho, considerando que o carro de Dino estava lá fora.

Damian não tinha dito que Dino estava trabalhando em algum lugar?

E…

– Ei, olhe para mim, – disse Damian, com seu tom firme, mas suave.

Lily olhou para ele com cautela, se sentindo instável e uma sensação ruim em seu coração. – Sim?

– Você quer que eu fique por um tempo até que você esteja mais calma?

Ela queria?

Lily não sabia o que queria, exceto que o dia de hoje terminasse. – Quem fez isso?

A expressão de Damian não mudou quando ele disse, – Alguém com um objetivo, eu acho.

– Mas Mia não era... alguém importante, certo?

– Talvez eles não estivessem apontando para Mia, Lily. Além disso, matar qualquer um naquele jantar teria causado um rebuliço, dado com quem eles eram casados ou filhos de quem eram.

– Oh, – ela murmurou silenciosamente.

A mão de Damian encontrou seu pulso, os dedos apertando em torno de sua mão o suficiente para fazer Lily sentir como se tivesse algum tipo de terreno sólido para estabilizá-la.

– Fique, – disse ela.

– Claro, querida.

Lily atravessou o silencioso e escuro hall de entrada. Ela tirou os saltos, mal registrando a dor na sola dos seus pés quando a frieza do piso encontrou seus dedos do pé. O torpor persistente ainda se enrolava em torno de seus sentidos, o que era uma porcaria. Ele só não queria ir embora. Damian a seguiu em seu estado calmo habitual, mas ela não se importou.

Quando ela virou para a parte inferior das escadas, a caminhada de Lily teve uma parada abrupta. Uma luz se apagou a direita, atraindo o olhar dela. A porta do banheiro no térreo se abriu e Dino saiu com uma toalha enrolada na cintura e outra nas mãos. Ele não pareceu notar sua irmã e Damian ali de pé enquanto corria a toalha por seu cabelo curto com uma mão enquanto olhava para a tela de seu telefone celular na outra. Em seguida, ele pendurou a toalha em volta do pescoço, saindo um pouco mais para fora do banheiro, olhando para o seu telefone.

– Dino, – Lily disse, ainda confusa com a escuridão da casa e a presença de seu irmão.

Cristo.

Ela não tinha certeza de nada.

Dino deveria saber, no entanto.

– Dino, – Lily disse de novo, mais alto na segunda.

Seu irmão finalmente afastou o olhar de seu telefone e olhou para cima. – Você está de volta mais cedo.

– Alguém me disse que você estava trabalhando, – disse Lily.

– Eu terminei o trabalho mais cedo. – Dino deu a Damian um aceno de cabeça. – Obrigado pela mensagem.

Damian não disse nada.

Lily estava confusa. – Que mensagem?

– Eu o avisei que estava te trazendo para casa, – explicou Damian.

Oh.

– Alguma coisa aconteceu, – disse Dino, dando a seu telefone total atenção novamente. Ele não parecia surpreso, muito menos incomodado. Por que ele não estava em pânico? Por que ele não estava exigindo respostas e se perguntando o que aconteceu? – As minhas mensagens estão enlouquecendo, nada faz muito sentido.

– Mia foi baleada, – disse Lily, se sentindo distante mais uma vez.

– Morta, – Damian adicionou mais baixo.

A sobrancelha esquerda de Dino se arqueou enquanto ele olhava para sua irmã novamente. – Quando você recebeu a chamada?

Damian balançou a cabeça. – Nós não recebemos.

– Não?

– Nós estávamos lá, – Lily sussurrou.

Um breve lampejo de preocupação cruzou as feições de Dino antes de desaparecer e o vazio retornar. – Damian?

A palavra saiu atada com algo que Lily não conseguiu decifrar. Parecia um inferno de uma ameaça emaranhada com um milhão de avisos. Por que Dino olharia assim para Damian em busca de uma resposta sobre isso? Seu irmão muito bem sabia que eles tinham estado no jantar.

– Serena fez o seu feitiço, – disse Damian secamente.

Dino ainda não parecia muito satisfeito. – Oh?

– Me acertou na cara desta vez.

– Eu posso ver isso. Merda, com o quê?

– Um copo de vinho, – Damian murmurou. – Nós estávamos no banheiro limpando a bagunça quando o show aconteceu.

– Sorte, – Dino murmurou.

– Você poderia dizer isso.

A mente de Lily voltou para Eve. Enquanto Damian e Dino discutiam o tiroteio em vagas frases cortadas, Lily retirou seu telefone de sua bolsa e tentou ligar para Eve. Ela discou o número de sua amiga mais e mais, mas foi direto para a caixa postal toda vez.

– Para quem você está ligando? – perguntou Dino.

– Eve, – Lily respondeu, virando as costas a seu irmão e tentando novamente.

– Ela não vai atender.

Lily não se importava. Ela precisava que Evelina soubesse que tinha alguém para falar quando, ou se, ela estivesse pronta. Lily desejou não ter deixado Damian forçá-la a sair do restaurante até que sua amiga tivesse sido acalmada ou, pelo menos, recebido certo senso de apoio.

– Lily, pare, – Dino exigiu. – Ela não vai atender. Ela provavelmente está no hospital sendo interrogada pela polícia. Estas merdas acontecem. Espere um...

Girando velozmente em seus calcanhares, Lily olhou diretamente para o seu irmão. – Estas merdas acontecem?

Dino encolheu os ombros, parecendo tão blasé e sereno que deixou Lily doente. – É muito ruim que Mia acabou sendo pega no fogo cruzado, mas não há nada que possa ser feito. Obviamente, alguém está aí para provar um ponto com alguém na Outfit, é apenas uma questão de tempo até que o seu significado fique claro. Esta não é a primeira vez que um inocente é morto. Agora temos que nos concentrar em manter o que é importante seguro. Eu pensei que alguém já tivesse entendido isso.

Damian zombou. – Ela estava segura, cara.

Seja qual for a pequena troca silenciosa que se passou entre os dois homens chateou Lily ainda mais. Dino estava ali nem um pouco afetado pelo fato de que alguém tinha perdido sua vida, porque não estava fazendo nada, exceto estar sentada em uma mesa com homens ligados a Outfit. Lily não conseguia respirar. Tudo de novo, seu choque, raiva e pânico pareciam engoli-la por inteira e afogá-la.

– Dino, alguém morreu hoje. *Morreu.*

– Eu sei disso.

– A mãe da minha amiga!

Dino suspirou e deu outra olhada para seu telefone. – Eu não tenho tempo para isso, Lily. Você vai ter que lidar com isso em seu próprio ritmo, porque eu não tenho paciência para sentar e explicar tudo isso a você.

Que diabos havia para explicar?

– É por isso, Dino! – Lily gritou.

– Perdão?

– Isso aqui. – Lily acenou entre eles, tão frustrada que sua voz ficou estridente. – É por isso que não somos próximos mais. Você continua perguntando e você quer saber? Bem, aqui está. Porque você é apenas como eles, você não dá a mínima para nada nem ninguém. Você é tão frio que queima.

Dino riu, uma risada sem graça e oca. – Isso é realmente o que você acha?

– Não, eu tenho certeza disso, – ela cuspiu.

– Lily, – Damian disse, seu tom escurecendo em advertência. – Pense no que você está dizendo agora. É vergonhoso e você sabe disso.

Ah bem.

A verdade dói.

– Não, – Dino murmurou com um encolher de ombros. – Deixe-a pensar o que ela quiser, Fantasma. Um dia, ela pode realmente entender.

– Eu acho que eu já entendi, – disse Lily acenando para o irmão. Ela agarrou o braço de Damian e puxou firmemente em seu casaco. – Eu não quero ficar aqui. Eu quero ir para outro lugar, qualquer lugar que não seja... aqui.

Damian deu a Dino um olhar interrogativo.

– Que seja, – disse Dino. – Ela é sua responsabilidade. Mantenha ela longe de problemas e...

– Eu me viro muito bem sozinha, obrigada, – Lily o interrompeu ferozmente. – É eu não sou filha dele para ele precisar cuidar de mim.

– Mais uma vez, eu não tenho tempo para isso, – Dino respondeu, nem mesmo presentear Lily com sua atenção. – Damian, eu vou derramar sangue. Você está ciente, não há necessidade de eu ter que explicar tudo de novo.

Damian assentiu. – Sim, eu sei.

O apartamento de Damian estava silencioso e escuro quando ele fechou a porta atrás de Lily, mas parecia muito mais seguro e confortável do que a casa de seu irmão. Lily discou o número de Evelina e segurou o telefone no ouvido, querendo que sua amiga atendesse.

Instantaneamente, a chamada foi para a caixa postal.

– Ei, você ligou para Eve. Deixe um recad...

– Maldição, pare, – Damian latiu.

Ele pegou o telefone da mão de Lily antes que ele saísse voando pela sala direto para a parede. Ele partiu em três ou quatro peças com o impacto e deixou um dente considerável na pintura e gesso.

– Damian! – Lily sussurrou.

– Pare agora mesmo. – Damian nivelou um olhar para Lily que a prendeu no lugar e tirou seu fôlego. – Ela não está atendendo porque não pode, Lily.

– Mas...

– Mas nada. Ela não pode.

Lily escondeu suas mãos trêmulas cruzando os braços sobre o peito. – Aquele era o meu telefone.

A postura de Damian suavizou. – Sinto muito. Eu vou comprar um novo amanhã.

– Esse não é o ponto, Damian.

– Eu sei. – ele suspirou e passou os dedos pelo cabelo. Os fios caíram sobre os olhos, escondendo seus sentimentos do olhar de Lily. – Mas você não pode fazer isso, tudo bem? Ligar para ela mais e mais não fará nada, exceto machucar você, confie em mim. Quando ela puder, verá as suas chamadas Isso é o suficiente por agora.

– Eu deveria ter ficado.

– Eu não te dei escolha, – Damian disse calmamente. – E foi melhor você não ficar.

– Mas quem estava lá para apoiá-la?

– Adriano, seu pai, e Abriella. Tommas e o resto da minha família não deixaram o restaurante. A família Conti vai estar lá no hospital ou onde quer que eles estejam. Temos que ficar longe e esperar que o lado oficial das coisas chegue até nós.

– Isso não é justo.

Os lábios de Damian formaram uma linha fina. – É assim que tem que ser. Sinto muito.

Lily suspirou trêmula, desejando que pudesse lidar com a situação de melhor forma como Damian estava. Ele não parecia ser totalmente imune como Dino, mas estava calmo. Isso era mais do que Lily poderia dizer do que ela sentia por dentro. Seu coração era uma tempestade fora de controle e sua mente era furacão pronto para devastar tudo por onde passasse.

– Eu deveria ter ficado, – ela repetiu.

– Ei, ei, – Damian murmurou, dando um passo mais perto. Suas mãos encontraram a mandíbula dela com o mais leve toque quando ele inclinou a cabeça para olhar para ela com preocupação vincando a testa. – Na primeira hora, amanhã de manhã eu irei levá-la para aonde você quiser ou para onde quer que Evelina esteja. Eu prometo. Você pode ser o ombro dela para chorar e, acredite, ela com certeza vai entender por que você não podia ficar no restaurante. Ela provavelmente estava muito chateada para saber o que estava acontecendo ao seu redor, de qualquer maneira. Ela vai precisar de alguém quando acordar, e esse alguém será você, capaz e pronta.

Lily fungou. – Ok.

– Vamos, Lily. Não faça isso.

– O quê?

– Chorar.

Ela fez uma careta. – Eu não estou chorando.

– Você está pensando sobre isso. Até mesmo seus olhos estão úmidos. Não chore ou eu serei forçado a fazer tudo o que for preciso para fazer você parar. Eu não gosto de mulheres chorando. Eu não me dou bem com lágrimas. Por favor, não me faça passar por isso.

Lily riu friamente. – Eu acho que essa foi à coisa mais egoisticamente doce que eu já ouvi alguém dizer. Você irá fazer o que for preciso para me fazer parar só para que você possa se sentir melhor.

Damian encolheu os ombros. – Sim, bem, esse sou eu. Apenas não chore.

– Eu não sou uma chorona. Hoje tem sido realmente um dia de merda, isso é tudo. Eu ainda estou processando.

– Bom. Eu não acho que iria conseguir lidar com uma mulher que faz uma cena com cada coisinha que acontece.

Lily molhou os lábios, forçando de volta as emoções remanescentes. – Não, você parece gostar das sombras, hein?

– Muito.

– Por quê? – ela perguntou.

– Porque a maneira como eu fui criado me ensinou que era melhor ser invisível e homens como eu não funcionam bem em campo aberto.

– E que tipo de homem é você, Damian?

– Não um particularmente bom, querida.

Ele tinha sido bom para ela, até agora, mesmo quando ela tinha agido de forma rude ou tinha sido desagradável com ele. Claro, ainda havia um monte de perguntas no ar entre eles e o arranjo para o casamento, mas Damian nenhuma vez tratou Lily como se fosse nada menos do que uma mulher que merecia seu respeito e cuidado.

– E eu gosto de ser assim, – Damian adicionou mais tranquilo. – Em meu próprio tempo, fazendo minhas coisas. Eu tenho o poder de escolher para onde eu vou a partir daqui, mas no momento, e provavelmente por um longo tempo, eu vou ficar como estou, porque eu sou bom no que faço e gosto.

Lily considerou suas palavras por um breve momento. Ela gostava que ele não tivesse o desejo de estar na fila da frente e no centro das atenções como todo mundo parecia querer. Ele estava contente em seu lugar, mesmo que Lily não tivesse gostado do que suas declarações sobre a sua profissão implícita.

– Por que você se juntou a Outfit? – ela perguntou, honestamente curiosa

– Eu não conhecia outra coisa e eu realmente não queria. A Outfit era a única família que eu confiava o suficiente para querer proteger.

Sua resposta franca e direta a pegou de surpresa.

– Você ainda os protege?

Damian sorriu. – As partes mais importantes. As peças que eu acho que devem ser mantidas.

Lily não respondeu por que realmente não sabia como. Damian tirou o paletó e afrouxou a gravata antes de chutar seus sapatos. Quando Lily ainda não tinha feito nenhum esforço para remover seus próprios sapatos de salto, Damian se inclinou, ergueu o pé direito e o deslizou para fora do scarpin. Seus dedos fizeram carinho de leve ao longo do arco de seu pé antes que ele o deixasse cair no chão e repetiu os movimentos com seu pé esquerdo.

Em vez de ficar de pé quando terminou, Damian ficou de joelhos quando suas mãos quentes deslizaram sobre as panturrilhas dela. Seu toque viajou para cima até as palmas das mãos descansarem na parte de trás das coxas dela e as pontas dos dedos tocarem a pele hipersensível sob o vestido. O desejo tomou conta de seus sentidos como uma onda, a arrastando rapidamente. Ela não achou a sensação devastadora, mas em vez disso, inebriante e encantadora.

– Tem sido um longo dia, – disse Lily.

– Tem.

– Acho que eu deveria agradecer por você ter cuidado de mim hoje.

Os lábios de Damian se curvaram em um sorriso pecaminoso e seus olhos azuis brilhavam com malícia. – Eu não me importo.

– E aquele beijo foi... bom, – disse Lily. – Antes da coisa toda da matança, você sabe.

– Se você diz.

– Eu gostaria de fazer aquilo de novo. Com você, em breve.

– Agora? – ele perguntou. – Porque aqui, eu não sou responsável de parar de beijar a sua boca, Lily.

Lily riu, se sentindo tão fora de forma que não era nem mesmo engraçado. – Você não deveria proteger a minha honra ou algo assim até o casamento?

– Isso não foi discutido e você tem idade suficiente para tomar essa decisão. Não que eu ache que algo físico seria ruim entre nós, eu disse que queria isso, de qualquer maneira. O que foi discutido, é que o casamento iria acontecer, independentemente de como, desde que acontecesse.

– Você não é uma má escolha, – Lily admitiu.

– Além disso, eu não acho que seu irmão seja tão estúpido de ingenuamente acreditar que você é uma espécie de anjo, Lily. E nem eu.

Ela riu. – Eu certamente não sou um anjo.

– Não temos que ser estranhos.

– Se você diz, – respondeu ela, jogando suas palavras de volta para ele.

– Tudo que você tem que fazer é confiar em mim, – disse Damian, com uma rouquidão aprofundando seu tom de voz.

– Suas intenções não são claras.

– Elas não têm que ser.

– Mas eu gostaria que fossem, – ela respondeu com um sorriso triste.

– Minhas intenções são embaladas cuidadosamente com foco em você a partir de agora, amanhã, e mais além. Isso é tudo o que você precisa saber, querida.

Lily suspirou quando as mãos de Damian se infiltraram sob seu vestido para encontrar seu traseiro. As pontas de seus dedos deslizaram sob a renda de sua calcinha e se arrastaram pela pele de sua bunda onde a curva de seu traseiro se fundia com as coxas. Ela não pôde deixar de se entregar ao sentimento de suas mãos a tocando. Ele tirou a ansiedade ainda persistente em seu peito e as visões horríveis que insistiam em se repetir em sua mente.

Ela não queria pensar nessas coisas, então se concentrou na sensação percorrendo seu corpo em seu lugar.

– Renda preta, *hmm?* – Damian perguntou enquanto passou os dedos por sua calcinha e começou a puxá-la para baixo.

Lily bancou a tímida. – Alguém me disse que você tinha uma queda por isso.

– Eu tenho. E sua pele é apenas clara o suficiente para tornar a visão boa pra caralho.

Ela saiu de sua calcinha quando ele puxou para baixo em torno de seus tornozelos. Seus dedos voltaram para a panturrilha dela e seguiram diretamente sob o vestido antes de ela piscar. Sem aviso, ele acariciou seu sexo nu.

– Depilada, – observou ele.

– Completamente, – Lily concordou.

– Droga. Cristo, você é suave como seda. Aposto que você é como cetim molhado por dentro, querida. – os dedos de Damian acariciaram as dobras sensíveis de seu sexo antes de dois deles começarem a agir. Ele abriu os lábios de sua boceta e acariciou sua fenda encharcada com um dedo enquanto o polegar circulava em torno de seu clitóris apenas perto o suficiente para fazê-la choramingar. – Eu sempre te darei o que você precisa, desde que você use essa sua boca, Lily. E agora, eu quero ouvir todos os sons que você faz quando está sendo completamente fodida. Quando você gritar o meu nome, se certifique de que os vizinhos ouçam. Eu quero ouvir o que eu faço com você.

As palavras de Damian foram praticamente rosnadas contra sua coxa. Elas só serviram para deixá-la mais úmida do que nunca. Seu sexo se apertou cada vez que o dedo dele entrou em contato com sua entrada.

– Eu particularmente quero ouvir você implorando, exigindo o que precisa, – disse Damian, sua língua saindo para provar sua pele. Algo bonito se retorceu em seu estômago e disparou diretamente até sua boceta. – Porque enquanto você estiver disposta, eu irei me certificar de que você seja muito bem fodida a cada manhã. Você nunca mais vai querer sair da minha cama de novo. Eu posso não possuir você ainda, mas você com certeza quer que eu o faça.

– Oh, meu Deus. – Lily engoliu o gemido que se formou em seu peito. Seus leves toques faziam cada polegada de sua pele queimar da melhor maneira. Suas promessas, cheias de sexo e pecado, só acrescentavam à sua luxúria. – Pare de me provocar.

– Mais selvagem, – Damian exigiu. – Me deixe ver o que você está escondendo sob esse vestido, Lily. Me mostre essa boceta e quão molhada ela está. Eu quero ver quão rosada e encharcada você está para mim. Eu deveria ter dito na noite que vi você dançando no clube com aquele homem, mas agora parece um bom momento, também.

Lily se arregalou e sua postura ficou rígida quando ela perguntou, – Dito o quê?

– Que você é minha.

Capítulo Nove

As palavras de Damian foram pontuadas por dois de seus dedos encontrando o céu e a casa dentro da boceta quente e apertada de Lily. Ele estava certo. Ela estava encharcada, lisa com sua excitação e molhou os dedos dele lindamente. Seu corpo aceitou os dedos dele sem um pingo de tensão. Ela se abriu para ele, seu sexo pulsou ao redor de seus dedos enquanto ele a esparramava ainda mais, retirando e, em seguida, mergulhando de volta.

– Minha, – repetiu ele fortemente. – Isso é meu, como você está molhada é todo meu, e tudo que eu faço você sentir é meu, Lily. Só eu irei fazer isso, vê-la assim, e sentir você assim. O próximo homem que você tocar de uma maneira que não seja nada menos do que inocente terá o prazer de sentir uma bala atravessar seu crânio.

– Jesus, – Lily respirou.

– Diga, – disse Damian, mantendo o ritmo de seus dedos transando com ela em um ritmo rápido o suficiente para levá-la a beira do orgasmo. – Me diga, me diga o que você sabe que quer, e eu lhe darei tudo o que você precisa.

– M... mas... – Lily interrompeu, inclinando seus quadris contra a palma da mão dele com cada impulso. Damian começou a foder Lily com um pouco mais de vigor, curvando seus dedos no interior de sua boceta para pressionar o que ele sabia ser o ponto certo para levá-la a se derramar por todo o lado.

– Não há 'mas', Lily, – disse Damian humilde. – Eu pretendo fazer você minha esposa, o que faz de você minha, e cada vez que eu te tocar assim, eu espero que você perceba isso também. Me diga que você sabe, doce menina. Cada polegada do seu corpo é meu para provar, foder, e ter. Nenhum outro além de mim.

– Você, – Lily ecoou.

Damian sorriu de satisfação, observando os olhos de Lily se fecharem enquanto seu sexo começava a pulsar em torno de seus dedos. – O meu nome na sua boca, Lily. Isso é o que eu quero ouvir cada vez que você gozar esta noite.

Lily choramingou. – Cada vez?

– Oh, eu posso garantir que haverá mais do que apenas um.

– Deus, Damian.

– Sim, isso é exatamente o que eu quero ouvir. – quando seu corpo pulsou mais uma vez ao redor de seus dedos, Damian beijou o interior da coxa de Lily antes de morder o mesmo local. O cheiro doce de sua excitação embebeu seus pulmões quando escorreu pela palma da mão dele. O segundo grito de seu nome saiu mais alto, sem fôlego. – Porra, sim Lily, assim.

Os tremores a balançavam da cabeça aos pés satisfazendo Damian como nada mais poderia. Ele retirou a mão do local entre suas pernas e se levantou, a puxando com ele e agarrando seu vestido até que ele conseguiu puxá-lo sobre a cabeça dela. Lily não se coibiu com a rugosidade de suas ações enquanto trabalhava em abrir os botões de sua camisa e afrouxar a gravata. Ela empurrou a camisa de seda sobre os ombros e por seus braços. Damian só a soltou por tempo suficiente para deixar a camisa cair no chão junto com a gravata.

– Cristo, deixe, – Damian ordenou quando Lily puxou o cinto dele.

Seus olhos arregalados se iluminaram com confusão. – Mas...

– Não é importante, – disse ele antes de sua boca esmagar a dela. Imediatamente os lábios de Lily se abriram para deixar a língua dele entrar em sua boca. Ela provou o gosto dele e o calor quando seus dentes passaram por seu lábio inferior e desceram até o queixo. Damian explorou a extensão de sua pele cremosa e sedosa com as mãos e boca, lambendo uma linha molhada até o ponto onde seu pulso latejava e, em seguida, espalhou várias mordidas em sua clavícula. – Como você soa quando está sendo fodida, Lily? É selvagem e forte ou suave e silencioso?

– Eu... – suas palavras se transformaram em um dolorido gemido baixo quando Damian a empurrou de volta contra a porta. Ele pegou seus pulsos em suas mãos e os levantou acima da cabeça dela, os prendendo contra a madeira. Seu peito e seios, ainda manchados com o vinho tinto de mais cedo, se arquearam contra o corpo dele. – Depende de como você me foder, Damian.

– Com força. – ele forçou as palavras para fora com os dentes cerrados e prendeu seu olhar selvagem com o dela. – Com força, Lily.

– *Mmm.*

– Eu vou te foder de forma bruta. Até que cada polegada de você me sinta em todos os lugares. Até que eu conheça todos os sons que você faz e todos os seus gostos. Uma foda selvagem, querida.

Os lábios de Lily desapareceram sob seus dentes superiores. – Sim, por favor.

Damian a puxou para longe da porta, girando rápido para que ele pudesse empurrá-la ao longo do corredor com a mão em suas costas. Lily não tropeçou quando ele se moveu para mais perto, pegou as pontas do cabelo dela em seu punho, e a puxou de volta contra seu peito.

– Você não é uma boneca de porcelana.

– Não, – ela choramingou.

– Eu não vou tratá-la como uma, Lily.

– Bom.

– Quarto, – disse ele.

Lily virou à esquerda no final do corredor e Damian a soltou no momento que ela entrou em seu quarto. Ele acendeu a luz, iluminando o espaço e sua beleza para os olhos. Ela se virou para encará-lo enquanto caminhava para trás até que suas pernas bateram na borda da cama dele.

Lily DeLuca era uma beleza de olhos claros, lábios vermelhos inchados, cabelo selvagem e despenteado, e um corpo implorando para ser fodido por ele. Seu peito arfava com respirações irregulares e tudo o que ele podia pensar era em estar enterrado vinte centímetros dentro de sua boceta e foder com ela até que ele não pudesse mais pensar.

Seus braços caíram para os lados e as palmas das mãos dela se estenderam na direção dele como se ela estivesse o convidando. Parecia quase inocente, submissa até, pela maneira que seu olhar rapidamente baixou para que ela pudesse olhar para ele através de seus cílios. A menina não tinha ideia do efeito que um simples olhar poderia ter.

Damian estava tão duro que seu pau doía. O cume grosso de sua ereção pressionava contra sua calça, a linha do zíper machucando seu pau através de suas cuecas boxer. Ele se abaixou e abriu o cinto antes de puxá-lo lentamente da calça. Ele não afastou o olhar dela nenhuma vez enquanto desabotoava a calça, abria o zíper e a empurrava para baixo até que ele pudesse sair dela.

Ela veio a ele de bom grado. Assim como ele queria.

Damian pensou que poderia demorar um pouco mais, porque Lily era tão malditamente teimosa quando queria ser, mas ele não estava disposto a se queixar de que isso funcionou desta forma.

Ela precisava estar segura; ser cuidada; ter tudo o que precisava. Dino queria certo tipo de homem fornecendo essas coisas a ela. Essa foi a promessa de Damian quando selaram o negócio. Ele planejava mantê-la.

Uma vida por uma vida.

Seu pau saltou livre dos limites de sua boxer enquanto ele deslizava seus polegares ao redor da cintura e a puxava para baixo. Lily tentou pisar para trás de novo quando ele deu um passo adiante, mas ela já tinha atingido a cama. Em vez disso, sua bunda aterrissou nos lençóis dele e em um piscar de olhos, Damian estava sobre ela.

Lily se arrastou ainda mais para o centro da cama com insistência de Damian. Seus lábios se tocaram mais e cada centímetro de sua pele febril e arrepiada. Ela tinha gosto de mulher, sexo e pecado. Quando as mãos dele se infiltraram em seu cabelo, ela inclinou a cabeça para trás com um gemido alto, dando a ele acesso perfeito à sua garganta. Ele aproveitou a oportunidade para marcá-la lá, querendo ver o máximo possível dele cobrindo o corpo dela.

Antes que a noite terminasse, ela estaria sentindo ele em todos os lugares.

– Me foda, – disse Lily, em um suave sussurro.

– Eu irei. Em breve.

Ele queria conhecê-la primeiro, como prometeu. Deslizando a ponta de sua língua ao redor do seu seio, ele ouviu a respiração dela acelerar e os gemidos tranquilos que ela liberava quando ele encontrava seus pontos sensíveis. Damian chupou e lambeu as manchas do vinho tinto em sua pele até que tudo o que ele podia sentir era o gosto de sua carne e necessidade em sua boca.

As pernas de Lily se apertaram ao redor da cintura dele e ela esfregou seus quadris contra o pau dele. A excitação dela deslizava ao longo de seu eixo com cada movimento de seu corpo. Damian viajou mais abaixo pelo corpo dela, beijando em torno de seu umbigo antes de escorregar ainda mais para baixo. As coxas dela se abriram mais no momento em que ele enterrou o rosto em sua boceta e ele obteve a primeira prova do sabor desta mulher e o pecado dela em sua língua. Seu sabor era picante e inebriante, bom pra caralho. A excitação dela inundou suas papilas gustativas e Damian só queria mais.

Ela não podia esperar se o grito alto fosse qualquer indicação. Lily se afastou da língua dele, que estava mergulhada em seu núcleo pulsante, mas ele pressionou a mão espalmada em seu estômago e a prendeu na cama. Ele a fodeu com mais força com a língua, empurrando-a tão profundo quanto conseguia até que o sexo dela estava pulsando loucamente em torno dele com cada mergulho.

– Puta merda, – Lily gaguejou, seus gritos estavam ficando mais altos e mais desesperados.

– Incrível, querida, – Damian murmurou antes de provocar seu inchado clitóris com a língua. – É assim que é o seu gosto. Grite para mim, Lily.

Damian puxou o minúsculo clitóris entre os lábios e chupou com força. O ar de Lily se esvaiu para fora do peito junto com um grito falhado do nome dele. Ele praticamente sentiu o orgasmo dela romper através de seu sistema nervoso enquanto sua excitação fluía a partir de seu sexo. Damian tomou seu tempo a lambendo até que ela estivesse limpa, tremendo, e implorando por mais.

Ele percorreu com beijos um caminho rápido até seu estômago tonificado, sentindo as pernas dela tremerem ao seu redor enquanto seus calcanhares cavaram na parte inferior das costas dele.

– Me diga que você está protegida, – disse Damian, pressionando os lábios nos dela suavemente. – Porque eu não mantenho preservativos aqui, querida. As mulheres não são convidadas para a minha casa para foder.

Era verdade. Damian mantinha este espaço para ele e ele nunca tinha tido uma razão para precisar de preservativos em seu apartamento. No carro, com certeza. Um pacote fechado era mantido no porta luvas. Mas ele não estava interessado em descer seis lances de escadas para pegá-los.

Lily lhe deu um sorriso sexy. – Eu estou. Quatro injeções por ano desde que eu tenho dezesseis anos. Eu nunca transei sem camisinha, também.

Damian a beijou novamente, com mais força pela segunda vez. – Perfeito. Esta será a primeira vez para nós dois, então.

– É?

Algo suave e inseguro na cadência de sua voz chamou a atenção de Damian.

– Sim, – ele confirmou honestamente. – Mas o que foi que eu disse mais cedo, hein?

– Sua, – ela xingou em voz baixa.

– Minha, Lily.

– É melhor se apressar e começar a tornar isso um fato, Damian.

Seu sorriso correspondeu ao dela. – Menina exigente.

– Cala a boca e me fode.

Isso era o que ele queria ouvir.

Damian se inclinou e girou Lily de bruços ao mesmo tempo. Seu cabelo caiu em ondas em torno do rosto quando ele passou um braço em torno de sua barriga e a levantou de joelhos, então sua bunda bonita e arredondada estava em exposição para ele. Ele aproveitou a oportunidade para admirar o traseiro dela com a mão, agarrando a carne para torná-la rosada sob seu manuseio.

– Aqui também, – Damian disse, arrastando dois dedos pelo vale de sua bunda.

– Hmm?

– Eu quero você aqui também. Quero todo lugar que eu puder ter você, Lily.

Ela se acalmou.

– Não esta noite, – acrescentou ele, usando a outra mão para agarrar a base de seu pau. Ele esfregou a ponta ao longo de sua fenda molhada, amando a sensação sedosa no seu comprimento nu. – Mas logo.

– Bom Deus.

– Não, Damian, eu já disse.

Lily riu. E o riso desapareceu em um suspiro afiado no momento que ele entrou nela. Como anteriormente com os dedos, o corpo de Lily se abriu muito bem para ele. Ela tomou seu pau com três golpes rápidos até que ele estava enterrado até as bolas nela e incapaz de respirar.

– Merda, você é apertada, – Damian resmungou.

Ela era loucamente apertada. Também era quente, um paraíso ardente queimando seu sangue e ossos.

Lily murmurou algo completamente ininteligível. Suas mãos agarraram os lençóis enquanto ela lhe dava um olhar aquecido por cima do ombro. Queria abraçá-la assim por um momento, sentir suas paredes se flexionando em torno dele enquanto seus sucos escorriam até suas bolas, mas não conseguiu.

Damian agarrou seus quadris com firmeza, puxou até que apenas a ponta estava dentro dela, e puxou seu corpo de volta contra sua virilha. Lily suspirou, e o som estava repleto de contentamento e prazer. Ele não lhe deu uma pausa entre o segundo e o terceiro impulso. O quarto e o quinto vieram mais e mais rápido. Com cada batida de pele e cada grito de seu nome, algo se arrastou ao longo da pele dele e se retorceu em seu estômago. A sensação prometia liberação e êxtase. As bolas de Damian pulsaram, a sensação de foder Lily sem nada entre eles enquanto ele estocava nela uma e outra o estava deixando louco.

Ele não iria durar muito tempo assim, não com a boceta dela segurando-o com força e se contraindo em torno dele como se ela já estivesse no limite de seu terceiro orgasmo.

– Cristo, isso... assim, – disse Lily, afundando os dentes em seu lábio.

– Leve a mão para baixo e se toque, – pediu ele. – Sinta quão molhada você está por mim, Lily.

Damian não precisou dizer a ela uma segunda vez. Ele sentiu as pontas dos dedos dela tocando seu pau latejante. Sua umidade aumentou enquanto seus dedos exploravam e brincavam. Suas paredes internas se contraíram ao redor de seu pau de forma tão confortável que quase o cegou. O êxtase varreu seus sentidos quando ele gozou com tudo, a marcando de uma forma totalmente diferente. Quando as costas de Lily se arquearam e seu grito abafado cortou o ar, ele estava perdido.

Tão perdido.

– Sim, eu entendi, – disse Damian, pressionando as pontas dos dedos em sua testa. – Meio-dia, Carmela. Eu estarei lá.

Com um suspiro de frustração, Damian desligou o telefonema e jogou o celular em cima da mesa. Esse ia ser um longo dia de merda se aquela ligação fosse qualquer indicação.

– Quem é Carmela? – Lily perguntou da porta da cozinha.

Não havia uma pitada de ciúme em sua voz, mas seus lindos olhos castanhos se iluminaram com algo desconhecido e um sorriso petulante surgiu em seus lábios.

– Um lugar, não uma pessoa, – disse Damian.

Ele aproveitou bem o tempo se deliciando com a visão dela na primeira hora da manhã, depois de passar uma boa noite em sua cama, uma que aconteceu de ele estar lá com ela. O cabelo de Lily estava uma bagunça, mas parecia muito bonito do mesmo jeito. Ela usava uma de suas camisas com apenas dois botões abotoados no meio e nada mais. Descalça, de olhos arregalados e sorrindo.

Era uma visão muito melhor do que na noite anterior.

– Que tipo de lugar? – perguntou Lily.

– Um bar, – Damian respondeu. – Diferente.

Lily arqueou uma sobrancelha e sem ela dizer nada, Damian cedeu.

– Um bar de strip.

– Oh, – Lily murmurou e seu sorriso desapareceu.

– Um monte de negócios é feito lá, reuniões e outras coisas.

Ela ainda não parecia particularmente satisfeita. Damian não queria para ele a tarefa de explicar que um grande volume de negócios acontecia em lugares como esses. Eles eram os melhores para canalizar fundos ilegais. Restaurantes passavam a ser outro. Qualquer lugar onde o dinheiro pudesse ser escondido, a Outfit tinha uma perna e um braço dentro.

– Você está com ciúmes? – perguntou Damian.

Lily bufou. – De strippers, Damian?

Bom ponto.

– Bom, você não deveria ter, de qualquer maneira, – disse ele. – Mas eu tenho que ir até lá depois que nós colocarmos alguma comida no estômago.

– É sobre o tiroteio de ontem?

– Sim.

Lily cantarolou, e tristeza escureceu seus traços bonitos. – De volta à vida, certo?

Damian assentiu. – De volta à vida.

– Pensei que você ia me levar para Eve? – ela perguntou.

– Eu ainda irei. A casa dos pais dela fica no caminho.

– Pai, – Lily o lembrou suavemente.

Damian se encolheu. – Sim. É onde ela está, de qualquer maneira. Eu recebi essa informação antes de você acordar. Ela não está... bem.

Eufemismo. Evelina Conti estava no meio de um colapso nervoso, muito parecida com seu pai e irmão. Perguntas estavam sendo feitas. Eles queriam respostas. Ninguém tinha nenhuma. Isso ia ser confuso.

– Ela vai gostar de ver você, no entanto, – disse Damian.

– O que vamos fazer agora?

– O que você quer dizer?

– Você e eu, – disse Lily calmamente. – O que nós somos?

– O que você quer que seja.

Lily riu secamente. – Isso não é inteiramente verdade, Damian. Nós ainda vamos nos casar e eu não te escolhi.

– Eu não sei o que você espera ouvir de mim, Lily, mas minha posição continua a mesma de antes de ontem à noite. Além disso, qual é o problema de ser capaz de suportarmos um ao outro, hein? Isso não é uma coisa boa?

– Isso é tudo que você vai fazer? – ela perguntou.

– Eu não estou pedindo para você se apaixonar por mim.

Lily não piscou. – Touché.

– O carro era branco, eu não dou a mínima para o que os outros dizem, – disse Tommas acentuadamente. – Você não estava de frente para a janela, Joel.

– Quão rápido o motorista foi ao fazer a manobra? – Joel exigiu. – Três segundos, talvez quatro se tivéssemos sorte. Era cinza-prata, eu tenho certeza.

– Era branco!

Damian se inclinou contra a parede ao lado de Dino, observando a cena se desenrolar. Por que diabos a cor do carro que tinha sido envolvido com o tiroteio era importante, Damian não sabia. Ele supôs que eles estavam tentando discernir quem estava dirigindo, mas desde que todo mundo que tinha visto o carro acordava que os vidros eram escuros, ninguém sabia quem era o atirador.

– O que você acha? – Damian perguntou a Dino.

– Eu acho que nós vamos ter um problema em nossas mãos, – Dino respondeu.

Damian riu. – Problema deles, de qualquer maneira.

– Algo como isso.

– Poderia ter sido a gangue de East Side, – alguém acrescenta. – Nós tivemos um monte de problemas com eles.

– Não, – disse Dino, saltando para a conversa. – Não é coisa deles. Eles são o tipo de bandidos que gostam de se gabar sobre a merda que fazem. Nós já teríamos conhecimento se eles fôssem o problema.

– É verdade, – Terrance disse, seu olhar sobre o copo de uísque na mão. O Chefe era outro homem no lugar que parecia estar observando toda a cena em silêncio. Ele sempre gostou de observar mais do que participar. – Nós já limpamos um monte desses pequenos bandos problemáticos, de qualquer maneira. Eu não acho que é onde nós devemos focar.

– Era branco, – veio um sussurro do canto mais distante, nas sombras.

Damian se encolheu com a dor na voz do homem. Riley Conti nem sequer afastou o olhar do copo de rum na mão enquanto falava. Ele ainda estava tremendo e Damian estava contando. Essa era a quarta dose do homem em uma hora. Riley estava enchendo a cara para esquecer o que tinha acontecido.

E ia doer muito mais quando ele estivesse sóbrio novamente.

Sempre doía, merda.

– O carro era branco, – Riley cuspiu. – Não era uma fodida gangue. Isto é... pessoal, certo? Quero dizer, se eles queriam o Chefe, porque apenas não fizeram isso? Não se trata do Chefe, seus malditos idiotas.

As sobrancelhas de Terrance se ergueram, mas pela primeira vez, o líder da Outfit não corrigiu a ignorância e a grosseria do seu chefe de frente. Sua esposa ter sido morta lhe dava um passe sobre essa merda, obviamente.

– O que, trabalho interno, então? – perguntou Ben DeLuca.

Dino endureceu ao lado de Damian.

– Eu não disse isso, – disse Riley, pronunciando suas palavras no final. – Eu disse que é pessoal, ou seja, alguém chateou alguém e eles estão fazendo o fato conhecido.

Os cerca de trinta homens conversando tranquilamente no clube de strip silenciaram instantaneamente com essa sugestão. Enquanto todos tinham discutido por uma boa hora as possibilidades e o que precisava ser feito, o próprio sussurro de um trabalho interno interrompeu todos eles. Imediatamente, os homens olharam uns para os outros em um estado silencioso, a tensão aumentando mais a cada segundo. Damian podia ver perguntas não ditas, acusações e suspeita em seus olhos.

Terrance se recostou na cadeira. – Essa é uma afirmação ousada, Riley.

– Faz mais sentido do que a porra de uma gangue, – o chefe de frente respondeu em seu estupor alcoólico. – Quem você irritou, Terrance?

O chefe acenou. – Laurent?

– Sim, Chefe? – Laurent perguntou de onde estava sentado em uma cabine com outros cinco homens. A bala que o pegou no ombro no dia anterior não parecia estar causando problemas. Então, novamente, o tio de Damian sempre escondia bem as coisas.

– Eu não tive a chance de dizer algo com todas aquelas balas e sangue, mas tenha a maldita certeza que sua esposa entenda que não teremos uma repetição de ontem.

– Entendido, – disse o tio de Damian rapidamente.

– O que foi que aconteceu, afinal? – Dino perguntou a Damian muito baixo para ninguém mais ouvir.

– Eu te disse, ela estava louca, – disse Damian, não parecendo afetado.

Seu rosto ainda doía de forma terrível. A boa quantidade de arranhões em suas costas que Lily lhe tinha dado no chuveiro após a sua primeira rodada ajudava a atenuar, no entanto.

– Sobre o quê? – perguntou Dino.

– Lily.

Dino fez uma careta. – Nosso pai?

– Sim.

– Cadela fodida. Acho que ela se esquece que o pai dela era o policial mais sujo que já viveu.

Damian riu sombriamente. – Eu sei.

– Não se aplica a ela, certo?

– Ele estava sujo, talvez seja por isso que ela tenha tanto interesse, – Damian sugeriu.

– Provavelmente.

A conversa contínua acontecendo atraiu a atenção de Damian novamente.

– Eles tiraram sangue primeiro, – disse Joel. – Eu quero saber quem era e logo.

– A paciência vem a calhar em tempos como estes, – Terrance respondeu. – Você fará bem de se lembrar disso.

– Ele está certo, Terrance, – disse Ben. – Não fazer nada fará parecer que estamos sentados como patos a espera da próxima bala abater um de nós. Talvez Mia tenha sido apenas um acidente, talvez quem quer que fosse estivesse apontando para você.

Riley sufocou um som de dor no canto. Ninguém lhe deu qualquer importância.

Ben continuou como se não tivesse sido interrompido. – Quem vai dizer? E se o próximo erro for uma das suas netas, hmm? Você sempre as tem por perto. A próxima bala perdida poderia simplesmente espalhar o seu sangue por toda parte, Terrance.

O Chefe mal reagiu à ideia de Abriella ou Alessa serem pegas no fogo cruzado de outro tiroteio, mas Damian percebeu. O olhar de Terrance se estreitou e seus lábios tremeram, lutando para formar um sorriso de escárnio. Qualquer outra pessoa provavelmente teria negligenciado os pequenos sinais, mas não Damian.

Terrance estava preocupado.

Como deveria, Damian refletiu.

– E o garoto Poletti? – Theo perguntou quando se sentou em frente à Terrance.

Damian congelou no lugar. Como diabos Theo sabia sobre o caso Poletti? Theo perguntou ao Chefe sobre isso como se ele soubesse que Terrance tinha sido o único a dar a ordem. Mas isso era impossível. Damian não tinha dito uma palavra a seu amigo sobre a encomenda de morte.

Dino sabia...

Damian deu a Dino um olhar interrogativo.

Dino simplesmente encolheu os ombros e ergueu a cerveja aos lábios sem uma palavra.

– O que tem o garoto Poletti? – perguntou Terrance.

– Nós estamos olhando para uma situação de retaliação aqui? – perguntou Theo de volta.

O olhar de Joel estalou a seu avô. – O que diabos isso quer dizer?

– Nada, – Terrance murmurou com um aceno de mão para descartar as preocupações.

Theo não cedeu. – Você encomendou a morte dele, não é, Chefe?

– O que você acabou de dizer? – perguntou Joel, seu tom tinha uma borda ameaçadora.

– Apenas o que eu disse, porra, – disse Theo, sem qualquer calor em suas palavras. – Você não é surdo ou estúpido, então limpe os seus ouvidos. O Chefe decidiu abater esse problema antes que você e esse seu ego grande convidasse o inimigo para entrar. Merda como essa acontece quando você pensa que dita o que acontece e no final, você não manda em nada, Joel. Bem-vindo ao mundo dos adultos, onde você não é a pessoa mais importante na sala. Imagino que deve ser difícil para você, mas sorria e aguente, ok? Deus sabe que eu tenho aguentado o bastante de você.

Ai.

– Droga, – Dino sussurrou como se estivesse orgulhoso ou algo assim.

Damian descobriu então. Terrance tinha dito a Joel sobre o atentado contra James Poletti, mas ele obviamente não tinha explicado a seu neto que ele era a pessoa que tinha dado a ordem.

Terrance abriu a boca para falar. – Eu...

– Você matou James? – Joel exigiu, cortando o Chefe.

Terrance soltou um suspiro. – Joel, você está a uma palavra de receber a minha bota em seus dentes.

Riley tropeçou para fora do canto, acenando com o copo freneticamente enquanto apontava para o Chefe. – Você fez aquilo?

– Perdão?

– Você... você fez isso! – Riley gritou. – Minha Mia, ela morreu por *sua* causa?

– Alguém precisa detê-lo antes que ele faça algo que lamente depois, – disse Dino.

– Eu acho que você já teve o bastante, – disse Terrance calmamente ao seu chefe de frente. Ele apontou para um dos executores encostado a uma cadeira atrás dele. – Ruck, leve ele para casa ou...

– Eu não vou para casa! – Riley deu mais um passo para frente, tropeçando antes de seu copo cair de sua mão trêmula. Ele quebrou no chão, e o rum deslizou ao longo das linhas do piso de cerâmica. Todos os outros no cômodo pareciam muito congelados para falar ou se mover. – Você fez isso, Terrance? Me diga.

– Não era eu segurando a arma, Riley.

– Você não tem que segurar, – disse Riley. – Não é isso o que você sempre diz, *Chefe?* O homem que ordena a morte é tão sangrento quanto aquele que puxa o gatilho.

– Leve ele para casa, – Terrance repetiu para o executor, ainda não perturbado pelo tom ameaçador que Riley tinha assumido. – Fique sóbrio e volte a pensar com clareza.

Riley cacarejou com uma risada bêbada quando o executor avançou para arrastá-lo para fora do bar de strip. O resto dos homens que tinham vindo para a reunião ficaram quietos até que o chefe de frente da Outfit estivesse fora do edifício e fosse seguro voltar a falar.

– Ele vai ficar bem, uma vez que esteja sóbrio, – disse Ben para Terrance.

O Chefe não pareceu acreditar em uma palavra dele.

– Pode ser uma retaliação, – disse Terrance. Ele sutilmente deu um olhar na direção de Damian antes de voltar para a conversa em mãos. – O ataque não foi totalmente limpo quando foi executado. Pode haver alguém que tenha visto algo, descobriu que o tiro veio da Outfit, e não da polícia.

Ninguém se virou para Damian em busca de respostas.

Era exatamente por isso que ele gostava de estar na folha de pagamento do Chefe e não de qualquer outra pessoa. A única pessoa que ele precisava responder pelos seus fodidos atos era Terrance. Mesmo assim, não achava que o Chefe o estivesse culpando por isso.

– Seu filho da puta, – Joel assobiou. – E para quê, para me ensinar uma maldita lição?

Terrance encolheu os ombros como se não fizesse nenhuma diferença de qualquer maneira. – Você vai aprender as minhas lições de uma forma ou de outra, Joel.

Joel engasgou com sua mandíbula aberta, cheio de ódio. – Quem executou, então?

– Eu quero reforço na segurança de todas as mulheres, – disse Terrance em vez de responder seu neto.

Outra lição que Joel precisava aprender era nunca esperar respostas de um Chefe. Terrance não era obrigado a explicar as suas decisões.

Terrance ergueu o queixo na direção de Chris, um executor que tendia a trabalhar muito com a equipe de Conti. – Chris, fique perto de Adriano e Evelina. Tenho certeza de que Riley irá concordar comigo, uma vez que estiver lúcido.

Laurent falou, também. – Eu tenho um par de homens da minha equipe mantendo um olho na minha esposa.

– Já se antecipou. – Terrance nem sequer falou as palavras como uma pergunta. Elas pareceram carregadas com algo que Damian não conseguiu identificar. – Por que, Laurent? Você não tinha nenhuma razão para acreditar que esta era uma situação de retaliação por parte de ninguém.

– Só estou sendo seguro, Chefe.

Até mesmo Damian tinha que saber sobre isso.

– Claro, claro, – o Chefe falou lentamente antes de dar à sua 'mão direita' a sua atenção. – Ben, eu tenho certeza que você irá descobrir o que fazer com o lado dos DeLuca.

– É claro, – respondeu Ben.

– E Damian, – Terrance acrescentou.

Damian se animou, mas muito pouco. – Sim?

– Eu sei que o seu tempo está bem ocupado com a equipe de Rossi ultimamente, mas você vai recuar até que essa bagunça acabe.

– Oh?

– Lily parece gostar de passar tempo com a minha neta. Tenho certeza de que durante os próximos dias elas irão se juntar muito, dado que Abriella está ajudando no casamento. Eu vou colocar um guarda extra com Abriella. Mas, para me certificar, eu espero que você seja a sombra delas quando estiverem juntas.

Joel bufou, obviamente ainda chateado e cambaleando sobre a informação que recebeu hoje. – E ele é bom pra caralho em ser uma sombra, certo?

Damian agiu como se Joel não tivesse dito nada. – Considere feito, Chefe.

– Ótimo, – disse Terrance.

A hora do tributo seguiu em frente como sempre acontecia a cada mês. Os homens pagaram os setenta por cento devido ao Chefe, sem pestanejar. Ninguém foi desrespeitoso. Ninguém jamais foi. Durante todo o tempo, Damian não pode deixar de notar como o clima tinha mudado entre os homens. Onde alguns poderiam conversar afastados em grupos geralmente confortáveis, a maioria estava quieto, no seu canto.

A paranoia já tinha se instalado.

Bastou uma sugestão de algo que ninguém tinha sequer confirmado: trabalho interno.

Capítulo Dez

Lily cegamente tateou sobre a mesa de cabeceira, enquanto o rosto ainda estava enfiado no travesseiro. Ela não sabia o que era o terrível toque, mas ele precisava ir embora. Finalmente, ela encontrou o telefone celular e pressionou a tecla que sabia que iria ignorar a chamada.

Ela olhou para o rádio relógio, constatando que era de manhã cedo. O maldito que estava ligando às seis da manhã poderia fazer o seu caminho direto para o inferno, que era onde uma pessoa como essa merecia ir. Acordá-la à uma hora dessas era inaceitável. Especialmente desde que os últimos dias tinham sido tão estressantes. Os sonhos de Lily tinham sido atormentados com as memórias do sangue e cacos de vidro no restaurante. Seus dias foram preenchidos com a dor da amiga e a bagunça acontecendo com as pessoas ao seu redor na Outfit.

Ninguém confiava em ninguém.

Ela entendia bem aquilo, pelo menos.

Gemendo, Lily se virou na cama e imediatamente cochilou novamente.

Nem 30 segundos depois, seu telefone começou a guinchar com outra chamada.

Caramba.

Ela deveria ter desligado a coisa estúpida.

Sabendo que poderia ser Evelina, Lily se obrigou a acordar novamente. Mais frustrada e cansada do que nunca, Lily se esticou e pegou o telefone, o arrastando para sua orelha antes de atender a chamada.

– Alô? – resmungou Lily com sua voz rouca de sono.

– Você soa como uma verdadeira vencedora na parte da manhã.

O tenor de Damian escuro como melaço tomou conta dos sentidos de Lily. A voz dele ainda causava os efeitos mais estranhos no seu interior e ela não sabia por que. Lily escolheu não questionar.

– Deus, Damian, você sabe que horas são?

– Sei, isso só parece bom quando você está dizendo para mim na cama, Lily.

As bochechas de Lily se aqueceram e ela tentou esconder o rosto no travesseiro. – Cala a boca. Eu estou na cama, ok?

– Não na minha.

– Pare. É muito cedo para isso.

– Nunca é cedo para isso. – Damian cantarolou profundamente. – Eu estou tentando animar você, Lily.

Ela sorriu contra seus lençóis, os puxando sobre sua cabeça. Este homem a deixava totalmente atordoada. Ele não tinha que ser doce e engraçado ou qualquer coisa assim, mas ele era. Especialmente com ela. Poderiam ter dormido juntos, mas isso não significava nada quando Lily considerava o fato de que ela ainda estava sendo obrigada a se casar com Damian, quisesse ou não.

Era difícil odiar alguém quando você gostava da pessoa.

– O que você está fazendo? – ela perguntou.

– Eu disse a você, tentando...

– Não, Damian. O que está fazendo comigo?

– Ligando para você, querida.

– Por quê? – perguntou Lily calmamente.

– Porque eu tenho uma surpresa. Levante-se e desça até a frente.

Lily se sentou na cama. – Uma surpresa?

– Sim. Levante-se, eu já disse.

A chamada foi encerrada. Resmungando baixinho, Lily encontrou forças para sair da cama. Ela pegou algo adequado para ser usado fora do quarto, calçou um par de sapatilhas, e desceu as escadas.

Estranhamente, Theo estava sentado à mesa de jantar com Dino quando Lily passou pela cozinha. Para quem não era muito amigável, seus irmãos pareciam estar passando muito mais tempo juntos agora.

– Bom dia, princesa, – Dino chamou.

Lily deu a seu irmão um olhar sujo e lhe mostrou o dedo do meio.

– Um pouco cedo para a sua atitude, não é? – Theo falou.

– Alguém me acordou.

Ambos os irmãos dela riram. Lily os ignorou e continuou sua caminhada para a porta da frente. Sem olhar foi para fora através das cortinas primeiro, ela a abriu e parecia que um raio tinha caído com a visão na frente dela.

Damian estava com os braços cruzados e inclinado contra um dos carros mais lindos que Lily já tinha visto. Ele ostentava linhas ousadas e fortes que o faziam parecer o mais elegante e sexy. A pintura amarela com destaques pretos se certificavam de chamar a atenção.

O Porsche azul cobalto estacionado ao lado do carro esportivo amarelo, Lily reconheceu. Era o carro de Damian. O amarelo, ela não tinha a menor ideia.

Lily ficou boquiaberta. – Puta merda.

– Bom dia, – Damian murmurou, sem mover um músculo.

– De quem é esse carro?

Damian sorriu de uma forma muito sexy. – Seu.

De jeito nenhum.

Os olhos de Lily se arregalaram. – Você está mentindo.

– Não estou. Feche a boca, Lily, parece terrível em você.

Sua boca se fechou de forma audível.

– Isso é... – Lily olhou para o emblema de tridente prateado na grade do carro em descrença total. Claro, Damian tinha um carro exclusivo e os irmãos de Lily dirigiam veículos caros. Ela, por outro lado, nunca tinha possuído seu próprio carro, apesar de ter carteira de motorista. – Isso é um Maserati?

Damian olhou para o carro, acenando com a cabeça. – É. Um GranTurismo, se você quiser ser mais específica.

Puta merda.

– Você me comprou um Maserati? – perguntou Lily, com a voz fraca e insegura.

– Comprei, – disse Damian simplesmente.

– Por quê?

– Preciso de uma razão? – ele perguntou.

– Isso é... Damian, esse é um carro de seis dígitos.

– *Si.*

– Você me comprou um carro, – disse Lily, ainda em choque.

O sorriso de Damian cresceu. – Feliz aniversário, Lily.

Seu coração parou por uma fração de segundo. De algum modo, com toda a confusão que vinha acontecendo ao longo dos últimos dias, depois do tiroteio no restaurante e tudo o mais, Lily tinha esquecido seu próprio maldito aniversário.

Claramente alguém não tinha.

Damian.

– Como você sabia? – perguntou Lily.

– Você está destinada a ser minha mulher. É claro que eu saberia quando é o seu aniversário, – Damian respondeu. – E têm sido alguns dias ásperos com você dando apoio a Eve, eu sei. Queria ver você sorrindo e este parecia ser um bom momento para entregar o seu presente de aniversário.

Mais uma vez, seu coração acelerou em confusão e uma estranha mistura de felicidade. Por que Damian faria isso? Por que se preocuparia com ela ou agiria assim?

Eu não estou pedindo para você se apaixonar por mim.

Quando ele fazia algo parecido com isto, ela achava difícil de acreditar naquelas palavras.

Risadas tranquilas soaram atrás de Lily de seus irmãos. Obviamente, eles tinham furtivamente a seguido quando ela estava distraída com o homem perigosamente atraente e o carro igualmente bonito na garagem.

Lily olhou por cima do ombro para Dino. – Você sabia?

– Sim, – respondeu Dino. – Eu escolhi a cor. Theo e Damian discutiram sobre o modelo por uma semana inteira antes de D ganhar.

– É tão amarelo, – disse Lily, sem saber o que dizer.

– As janelas são bastante escuras que, mesmo quando as pessoas olharem elas não vão saber que é você, – disse Theo.

Droga.

Eles a conheciam bem demais.

– Assim, mesmo quando você estiver no centro das atenções, – disse Damian, chamando a atenção de Lily novamente, – ...você realmente não será, querida.

– Você me comprou um carro, – Lily repetiu.

Cristo. Ela realmente estava se transformando em um papagaio.

Damian piscou. – Me leve para dar uma volta, Lily.

– Deus, – disse Evelina, sua respiração falhou em um soluço. – Eu não quero ir para lá.

A carranca de Lily parecia que tinha se tornado um elemento permanente em seu rosto. Nove dias se passaram desde a morte de Mia Conti. Os funcionários retiveram a liberação do corpo até que não tivessem mais escolha. A causa da morte era óbvia, mas o motivo não estava claro.

Lily não queria assistir sua amiga ter outra crise, mas era provavelmente inevitável. Enterrar sua mãe seria outra confirmação dolorosa. Não era fácil dizer adeus. Lily passou tanto tempo quanto podia com Evelina ao longo da última semana, e sabia que ajudou a amiga, mas tinha sido devastador.

A morte sem motivos e cheia de incerteza de Mia Conti somente serviu para lembrar a Lily da morte de sua própria mãe. Os sentimentos eram exatamente os mesmos. Todo mundo sabia por que o pai de Lily tinha sido morto.

Trair a Outfit e ser apanhado era uma sentença de morte assinada. Mas a mãe de Lily? Seu assassinato foi simplesmente um subproduto da morte do marido.

Nada mais.

Lily agarrou a mão de Evelina e apertou com força, dando a sua amiga um lembrete silencioso que estava lá e de que era amada. Foi uma das coisas que Lily desejou que alguém tivesse feito para ela quando era apenas uma garotinha enterrando sua mãe.

– Obrigada, – disse Evelina. – Sei que é difícil para você, também.

– Hum?

– Seus pais.

Lily limpou a garganta, olhando ao redor da sala silenciosa. Elas estavam sozinhas, mas Lily ainda sentia como se tivesse que ter cuidado quando discutia seus pais na presença de outros. – Tem sido um longo tempo desde que tive que enterrar alguém.

– Não é justo.

– Nunca é, – Lily murmurou.

Esse era o motivo exato que ela desprezava esta vida e as formas de agir da máfia e da Outfit. Um assassinato era apenas outro trabalho. Uma pessoa era apenas outro corpo. Este era apenas mais um dia. Negócios como de costume, exceto para as pessoas que estavam sofrendo. Claro, *la famiglia* iria fazer um bom show para a família com seus ternos pretos, palavras de remorso e abraços de apoio, mas não significava nada. Era tudo mentira.

Estas merdas aconteciam.

Siga em frente.

Evelina limpou debaixo de seus olhos com uma mão. – O meu pai... está tão confuso.

– Confuso ou arrasado? – perguntou Lily, franzindo a testa dela.

– Ele está estranho, – disse Evelina calmamente. – Ele continua trancado em seu escritório. Ele não atende as chamadas. Nem mesmo Adriano consegue fazê-lo prestar atenção em nada. E ele está com raiva, realmente, realmente com raiva, Lily.

– Sua esposa foi morta, – Lily respondeu simplesmente.

Só porque Evelina não estava com raiva, ou melhor, não tinha chegado a esse ponto em sua dor, não queria dizer que Riley Conti teria atingido esse nível na mesma velocidade que sua filha.

Lily deu de ombros, acrescentando: – Eu acho que eu entendo a raiva dele.

– Terrance não, embora? – perguntou Evelina. – Com a Outfit? Não sei, simplesmente não faz sentido.

Fazia para Lily. Ela odiava a Outfit por um longo tempo depois que eles tomaram seus pais. Não tinha certeza de como a Outfit tinha sido responsável pela morte de Mia, se era, mas provavelmente aquilo era algo envolvendo a máfia, de uma forma ou de outra.

Damian se inclinou na porta que separava a sala privada do salão principal da igreja. Ele ofereceu a Lily um pequeno sorriso. – Está quase na hora de começar, querida. Eles estão apenas esperando algumas pessoas de última hora.

Lily assentiu. – Mais alguns minutos, ok?

– Certo.

Evelina fungou quando Damian desapareceu novamente. – Ele tem estado por perto muito ultimamente.

– Sim, eu acho que sim, – Lily murmurou mais para si mesma do que para a amiga.

Lily não se importava com a presença constante de Damian, honestamente. O fato deu a ela uma chance de conhecer o homem além dos jantares com pessoas inábeis que nenhum dos dois conseguia suportar e o que ele poderia fazer com ela em sua cama. Não que eles tivessem fodido novamente desde a primeira vez.

– Eu o ouvi ao telefone outro dia conversando com alguém sobre um Poletti ou qualquer outra coisa, – disse Lily. – Retaliação foi a palavra que ele usou, eu acho. Foi isso que aconteceu?

Evelina fez uma careta. – Sim.

– O que eu perdi?

– Eu sei tanto quanto você, Lily.

Adorável.

A ignorância era felicidade.

Evelina caiu em outra crise de choro, arruinando ainda mais a maquiagem.

– Desculpe, não deveria ter dito nada, – Lily disse a Evelina, limpando a bagunça do rosto de sua amiga novamente.

– Nada que já não soubesse. – Evelina olhou na direção que Damian tinha ido. – Ele te observa muito, Lily.

– É?

Lily não percebeu. Tinha estado tão ocupada na última semana tentando manter Evelina entretida e trabalhando nos detalhes para o casamento que seu foco não estava muito ativo. Achou que poderia muito bem desfrutar de seu dia – seu casamento, que seria o único que teria em sua vida e decidiu ter o que quisesse, em vez de deixar alguém escolher por ela.

Evelina e Abriella ajudaram muito. Mesmo com toda esta... confusão. Lily apreciou o ato mais do que poderia explicar adequadamente.

– Um monte, – Evelina repetiu mais tranquila. – Sei que você não está de acordo em se casar com ele e tudo mais.

– Eu estou bem com ele, – Lily admitiu. – Mas eu não gosto do resto ou de não saber por quê.

Evelina assentiu. – Faz sentido.

– Eu tive sorte.

– Porque ele gosta de você?

– Porque o meu irmão se importou o suficiente para escolher alguém que eu não seria capaz de odiar, – disse Lily, finalmente começando a entender.

– Dino sempre foi subserviente assim.

Lily riu, mas ficou séria rapidamente. – Chega disso, ok? Vamos falar sobre algo diferente.

Evelina balançou a cabeça. – Não, isso é bom. Eu não quero voltar a chorar.

Lily pegou a mão da amiga e segurou firme. Foi a melhor coisa que ela poderia oferecer a Eve. – Eu estou aqui.

– Eu sei...

– *Você!*

Um grito vicioso e carregado de raiva invadiu a sala. Lily se encolheu com o sarcasmo e a violência de uma única palavra. Ela soltou a mão de Evelina e espiou pela porta de entrada para ver homens e mulheres saindo apressados pelas portas principais da igreja.

Terrance Trentini estava lá com o tio de Lily e outros homens que ela não conhecia. Suas mãos estavam no ar e sua cabeça baixa. O Chefe da Outfit estava vestido para o funeral todo de preto, juntamente com seus netos. Abriella, Alessa e Joel não disseram nada, mas estava claro que estas estavam desconfortáveis quando deram um passo para trás com a gritaria. Riley Conti estava a três metros de distância, seu rosto vermelho e as mãos fechadas em punhos. Todo o seu corpo se sacudia com tremores. A dor que ele devia estar sentido flutuava dele pesadamente.

– *Você,* – Riley sussurrou novamente.

Evelina ficou ao lado de Lily na porta, e um vinco apareceu em sua testa. – Veja, ele está tão irritado.

Lily não disse uma palavra.

Adriano deu um passo em direção a seu pai com uma mão estendida. Riley se afastou de seu filho, apontando o dedo para seu Chefe com ódio revestindo suas próximas palavras.

– Seu desgraçado! Eu não quero você aqui. *Nós não queremos* você aqui. Eu nunca...

– Riley, vamos lá, – disse Tommas.

– Cale a boca, – Riley latiu, se virando novamente para Terrance. – Eu pedi uma coisa a você, Terrance. *Uma!*

– Eu não sei se foi à família do garoto Poletti ou não, – disse calmamente o Chefe. – E este não é o momento nem o lugar para essa discussão, Riley.

– Uma coisa, Terrance, e você não pôde fazer.

– Não vou começar uma guerra quando os fatos não são claros!

Riley zombou, parecendo escuro e quebrado. – Valeu a pena?

– Pai, – disse Adriano, agarrando o braço de seu pai. – Pare.

– Não, Adriano, – Riley murmurou, se afastando.

Lily não podia deixar de notar como as pessoas pareciam divididas. Os DeLuca estavam de lado mais perto do Chefe. A família Conti reunida atrás de um Riley claramente sofrendo. A maior parte da família Rossi estava dispersa entre os dois.

Seu fôlego se alojou em sua garganta quando ela reconheceu o que estava acontecendo. O pouco vínculo que realmente havia entre essas pessoas estava sendo dilacerado por causa de um assassinato. Quantos outros assassinatos eles tinham experimentado? Quantas pessoas perderam suas vidas e eles mal piscaram sobre isso?

O que era tão diferente sobre esta?

– Valeu a pena? – Riley perguntou novamente. – Só para ensinar àquele pedaço inútil de merda que você chama de neto uma lição? Valeu a pena a vida da minha esposa, Terrance?

Um sorriso nojento curvou a boca de Joel Trentini enquanto ele considerava Riley. – Oh, não se preocupe. Eu aprendi a minha lição muito bem.

Terrance fez uma careta. – Joel, é o suficiente.

Lily se acalmou, e ela sentiu as veias gelarem.

– Retaliação, – disse Evelina humildemente.

Inferno, fazia muito mais sentido agora.

Riley acenou para as portas da igreja que davam para os degraus da frente. – Saia. Vá embora. Você não é bem vindo aqui; não sinta pesar pela minha família ou dê o seu remorso e sentimentos falsos. Eles *não* significam nada... nada. Vá embora!

– Riley, me ouça e pense sobre isso, – Terrance começou a dizer, tristeza nublando suas feições.

– Vá embora!

O funeral durou mais do que Lily pensou ser possível. Através de todo o serviço, ela ficou ao lado de Evelina para dar a sua amiga todo o conforto e apoio que podia. Damian se sentou com Lily do outro lado no banco da igreja, tranquilo como de costume. Uma vez que as bênçãos finais foram ditas e o caixão estava livre para fazer o caminho para o cemitério, Evelina e Lily se separaram pela primeira vez durante todo o dia.

Lily fez questão de manter um olho em sua amiga de luto. Damian se inclinou contra a parede de tijolos da igreja, ainda estoico. Sem perceber ao longo do dia, Lily só agora começava a entender que, enquanto tinha sido a rocha de Evelina, Damian tinha sido a dela.

– Dia triste, – disse Damian.

– É sempre triste quando alguém morre por nada, Damian.

– Nunca é por nada. Sempre significa algo para alguém.

Ele tinha um ponto. Mesmo assim, Lily estava tendo dificuldade em correlacionar o final infeliz de Mia Conti com algo digno.

– Tivemos um belo show mais cedo, – disse Lily, balançando a cabeça sutilmente para Riley Conti quando ele passou com seu filho e filha ao seu lado.

– Eles têm sido melhores amigos por anos, – disse Damian.

Lily observou a multidão de carpideiras se separar para carregar o caixão enquanto levavam para o carro fúnebre. – Quem?

– O Chefe e Riley. Inferno, tanto quanto eu entendo, Riley foi a primeira pessoa que Terrance colocou em um posto mais elevado na Outfit depois que tomou o seu lugar.

– Huh.

– É estranho, – disse Damian. – Vê-los brigar assim, quero dizer.

– Ele está com raiva, – Lily respondeu. – Talvez ele vá se acalmar.

– Mas talvez ele não vá.

– As pessoas estão escolhendo os lados, – ela sussurrou, ainda olhando para a multidão. – Eu percebi isso.

– É inevitável.

– Você não escolheu.

– Não, – Damian murmurou. – Não é bom escolher lados quando você não sabe qual deles irá vencer, Lily.

– Vencer? – ela lhe atirou um olhar, esperando que ele acabasse com sua confusão sem a necessidade de ela pedir.

– Pequenas coisas como essas têm uma maneira de se tornar problemas muito maiores.

– O que significa, então? – perguntou Lily.

O braço de Damian encontrou sua cintura antes de puxá-la mais para perto. Lily não se importava com a proximidade. Isso lembrou a ela que, no momento, tinha alguém que se importava. – Significa que eu preciso mantê-la perto, querida.

– Perto?

– Muito perto.

Lily estremeceu. – Talvez eu devesse gostar do som disso, mas por alguma razão, eu não acho que você quer dizer o que eu queria ouvir.

Damian deu de ombros. – Coisas ruins acontecem quando as pessoas irritadas lamentam.

– Às vezes.

– Mas nada vai acontecer com você.

Evelina passou à Lily outro pacote de cores para folhear.

– Quantos tons diferentes de pêssego pode haver? – Lily perguntou, exasperada.

– Um monte, – disse Evelina, rindo baixinho.

Lily sorriu. Foi à primeira vez em uma semana desde que a mãe de Evelina tinha sido enterrada que a menina realmente riu ou qualquer coisa dessa natureza.

– Vou encontrar o tom certo, – disse Lily, jogando duas amostras terríveis na pilha. – Não essas, no entanto.

– O que você fez esta semana? – perguntou Evelina. – Quando não estava aqui, eu quero dizer.

Lily sorriu. – Eu queria estar aqui, Eve.

– Obrigada.

Ela ficou muito tempo distante de sua amiga quando passou esses anos em turnê pela Europa e agora estava tentando compensar o que elas tinham perdido. Nunca a amizade delas pareceu fora de lugar ou como se tivesse ficado obsoleta. Isso não tinha acontecido com elas. Algumas amizades eram assim, não perdiam o ritmo apesar da distancia física.

Esse era o tipo de amiga que Evelina era.

– Onde está Damian? – perguntou Evelina, se recostando no sofá e olhando por cima da revista.

Lily franziu a testa. – Eu não sei.

– Realmente?

– Não. Ele tem estado meio ausente na última semana.

Que era completamente estranho. Especialmente se Lily considerasse o que Damian tinha dito a ela no funeral de Mia. Ele planejou mantê-la por perto, mas Lily raramente o viu durante toda a semana. Ele apareceu para jantar ontem na casa de seu irmão, mas foi isso.

– Eu tenho feito muito, também, – Lily disse em explicação. – Talvez eu esteja apenas não percebendo ele.

– Talvez, – Evelina ecoou.

Entre a casa de Evelina e a de Abriella, Lily passou mais tempo fora de sua casa na última semana que dentro. Não tornava as coisas mais fáceis que Evelina não parecesse querer estar em qualquer lugar perto da família Trentini por qualquer motivo. Evelina e Abriella sempre tinham sido boas amigas também, mas o fosso que agora separava os homens de suas famílias haviam empurrado as meninas para cantos opostos também.

– Ela fará parte do meu casamento, também, – disse Lily suavemente. – Você sabe disso, certo?

– Hmm, quem? – perguntou Evelina, olhando por cima da revista.

– Abriella.

O rosto de Evelina escureceu. – Qual é o seu ponto?

Lily apontou para expressão de raiva da amiga. – Esse é o meu ponto. O que está acontecendo?

– Não é com Ella que eu estou chateada, Lily.

– Com quem é?

– A família dela. Seu avô poderia muito bem ter segurado a arma. Apontado e puxado o gatilho; chame do você quiser. Ele é responsável.

– Ela não é, no entanto, – disse Lily.

Evelina ergueu os ombros como se não fizesse a menor diferença. – Eu sei, mas não posso me envolver ou tomar partido agora. Não com o meu pai como está. Melhor eu ficar do meu lado de Chicago e ela no dela. Talvez isso vá se resolver.

– Parece que você já escolheu um lado.

– Não.

As ações de Evelina falavam de forma diferente.

Lily escolheu não forçar a amiga quanto a isso. – O seu pai virá ao casamento?

– Sim, eu faço parte. Ele não perde a chance de me mostrar quando estou bem vestida. Ao contrário de você, eu ainda estou no mercado, Lily. – Evelina não demonstrou uma pitada de tristeza sobre o fato de sua mão ainda estar à venda no mercado de casamentos, tecnicamente. – Então, sim, eu imagino que ele vá estar lá.

– Terrance vai estar lá também. É uma coisa grande, lembra? Duas famílias de dentro da Outfit se juntando. Por mais que essa coisa toda de casamento me irrite, eu gostaria de ter um bom dia. Um dia que não seja cheio de pessoas gritando umas com as outras.

Evelina não piscou. – Tenho certeza que tudo será resolvido até lá.

– Como...

O pai de Evelina entrou na sala de estar com um telefone celular pressionado na orelha. Adriano o seguiu logo atrás.

– Mas, pai...

– Chega, Adriano.

Evelina ficou tensa e rapidamente desviou o olhar de seu irmão e pai.

– Sim, está tudo bem? – perguntou Riley, com sua atenção novamente ao telefonema. – Perfeito, me dê trinta.

Riley encerrou a ligação e colocou o telefone de volta no bolso. Como se Evelina e Lily não estivessem nem mesmo na sala, ele se virou para seu filho frustrado e acenou com as mãos.

– A resposta é não, Adriano, – disse Riley. – Fique fora disso e mantenha um olho em sua irmã para mim.

– Você não está preocupado com o que o Chefe vai fazer? – Adriano perguntou a seu pai.

– Eu não me importo. Ele deveria ter feito isso logo na primeira vez ou liquidado isso por mim como eu pedi.

A testa de Lily franziu enquanto ela observava a troca confusa entre pai e filho.

– Eles negam, pai, – disse Adriano, com a voz desesperada.

Riley suspirou asperamente e seus dentes rangeram. – Por que você está fazendo isso, filho?

– O quê?

– Isto, – Riley rosnou, sacudindo seu pulso na direção de Adriano da maneira mais ríspida que Lily já tinha visto. – Lutando comigo e recusando os meus desejos. Eu criei você melhor do que isso. Você sabe o que é importante – o sangue, a família, *nós*. Ela era sua mãe. Quando alguém derrama seu sangue, você responde derramando o deles.

– A família Lazzari nega retaliação pela morte de James Poletti, – disse Adriano com firmeza. – Outras pessoas estão falando também. Isso pode ter vindo da...

– Ninguém na Outfit queria matar a sua mãe.

O olhar de Adriano se estreitou. – Você continua dizendo essa merda como se alguém estivesse apontando a arma para ela diretamente. Laurent levou um tiro também. Terrance estava sentado naquela mesa, juntamente com os membros da família Rossi e DeLuca. Mamãe foi um acas...

– Se você chamar o que aconteceu com ela de nada menos do que uma morte por retaliação ou desgraça, eu vou cortar a porra da sua língua.

Lily suspirou baixinho, com descrença total.

Adriano bufou. – E isso? Desobedecer e desrespeitar Terrance dessa maneira? Como será visto, pai?

– É a única coisa que faz sentido, – Riley respondeu. – A família Lazarri é a única que Terrance teve problemas. Ele pode limpar a bagunça quando eu terminar. A ordem está sendo executada.

Mais sangue. Mais sangue seria derramado. Mais mortes inúteis e desnecessárias. Mais funerais, tristeza e dor.

Lily já poderia sentir.

– Que porra você vai fazer, hein? – Adriano exigiu.

– Como é? – perguntou Riley.

– O que você vai fazer, pintar Chicago de vermelho antes de finalmente se sentir melhor? Isso não irá trazê-la de volta ou consertar o que aconteceu, pai. Ela ainda continuará morta!

– Os seus motivos estão sendo demonstrados, – disse Riley.

– O quê?

– Isto é sobre ela de novo, não é? Você está preocupado com ela. Estou tão cansado dessa besteira, Adriano. Não vai acontecer, não depois de tudo isso.

– Não tem nada a ver com ela.

– Eu acho que tem. Brigar comigo não irá levá-lo para mais perto de Alessa Trentini.

Oh. Tudo bem então.

Lily seguiu o exemplo de Evelina e decidiu ignorar os dois homens enquanto sua briga continuava no corredor.

– Alessa? – perguntou Lily calmamente.

A irmã mais nova de Abriella tendia a ficar com ela e era uma menina tranquila. Lily não tinha tido a oportunidade de conversar muito com Alessa desde que voltou para casa.

Evelina não desviou o olhar de sua revista. – Aparentemente.

– Eu não imaginava.

– Estrelas se cruzaram, – disse Evelina baixinho com uma pitada de amargura. – Romântico pra caramba, hein?

Lily tocou as amostras de tecido antes de perguntar: – Será que ele vai atrás da família Lazarri?

– Parece que sim, – Evelina respondeu, calma e despreocupada.

A família Lazzari era uma família criminosa pequena com raízes italianas e pouca conexão com a Outfit. Lily não sabia muito sobre eles, exceto algumas coisas que tinha ouvido de passagem, entre Dino e Theo ao longo da última semana enquanto seus irmãos discutiam a divisão que separara a Outfit entre as famílias Conti e Trentini.

Theo não acreditava que a família Lazarri tivesse uma mão no ataque.

Dino não deu uma opinião.

– Alguém pode enterrar sua mãe, – disse Lily, querendo que a amiga entendesse o que as ações de seu pai significavam.

Evelina virou uma página em sua revista. – Que assim seja.

– Eve!

– Não finja estar tão surpresa, – disse Evelina friamente. – Me diga que em todos esses anos você jamais desejou que alguém tivesse pago pela vida dos seus pais. Eu sei o que seu pai fez - nós todos sabemos, porra. Mas você ainda os amava, certo? Ainda sofreu.

– Sofri, – Lily respondeu.

– Me olhe nos meus olhos e me diga que está tudo bem com você que ninguém nunca respondeu por ter feito isso com você e seus irmãos.

Lily não podia.

Lily conduziu a nova Maserati para a lateral da rua tranquila, colocou a alavanca no ponto morto e desligou o motor, frustrada e oprimida. Ela decidiu encerrar sua noite com Evelina após o show entre Riley e Adriano. Lily não sabia o que pensar sobre a resposta da amiga ou como Evelina agiu - como se a retaliação pela morte de sua mãe pudesse ser de alguma forma justificada.

Lily compreendeu a dor. Ela sabia que Evelina ainda estava no meio do luto e talvez sua raiva estivesse finalmente recuperando o atraso. Ao mesmo tempo, Lily não entendia completamente. Talvez a dor persistente de perder sua própria mãe e pai quando era criança impedissem Lily de aceitar o lema da máfia de levar uma vida por uma vida, mas não importa o quanto tentasse... ela não conseguia entender.

A Outfit tinha tomado pessoas de Lily uma vez e seu ponto de vista tinha sido contaminado. Ela sabia disso. Também sabia que as pessoas que ela se preocupava, seus irmãos, Evelina, e até mesmo Damian, estavam todos envolvidos em uma vida que a machucou uma vez. Eles totalmente enraizaram seus próprios mundos e regras para se ajustar à máfia.

Lily não podia deixar de se perguntar: se ela tivesse sido capaz de ter a retaliação merecida pela morte de seus pais, iria ser como eles, também? Aceitar. Tolerar. Não se deixar afetar. Ela iria? Se a morte de seus pais tivesse sido vingada com mais sangue, seria a dor em seu coração remendada?

Ela sempre acreditou que derramar sangue não fazia nada, exceto manchar o chão e as mãos da pessoa que ordenava o assassinato.

A morte de seu pai tinha sido sempre considerada justificada. A de sua mãe, um subproduto.

A porra de uma reflexão tardia.

Dispensada.

Alguém matou a mãe de Lily, sem sequer pensar ou se preocupar com isso. Ela foi enterrada e fingiram que nada havia acontecido, como se aquela mulher não fosse importante para três pequenas pessoas que ela ajudou a criar e que precisavam dela.

Ninguém nunca respondeu a isso. Ninguém nunca o faria.

Por que Mia Conti era assim tão diferente da mãe de Lily?

E por que isso incomoda Lily?

Lily soltou um suspiro pesado, empurrou a porta do carro, e saiu. A brisa fresca do ar final de julho varreu suas pernas nuas. O vestido que ela usava terminava acima dos joelhos e a saia ampla se ergueu quando o vento aumentou.

Não se importava que estivesse usando saltos e estivesse mais frio do que o normal. Depois de trancar o carro, Lily começou uma caminhada pela rua. Precisava limpar a cabeça ou fazer alguma coisa. Qualquer coisa.

Estar em Chicago e conseguir um lugar na primeira fila para o que parecia ser o começo de outra briga de família só levou Lily de volta a sua infância. Ela não se sentia como uma menina, mas suas emoções espelhavam aquele tempo e ameaçavam dominá-la com o peso.

Mais confusa do que nunca, Lily pegou seu telefone da bolsa e discou um número familiar. Dino atendeu no segundo toque.

– Lily, – ele cumprimentou.

– Por que somos diferentes? – ela perguntou imediatamente.

Dino limpou a garganta e riu. – Eu não tenho ideia do que você está me perguntando, pequena.

Apesar de como esse apelido a incomodava, especialmente quando um de seus irmãos usava, Lily sorriu.

– Nossos pais e o que lhes aconteceu. Porque somos diferentes, Dino? Por que ninguém lutou por aquilo que aconteceu com a nossa mãe ou...

– Papai traiu a Outfit, – Dino a interrompeu suavemente. – Você sabe disso.

– Mas a minha mãe não!

Dino resmungou: – Sim, eu sei. Esta é a maneira que as coisas acontecem, Lily. De onde veio isso, afinal?

– Eu estava na casa de Eve, – Lily respondeu, esperando que isso explicasse sem que tivesse a necessidade de entrar em mais detalhes.

– Você sempre foi obstinada e teimosa sobre os nossos negócios, – disse Dino. – Nós não falamos sobre essas coisas, Lily, porque você não quer.

– Eu quero agora.

– Por quê?

– Porque eu quero saber o que era tão diferente a respeito da nossa mãe! Eu compreendo que o nosso pai se tornou um rato, tudo bem. Mas ela...

– Lugar errado, hora errada, – Dino interrompeu suavemente. – Ela estava na casa com ele e isso não era para acontecer. Isso foi tudo o que Ben me disse, Lily.

– Não faz você ficar louco, embora? Isso não... te enfurece que ela tenha sido morta? Ambos, ainda, Dino. Por que isso não te chateia?

– Chateia, – respondeu o irmão. – Sempre chateou, mas às vezes é melhor esperar a sua hora, um pouco. Nem tudo é preto e branco.

Lily ficou imóvel na calçada, tentando compreender as palavras de seu irmão e o que elas podem significar.

– De onde veio tudo isso? – perguntou Dino.

– Eu te disse, eu estava na casa de Eve.

– E todas as suas cicatrizes estão sendo abertas novamente.

– Pode ser. Eu não sei, é só que... eu não quero ver mais pessoas se machucando por causa do que aconteceu com Mia, mas, ao mesmo tempo eu acho que entendo como Eve e seu pai querem algum tipo de vingança. Isso não me faz uma hipócrita terrível?

– Eu não penso assim.

– Você é preconceituoso.

– Não, não realmente. Eu acho que você está confundindo o papel da Outfit nisso tudo. Não é a mesma coisa. Você está chateada com as pessoas que levaram a nossa mãe e a Outfit não fez isso, Lily.

– É a mesma coisa!

– Não é... em certos aspectos. Eu sou da Outfit. Theo é da Outfit. A família Rossi, seus amigos, e até mesmo Damian. Nós somos a Outfit - *la famiglia*. Certas pessoas dentro da Outfit tomaram decisões que nos feriram por causa de *la famiglia*. Eu sei que é difícil de entender, mas essas pessoas não fazem a Outfit, Lily. É muito mais do que apenas um par de pessoas. É todo mundo.

É uma cultura, um estilo de vida. Nós não escolhemos esta vida porque é fácil; nós escolhemos porque acreditamos nela.

– Por que parece que todo homem está lá por conta própria, então? – perguntou Lily.

Para ela, era assim que a Outfit sempre pareceu.

– Porque esse é o problema. Certas pessoas têm esquecido o que é suposto ser. Não culpe a Outfit, culpe as pessoas que fazem parte dela.

– Não culpe a arma, culpe o homem, – Lily murmurou.

– Exatamente.

– Não pode ser assim tão simples, Dino.

Seu irmão riu. – Sim, raramente é.

Capítulo Onze

Damian repousava sobre o capô do Maserati, seu olhar estava fixo na figura caminhando através da escuridão. Na calçada, Lily desligou o telefone, colocou a mão sobre os olhos e balançou a cabeça.

Ela estava muito longe para ele entender a maior parte da conversa, mas ele a tinha ouvido usar o nome de Dino pelo menos uma vez.

Lily se voltou para o carro, deu alguns passos e quase tropeçou em suas próprias pernas com a visão de Damian sentado onde ele não estava antes.

– Merda, – Lily engasgou, e seu novo telefone caiu de sua mão no pavimento de concreto.

Felizmente, ele não quebrou.

Damian riu quando Lily pegou o telefone e ficou ereta de novo, olhando afiadamente para ele o tempo todo.

– Você quase me deve um novo telefone de novo, – Lily o advertiu.

– Você deveria se acostumar com isso, querida.

– Ter um perseguidor?

Damian ergueu uma sobrancelha ante sua declaração. – Sério?

Lily fez uma careta. – Sim, não importa. O que você está fazendo aqui?

– Mantendo-a por perto.

O mais breve e mais minúsculo sorriso surgiu no canto da boca de Lily. – Ah é?

– Assim como eu disse.

– Onde você estava, então?

– Por aí, – Damian respondeu, sabendo como parecia vago. – Você tem estado ocupada e eu funciono melhor quando as pessoas não podem me ver.

– Assim como um fantasma, huh?

– Exatamente. – Damian balançou a cabeça na direção dela, dizendo: – Eu tive uma reunião com alguns membros da família Rossi, enquanto você visitava Eve e eu apenas cheguei a tempo antes que você fosse embora. Pensei que você iria ficar até mais tarde. Vocês não tinham esquemas de cores para terminar de escolher ou alguma outra bobagem do tipo?

– Como você sabia disso?

– Dino, – Damian disse simplesmente.

– Você está mantendo o olho em mim e me seguindo? – ela perguntou, e sua voz ficou mais estridente.

– Não se zangue, Lily.

A expressão de Lily endureceu. – Essa é uma ousadia...

– Você quer ter uma vida, – Damian interrompeu calmamente. – Você quer fazer as coisas e sair. Não culpo você, mas há um monte de coisas acontecendo agora e está tudo confuso, então eu tenho que ficar de olho em você enquanto isso acontece. Sinto muito se a ideia de ter alguém na sua trilha deixa um gosto ruim na boca, mas ou é isso, ou você não terá permissão para deixar a casa de Dino até que essa merda toda passe.

A postura de Lily suavizou. – É só você me seguindo, certo?

Damian sorriu. – Apenas eu.

– Você poderia ter me dito, Damian.

– Eu disse, no funeral de Mia. Não posso fazer nada se você não lê entre as linhas. Só porque você não pode me ver, não significa que eu não estou por perto, Lily.

Lily focou em suas unhas e evitou o olhar dele. – Que tipo de confusão?

– Desconfiança e incerteza. A partir de um monte de gente. Tudo leva a uma situação ruim.

– Oh.

– Você não vai acabar em algum acidente nesta confusão se eu puder evitar, – disse Damian, suspirando. – Voltando ao ponto, eu quase perdi você porque você saiu mais cedo. O que aconteceu?

– Nada, – Lily respondeu rápido demais para que estivesse falando a verdade.

– Nada, certo. É por isso que você dirigiu por aí sem rumo por vinte minutos, estacionou em uma rua aleatória, e então fez um telefonema para o seu irmão, enquanto andava para trás e para frente. Vamos, Lily, eu pareço um idiota para você?

Lily se recusou a olhar para ele de novo. – Não, mas isso não é importante. Deixa quieto.

– Olhe para mim.

– Damian...

– Lily, olhe para mim agora, – ele pediu.

Lily piscou para ele, e havia umidade brilhando em seus olhos castanhos. Lágrimas saturavam seus cílios inferiores, ameaçando cair. Instantaneamente, o intestino de Damian se retorceu de raiva em uma onda incomum de tristeza e confusão.

Cristo.

Ele odiava quando as mulheres choravam.

– Feliz? – Lily perguntou quando as primeiras lágrimas rastrearam suas bochechas.

– Não. Por que eu ficaria feliz com suas lágrimas?

Lily fungou e enxugou os olhos, mas isso não impediu a segunda onda de umidade que veio logo depois.

– Eu não sou uma chorona, – ela murmurou.

– Você já me disse isso antes, mas eu estou começando a me perguntar se é mesmo verdade. – Damian tentou afastar as sensações estranhas remoendo seu estômago. Como um tiro de raiva direto em suas veias, tudo o que ele podia pensar era descobrir quem havia feito Lily chorar e forçar quem quer que fosse o maldito a fazer um pedido de desculpas por isso. – O que aconteceu?

– Semana ruim, – disse ela em explicação. – Toda essa porcaria me faz lembrar dos meus pais e o que meus irmãos e eu passamos quando criança. Liguei para Dino porque não conseguia entender como a morte de uma pessoa poderia causar tanto alvoroço em torno de nós como a de Mia causou. Entendo que ela era amada e que não merecia morrer, mas a minha mãe também era. Ela era amada também. Sua morte não foi nada mais do que um acidente também.

– E ninguém disse nada sobre ela ter sido morta, – Damian terminou por ela.

– Sim, de certa forma. E isso me faz me sentir horrível por sequer pensar nisso.

– Entendi. Nada é simples, certo? O que Dino disse?

– Que a culpa é do homem, e não da arma, – disse ela calmamente.

– E quem é a arma nesta situação? – ele perguntou.

– A Outfit.

Ah.

Lá estava.

Dino tinha prevenido Damian antes mesmo que ele conhecesse Lily que ela tinha problemas com a Outfit. A maioria deles poderia ser relacionado com o assassinato de seus pais.

– Ele tem um bom ponto, – disse Damian.

Lily não se incomodou em enxugar as lágrimas de seu rosto enquanto dizia: – Eu sei, mas ainda me incomoda e me sinto uma fraude.

– Por quê?

– Eu disse a Eve que não concordava que alguém pudesse morrer por causa da mãe dela e, ao mesmo tempo, tudo que eu conseguia pensar era por que ninguém morreu pela minha também?

– Você sabe por que, porém, não é? – perguntou Damian.

– Meu pai.

– Sim, ele. Dino salvou vocês quando crianças. Você sabe disso, certo?

Lily balançou a cabeça. – Não.

– Ele era velho o suficiente para ter um pé preso na Outfit e ele estava trabalhando sob as asas de Ben por grande parte do tempo. Porque ele entendia as regras e como o mal que o seu pai fez poderia refletir sobre vocês diante da Outfit, Dino fez o que tinha que fazer para que a vergonha de seus pais não se pousasse sobre você ou Theo. Dino os separou de Joseph e Valerie DeLuca.

Lily se encolheu com os nomes da mãe e do pai, mas Damian não cedeu. – Ele os tirou daquela casa, e os colocou com seu tio imediatamente, e, em seguida, se atirou com força total na Outfit. Ele nunca terminou o ensino médio. Ele nunca teve seus próprios filhos ou foi casado, Lily. Porque ele passou a vida inteira trabalhando para lavar a vergonha, para que as pessoas pudessem ver você e Theo como irmão e irmã dele, e não filhos de Joseph e Valerie.

– Eu não tenho vergonha dos meus pais, – disse Lily.

– Mas você tem vergonha do que o seu pai fez.

Lily se encolheu, permanecendo em silêncio.

– Você pode dizer. Sou só eu aqui, você sabe, – disse Damian. – Ninguém mais precisa saber. Você não está protegendo pessoas mortas por dizer algo que é verdade.

– Ele errou segundo a Outfit, – disse ela ao invés.

– E as pessoas reagiram como foram ensinadas.

– Como você consegue não culpar a arma?

Damian deu de ombros. – Porque não é quem puxa o gatilho. Apenas segue as regras.

– Eu não acho que a morte da minha mãe foi um acidente, – Lily disse a ele.

– Por que não?

– Eu acho que meu tio sabia que ela teria pegado seus filhos e fugido.

– É possível, – Damian concordou. – Ben tentou sempre controlar o lado DeLuca das coisas, tanto quanto podia. Não leve a mal, mas me deter sobre tudo isso não vai ajudá-la, Lily. Todas essas coisas aconteceram há muitos anos. Eu não estou dizendo que você deve perdoar e esquecer, mas talvez você deva começar a deixá-las onde elas pertencem.

– Para trás, – ela murmurou.

– Sim. Onde não podem continuar machucando você. Porque agora, você é a única que pode deixar te machucar, querida.

– Foi assim que você fez, Damian?

– Estou mais preocupado com o agora, do que me preocupar com pessoas enterradas, Lily.

– Você não sente falta dos seus pais? – ela perguntou.

– Mal me lembro deles, mas se você quer a verdade, sinto falta da ideia de pessoas que deveriam ser só minhas e me amar. Eu sinto falta do que acho que deveria ser, porque nunca tive a chance de experimentar.

– Oh.

Só assim, as lágrimas começaram a cair novamente. O incômodo de Damian ficou ainda maior com a visão, o fazendo se sentir de todos os tipos de terrível. Se empurrando do capô do carro, ele atravessou os poucos metros entre eles, pegou o rosto bonito dela em suas mãos, e inclinou a cabeça para que pudesse olhá-la.

– Por favor, não chore, – ele murmurou. – Não me dou bem com lágrimas. Já te falei isso. Pare.

Lily mordeu o lábio inferior, mas parou. Ele imaginou que ela não conseguisse evitar. – Sinto muito.

– Você vai me obrigar a fazer, huh?

– Fazer o quê?

– Fazer você parar de chorar para que eu possa me sentir melhor, – disse Damian, sorrindo maliciosamente.

Lily riu em meio às lágrimas. – E como você planeja...

A boca de Damian caiu sobre a dela, engolindo suas palavras e ofegos com os dentes e lábios. O guincho mais doce de surpresa ecoou de Lily antes que ela respondesse ao beijo e agarrasse o casaco dele em suas mãos. Sua boca tinha gosto de cereja e sal e ela respondeu ao beijo puxando-o mais para perto. Ele a manteve presa no lugar, querendo sentir sua boca na dele, enquanto se readaptava com o gosto dela.

Com cada toque de seus dentes aos lábios e cada movimento de sua língua, Damian sentiu como se possuisse essa garota um pouco mais. Como se ela fosse somente dele e isso era tudo o que ele queria que ela sentisse. Apenas a maneira que seu corpo se moldava ao dele e ela nunca se esquivava de seu toque e beijo, Damian sabia... Lily DeLuca estava a dois passos de cair de amores por ele.

Ele não se importava.

Infelizmente, Damian ainda podia ver as lágrimas nos olhos dela que lutavam para cair e sua respiração engatou, dizendo a ele que ela estava segurando os soluços.

– Não chore, não chore, – Damian repetiu, beijando ao longo da linha da bochecha de Lily. – Quando você chora, me faz querer encontrar a pessoa que fez você chorar e enfiar meu punho em sua garganta para que eu pudesse arrancar o coração do infeliz e em seguida, forçá-lo a comer o órgão. Sério, isso me incomoda. Pare com isso, Lily.

– Estou tentando, – ela murmurou enquanto seus lábios tocavam delicadamente os dela novamente. – Você me deixou triste de novo, falando sobre seus pais.

Ótimo. Agora ele era a razão das lágrimas.

Damian não podia lidar com esta merda.

– Eu soquei um garoto no rosto por você uma vez, – disse ele, esperando que ganhasse a atenção dela o suficiente para fazê-la parar de chorar.

Lily o deixou enxugar a umidade em seus cílios. – Quando?

– Você tinha acabado de completar sete. Eu não estava passando tanto tempo com você quanto antes, nem Theo, realmente. Nós estávamos fazendo... outras coisas com Dino. – Damian deu de ombros, não querendo entrar em detalhes. – De qualquer forma, isso a forçou a fazer novos amigos. Um garoto idiota de nove anos de idade passou a ser um deles. Ele fez você correr para casa chorando por causa de algo. Dino estava lá quando você disse a Ben o que tinha acontecido. Ele contou para Theo, e o seu irmão me contou, e eu bati no garoto na próxima vez que o vi.

– Isso é terrível, – Lily murmurou.

– Ele aprendeu uma lição do caralho, eu aposto.

Lily riu, mas outra lágrima desceu por sua bochecha. Damian xingou sob a respiração com a visão, desejando acabar com a tristeza dela.

– Como você pode rir e chorar ao mesmo tempo? – perguntou Damian, esmagado pela forma como esta menina o afetava. Ele não estava conseguindo lidar com o horror brotando em seu intestino por causa da visão dela chorando.

– Porque eu estou triste e feliz.

– Isso não faz sentido.

– Faz sim!

– Você parece uma criança discutindo comigo desse jeito, – disse Damian, passando o dedo sobre o lábio inferior dela tremendo.

Lily engasgou, e o sofrimento preencheu seu olhar de novo.

– Eu estava brincando, Lily!

Ela não pareceu acreditar nele por um segundo que fosse.

– Eu estava, – ele repetiu.

– Ainda assim foi horrível.

– Você ainda está chorando, – Damian apontou.

– Você não me fez parar ainda, então você não deve querer se sentir melhor. Lembra?

Engraçadinha...

Damian beijou Lily novamente sem aviso, a puxando contra seu peito e os virando para que ele pudesse apoiá-la na calçada. Seus lábios não se separaram nenhuma vez, nem mesmo quando eles tropeçaram pela calçada e as pernas de Lily bateram no capô de seu Maserati. Incapaz de controlar o desejo louco percorrendo seu sangue, Damian passou as mãos pelas pernas lisas de Lily e sob sua saia. Ele praticamente podia sentir o coração batendo e o sangue correndo até a superfície da pele dela sob seu toque. Cada som, cada arrepio e cada polegada dela estavam começando a ser impressos na memória de Damian como uma melodia que não poderia esquecer.

Realmente não queria esquecer.

A forma como a língua dela percorreu o lábio inferior o fez querer estar dentro de sua boca mais uma vez. Queria morder aquele lábio até que ela implorasse por mais, então ele fez exatamente isso. O gemido ofegante que Lily deu, disparou diretamente até seu pau dolorido.

Mas Damian não era importante. Ele não estava procurando aliviar suas próprias necessidades. Não, ele *queria* cuidar das dela.

– Oh, meu Deus, o que você está fazendo? – ela perguntou em um sussurro ofegante.

– Sentindo você. Que porra lhe parece? – Damian agarrou a bunda dela em um aperto firme e ergueu sobre o capô antes de arrastar as mãos de volta para as pernas dela. – Cristo, eu juro que você tem as melhores pernas de Chicago, Lily.

– Mentiroso. Eu sou baixinha como o inferno.

– Gosto da sua falta de altura. Não minto, eu simplesmente omito as coisas para o meu próprio benefício.

Lily arqueou uma sobrancelha. – Não é a mesma coisa?

– Faça as perguntas certas para obter as respostas corretas. Ninguém nunca faz as perguntas certas.

– Huh.

– E por que eu iria mentir sobre as suas pernas, hmm? – ele perguntou, sorrindo pecaminosamente. – Gosto muito delas, especialmente quando você as envolve em torno da minha cabeça e o meu rosto está enterrado nessa sua bela boceta.

Lily gemeu, mordendo com força o lábio inferior. – Porra.

– Sim, esse é o objetivo, querida[4].

---

4 Ela diz porra, fuck em inglês, e tem significado ambíguo. Pode ser porra (xingamento) ou foder (conotação sexual).

Com essas palavras, as mãos de Damian desapareceram debaixo de sua saia novamente. Ele moveu as pernas apoiando as mãos nas coxas dela. Lily olhou ao redor da rua escura, e um tremor sacudiu suas coxas quanto mais perto ele chegava de sua calcinha de algodão.

– Alguém pode nos ver, – disse ela.

– E daí?

– Como assim daí?!

– O que eles irão ver, huh? Uma bela mulher sendo fodida com os dedos em um belo carro na escuridão. Nada mais. Devemos dar aos vizinhos um show. Aposto que eles nunca viram ninguém como nós antes.

– Jesus.

– Você está molhada para mim? – perguntou Damian.

– Provavelmente, – Lily respondeu. – Ainda assim alguém pode me ver.

– Espero que vejam. E eu espero que eles descubram exatamente o que estou fazendo com você, porque então eles saberão que você é minha e que só eu posso fazer isso. – os dedos de Damian brincaram dobre sua calcinha de algodão cobrindo os lábios de sua boceta. Ela estremeceu com o contato. Ele já podia sentir a umidade amortecendo o tecido. – Sim, você está encharcada pra caralho. Finja o quanto quiser que alguém nos ver te incomoda, mas aposto que isso não é verdade. Você é tão malditamente sexy, é uma loucura. Posso sentir isso, querida. Me diga o que você quer, Lily.

Lily soltou um suspiro trêmulo e molhou os lábios com a língua. – Eu quero que você coloque os dedos na minha boceta e me faça gozar.

– Maldição, – Damian colocou para fora. – Que palavras sujas vindas de uma boca tão bonita. Abra mais as pernas, Lily.

Ela fez o que ele pediu antes de arrancar o paletó dele e trazê-lo mais para perto. Suas pernas se colocaram em torno dos quadris dele enquanto se inclinava para outro beijo ardente.

– Tão suave, – Damian murmurou contra seus lábios enquanto a acariciava com o dedo ao longo do lateral da calcinha. A nudez de seu sexo o deixava insano. Ele amava que ela se depilasse; não havia absolutamente nada entre eles, quando ele a tocava ela sentia tudo dele por causa disso. – Você está molhada pra caralho.

– Quente, – Lily gemeu.

– Sim, isso também.

Damian deslizou uma mão sob a calcinha dela e usou a outra para agarrar as pontas de seus cabelos. Ele juntou o cabelo dela na parte de trás do pescoço, segurando-a com força no lugar e passou os dedos sobre os lábios sensíveis de seu sexo. Molhada era um eufemismo. Com cada toque de seus dedos, seus fluidos escorriam sobre ambos. Seus sucos encharcaram sua mão quando ele segurou sua boceta e a fodeu com um único dedo.

Lily arqueou com o toque e instantaneamente, o gemido mais doce saiu de seus lábios ao mesmo tempo. Sem aviso, ele acrescentou um segundo dedo e adotou um ritmo rápido que com certeza deixaria seu desejo em fúria e fora de controle rápido. Ele queria vê-la tremer em torno dele enquanto gozava chamando seu nome.

– Tão quente, – ele disse a ela. – Como um maldito fogo me pressionando firmemente. Mostre seu rosto, Lily. Se alguém estiver me vendo fazer isso com você agora, eu quero que veja exatamente como você fica por causa disso.

A cabeça de Lily caiu para trás e Damian entrelaçou ainda mais a mão no cabelo dela, fazendo sua excitação escorrer entre suas coxas. Estava por todos os seus dedos das mãos e o sexo dela o apertava enquanto ele a fodia com mais força sobre o capô do carro. Ele se deleitava com os sons de sua boceta e os ruídos de seus sucos enquanto a fodia mais duro com os dedos. Ela não parecia se importar com o ritmo brutal de seus dedos enterrados nela profundamente, e em vez disso, empurrava de volta contra a palma da mão dele em busca de mais.

Lily moveu seus quadris, encontrando cada impulso de sua mão com um tranquilo e abafado grito que o aqueceu de dentro para fora. A excitação dela revestiu seus dedos e ele sentiu as paredes internas começando a pulsar em torno de seus dedos.

– Me diga quão perto você está, – Damian exigiu.

Os olhos de Lily estavam encapuzados e aturdidos quando ela olhou para ele. – Quase.

Ele encontrou o local em sua boceta – o que tinha encontrado na primeira vez que eles foderam, e que parecia deixá-la selvagem, a fazendo jorrar em torno de seus dedos. Damian abriu os dedos, necessitando que ela se sentisse totalmente preenchida dele e só dele.

– O quanto você quer gozar, Lily?

Suas pernas tremiam quando ela reclamou. – Muito. Mais, por favor.

Damian mostrou seus dentes em um sorriso. – O que você quiser, querida.

Usando o polegar para tocar seu clitóris enquanto seus dedos mantiveram o ritmo dentro de sua boceta, não demorou muito para que a cabeça dela se inclinasse para trás e os lábios se abrissem com um grito alto que com certeza iria acordar alguém na rua se já não tivesse.

Quando seus músculos internos se contraíram em torno dos dedos dele e o calor de seu gozo escorreu no capô da Maserati, Damian se inclinou e beijou Lily suavemente. Ele explorou aquela boca quente e doce com a língua e os dentes enquanto ela percorria as ondas de seu orgasmo. Nada era mais sexy do que a visão dela desfeita por causa do que tinha feito com ela.

– É tão bom, – ela respirou quando ele pegou seu queixo entre o indicador e o polegar.

– Você é bonita quando goza, Lily.

Ela empurrou a mão dele para longe de suas pernas. – Sensível.

Damian riu. – Eu aposto.

Ele acenou com os dedos molhados para ela ver.

– O quê...

Ele os chupou até que estivessem limpos antes que pudesse dizer outra palavra.

– Você é mau, – disse Lily, usando os cotovelos para se apoiar no capô.

– Muito. Você é boa demais para se desperdiçar, apesar de tudo.

Damian espalhou beijos na testa de Lily. Ela estremeceu, cantarolando um som de satisfação baixinho. Um pequeno brilho de transpiração pontilhava sua pele e seus olhos estavam selvagens e escuros de luxúria. Ele adorava a visão dela sobre aquele capô com as pernas em torno dele, a calcinha encharcada por seus próprios sucos e olhando para ele como se estivesse pronta para outra rodada.

– Isso pareceu funcionar, – disse Lily, com a voz um pouco seca.

– Hmm, o quê? – Damian passou a arrumar sua saia e calcinha antes de colocar as mãos em cada lado de seus quadris. – O que funcionou, Lily?

Ela deu um sorriso sensual e lento. – Você me fez parar de chorar.

Ele fez.

– E agora eu me sinto melhor, – Damian refletiu com uma risada.

– Você é horrível.

– Como eu disse antes, você vai aprender a gostar.

Lily olhou para ele com curiosidade. – Talvez eu já goste. Posso te contar uma coisa?

– Manda, – disse Damian.

– Eu acho que senti sua falta esta semana.

– É mesmo?

– Sim, – Lily disse pesadamente. – E, além de me seguir, eu gostaria de saber onde mais você esteve.

Damian não poderia ter deixado de notar o sentido oculto em suas palavras. – O ciúme fica terrível em você, especialmente considerando o fato de que eu estou aqui fazendo isso com você e não em outro lugar fazendo a mesma coisa com Deus sabe lá quem.

– Desde que você acaba de me dar um orgasmo no capô de um Maserati depois de estar sumido por quase uma semana, talvez você me devesse uma resposta honesta.

– Faça a pergunta de uma forma melhor, – disse Damian.

O olhar de Lily se estreitou. – Alguma mulher?

– Absolutamente não.

– Quem foi a última mulher que você fodeu por aí?

– Um ou dois meses atrás, com alguém que eu conheci no clube de Tommas. Eu a levei para o escritório nos fundos, e a fodi sobre a mesa do meu primo, e nunca soube nem o nome dela. Eu não sou o tipo que tem relações, me desculpe.

– Mentiroso.

– Eu não minto, Lily. Pare de me fazer me repetir.

– Você está mentindo. Você está indo bem agora.

Damian pigarreou, atordoado. Ela estava certa. – Talvez seja diferente com você.

– Por quê?

Deus, ela podia ser frustrante e teimosa pra caralho quando queria. Damian tanto odiava quanto gostava dessa parte dela. Só que não poderia realmente odiá-la.

– Pergunte melhor, Lily.

– Você é impossível.

Damian riu baixo. – Eu sei.

– Não brinque com a minha cabeça, está bem?

– Isso não está nos meus planos, querida.

– Às vezes eu me pergunto, – disse ela.

– Você não deveria. Eu me importo. Você é importante para mim. Nada mais importa no final, exceto isso.

– O que você deve ao meu irmão? – perguntou Lily.

Damian congelou. – Como?

– Eu me lembro do que você me disse. Você aceitou essa coisa do casamento porque teve que fazê-lo, mas, ao mesmo tempo, algumas pessoas da sua família não aprovam. Não tenho nada para te dar, visto que a minha herança não é suficiente para fazer de você um homem imensamente rico, não que você um dia vá ser capaz de tocar em um centavo dela. Você já disse que não me comprou do meu irmão, então ele não está te dando nada também. O que me leva a acreditar que você lhe deve alguma coisa. O que é?

Merda.

– Você é muito observadora, – disse Damian.

– Então você deve alguma coisa a ele?

– Devo.

– O que é, Damian?

– A minha vida.

Lily olhou para ele por mais tempo do que ele gostaria antes de dizer: – Uma vida por uma vida.

– Sim.

– E você está dando a sua pela minha.

– Sim, – Damian disse novamente, sua garganta ficando mais apertada.

– O que mais ele exigiu?

– Que eu te dê tudo o que você precisar.

Aquilo era muito mais do que ela poderia imaginar.

Lily não pestanejou quando respondeu: – Você está conseguindo.

Damian baixou o vidro quando Lily saiu da Maserati e fechou a porta do motorista.

– Tranque essa porra de coisa, – disse ele.

Lily revirou os olhos, mas apertou o botão de travamento como ele disse a ela para fazer. – Ninguém seria estúpido o suficiente para roubar um veículo da garagem de um DeLuca, Damian.

– Nunca se sabe. Venha aqui.

Lily caminhou até seu carro e se inclinou na janela. Damian enganchou um dedo em torno de um de seus fios de cabelos ondulados e a puxou perto o suficiente para dar um beijo em sua boca bonita. Ela sorriu enquanto se afastava.

– Você não vai entrar? – perguntou Lily.

– Trabalho, – disse Damian como explicação. – Você estará aqui, então eu sei que você estará bem.

– Você sabe, eu poderia apenas te mandar uma mensagem quando tiver que ir a algum lugar.

Damian gostou da ideia. – Sim, especialmente se você estiver a fim de dar outra façanha como hoje.

– Não foi uma façanha, Damian.

– Eu não quero correr riscos; isso é tudo. Isso me deixa nervoso.

Lily assentiu com a cabeça e pegou o telefone, olhando. – Certo. Amanhã à noite eu tenho que ir ver Abriella para uma prova. Onde você estará?

Damian sorriu. – Onde quer que você esteja.

– Talvez eu gostaria de vê-lo quando você estiver lá.

– Eu te disse, eu trabalho melhor quando você não me vê.

– Hmm, Fantasma, certo?

– Certo, – ele disse. – Que tal eu buscá-la no café da manhã e fazermos alguma coisa na parte da tarde antes de você ter que ir para a casa dos Trentini? Talvez eu vá ver se o Chefe quer conversar enquanto você está lá e ele me dê algo para fazer ao invés de apenas ficar entediado enquanto eu espero.

– Parece bom.

– Até amanhã, Lily.

Com um acendo de dois dedos e uma piscadela tímida, Lily deixou Damian sozinho com seus pensamentos. Ele esperou até que ela abrisse e fechasse a porta da frente da casa de Dino antes de ligar seu carro. Damian nem sequer teve a oportunidade de engatar a ré do Porsche antes da porta da frente se abrir novamente.

Dino desceu os degraus e caminhou até a grande entrada de carros.

– Noite, – Dino o recebeu.

– Ei.

– Beijar a minha irmã na minha garagem não é uma boa maneira de me manter gostando de você, D.

Damian sorriu. – Ela não é mais uma garotinha, Dino.

Dino fez uma careta. – Estou ciente.

– E eu estou mantendo o meu lado do negócio aqui.

– Enquanto ela esteja feliz...

– Ela está, – disse Damian. – Eu não esperava que fosse tão fácil.

– Dê a ela tempo. Sua teimosia nunca deixa de me surpreender quando aparece.

– Não, não foi isso que eu quis dizer.

Dino cruzou os braços, de frente para a janela do motorista. – Ah?

– Ela é fácil de gostar, Dino. Ela me faz querer mantê-la feliz e todo esse absurdo louco. Sei que é o que você queria, para começar, e eu planejava fazer isso com o melhor da minha capacidade, porque devo isso a você, mas não tem nada a ver com você mais.

– Eu não vou fingir que isso me incomoda, – disse Dino.

– Certo, – Damian murmurou com um sorriso de escárnio. – Obrigado.

– Por que deveria me incomodar, D? Para mim, isso é uma coisa boa. Para ela, é uma coisa extremamente boa. Eu não vejo o que você tem que reclamar.

– É uma coisa perigosa, Dino. Eu vivi a maior parte da minha vida sem vínculos e sem ninguém para me preocupar, exceto comigo mesmo. Isto é... diferente.

– Basta continuar fazendo o que você já está fazendo, D. Só orquestrei esse acordo para que ela tenha tudo o que precisa, uma vez que eu não puder dar a ela mais. Você foi uma boa escolha. Você gostava dela quando vocês eram crianças e eu achei que isso iria aparecer de novo. Então estava certo, grande coisa. Qual é o problema?

– Eu pensei que eu teria que fingir.

– E você não terá. Parabéns, eu pensava assim também. Vocês dois formam um bom par, D.

– Ela me disse mais cedo para não foder com sua cabeça, – disse Damian calmamente.

– Isso é coisa que Lily diria.

– Ela nem mesmo percebeu que já está fodendo com a minha.

Dino riu. – Bem, contanto que ela ainda esteja viva ao final de tudo isso, não me importo o que seja preciso. Mesmo que isso signifique que as coisas que ela coloque dentro de sua cabeça mantenham o seu foco.

– O que for preciso, certo?

– Certo, – Dino ecoou. – Falando nisso, eu ouvi uma coisa interessante?

– Pelo discurso de Lily sobre Eve, Riley Conti está a dois passos de ir atrás da família Lazarri.

– Huh. – Dino sugou o ar pelos dentes, olhando para a casa. – Eu não acho que alguém precise empurrá-lo a isso, realmente. Ele já está à beira de um colapso nervoso. Poderíamos muito bem deixar o cachorro dormir até que ele acorde sozinho. A família Rossi não tomou um lado ainda, no entanto. Eles ainda estão bastante neutros.

– Terrance já está chateado com Laurent por causa de Serena.

Dino assentiu com a cabeça. – A divisão está aumentando. Não vai demorar muito para ficar ainda maior.

Capítulo Doze

– Puta merda, – Theo sussurrou, pegando o controle remoto de Dino. Ele pressionou o botão de volume várias vezes até ficar mais alto. – Olhe para esse carro, Dino.

Dino ficou quieto no sofá, nem mesmo se virando para responder a seu irmão enquanto dizia, – Eu vi.

– As placas foram removidas.

– Não importa. Sabemos a quem o carro pertence, Theo.

– Serena Rossi, – Theo respondeu. – Parece o carro dela, não é?

Sim, Lily se conteve de dizer.

Ela reconheceu o Mercedes preto, também.

– Claro, – disse Dino. – Ben ligou. Ele vai chegar mais tarde.

– Ele está tendo um ataque?

– Um dos grandes. O mesmo acontece com Terrance. Riley está ameaçando retaliação por isso também.

– Cristo, – Theo murmurou. – Isto é ruim.

– Pode ficar muito pior, ainda.

Na tela, o noticiário repetia a filmagem granulada do tiroteio. Não era muita coisa. O carro preto podia ser visto fazendo uma curva à esquerda antes que o vidro rolasse para baixo o suficiente para que algo fosse colocado para fora da janela. Algo redondo, grande e preto.

Lily não teve que se perguntar o que era o item por muito tempo porque o fogo logo explodiu a partir da janela. Ele iluminou a escuridão do carro, mas não mostrou o interior e a pessoa escondida pela tonalidade escura do vidro.

Mais uma vez, o vídeo terminou e eles mostraram uma imagem ao vivo na tela. A frente do bar tinha recebido uma saraivada maciça de balas. As janelas tinham sido destruídas pelas balas e vidro brilhava sobre o asfalto preto. Não tinha ninguém lá dentro, já que o ponto estava sendo reformado para abertura na semana seguinte.

– Os funcionários sugeriram que o que aconteceu pode ser relacionado com a infame Máfia de Chicago, – disse o repórter. – Mas eles ainda têm que dar a confirmação. Este bar, em particular, é de propriedade de um membro do alto escalão da Máfia de Chicago. A família Conti teve uma relação de longa duração com a Outfit e o crime organizado em Chicago. Riley Corrado Conti foi absolvido, meses atrás, de várias acusações de extorsão. Este atentado é apenas um incidente dos vários que aconteceram ao longo das últimas semanas. Todos têm alguma relação com a Máfia ou as pessoas envolvidas podem ser ligadas à Outfit.

– As autoridades estão cavando, – Theo observou.

Dino concordou, ainda não afetado por toda a cena. – Isso realmente irá irritar alguém.

– Terrance já anda suficiente desconfiado de Laurent e Serena. Isso não irá ajudar no caso de Laurent.

– Veja como isso rola a partir daqui, – Dino murmurou. – Eu entendo por que não foi contra um lugar dos DeLuca ou dos Trentini, na medida do que se passa.

– Como, – as palavras de Theo foram cortadas quando ele notou Lily de pé na porta de entrada da sala de estar. – Ei, pequena.

Dino inclinou a cabeça na direção de Lily. – Bom dia, você vai ter que ficar em casa hoje, Lily.

– Por quê? – ela perguntou.

Lily sabia o porquê.

A transmissão dizia tudo.

– Problemas, – disse Dino como explicação.

– Muitos, – acrescentou Theo.

– Por que alguém iria atirar contra um negócio dos Conti? – perguntou Lily, tentando soar ignorante.

– Talvez para provar um ponto sobre algo, – respondeu Dino.

– Como o quê?

– De que lado eles estão, Lily.

– Pelo menos não havia ninguém lá dentro, – disse Lily.

Dino franziu a testa. – Ninguém tinha que estar para ter significado, pequena.

– Oh. A que horas você foi para a cama na noite passada? – ela perguntou.

– Logo após Damian deixar você.

Quarto principal de Dino ficava em frente ao de Lily. Ela tinha ouvido um remexer em seu quarto por um bom tempo antes de adormecer. Seu irmão gostava de se exercitar antes de tomar banho e ir para a cama.

–De que lado você está, Dino? – perguntou Lily.

Theo tossiu, falhando miseravelmente para esconder sua surpresa.

Dino não fez absolutamente nada. – Essa é uma pergunta interessante.

– Eu acho que é bastante simples, – respondeu ela. – Qual lado?

– O meu, é claro.

Bem, que lado era esse?

– Oh, Laurent nega tudo, – disse Ben, com linhas de frustração escritas na testa.

Lily continuou a preparar a salada, enquanto sua caçarola de massas terminava de assar no forno. Ela tentou parecer como se não estivesse ouvindo a conversa entre seus irmãos, seu tio e Damian, mas era impossível.

Eles sabiam que ela estava no maldito cômodo. Poderiam ter ido para o escritório de Dino se quisessem mais privacidade.

– Difícil de negar quando foi pego nas câmeras, – disse Theo.

– Sim, – Ben murmurou, rindo amargamente. – Isso é o que o Chefe disse, também.

Damian se inclinou sobre a bancada e bateu os dedos no mármore, chamando a atenção de Lily.

– Sorria, – ele balbuciou.

Lily não poderia negar. Ela sorriu para ele como ele pediu.

Damian piscou antes de voltar para a conversa em mãos. – Talvez ele estivesse tentando fazer um ponto sobre algo.

– Como o quê, Rossi? – perguntou Ben. – Ele é a porra do seu tio. O que o cara quer provar?

– Estou apenas dizendo, DeLuca. Além disso, se ele é ou não meu tio não faz diferença, ok? Ele está bêbado na metade do maldito tempo. Você sabe tão bem quanto eu. O alcoolismo tem o jeito de estragar alguém e Laurent é a metade de um homem por mais tempo do que eu consigo me lembrar.

O olhar de Ben se estreitou. – Cuidado, Rossi. Os mais velhos ainda merecem respeito.

Damian ergueu um único ombro como se não fizesse diferença para ele de qualquer maneira. – Talvez tenha pensado que esta seria uma maneira de desviar toda a atenção sobre ele.

– Bom ponto, – disse Dino, acenando para Damian. – Terrance não estava satisfeito com Serena e Laurent não fez nada para colocar sua esposa em seu lugar depois daquela confusão sobre Lily.

– Serena não disse nada que não fosse verdade, – respondeu Ben.

Damian se enrijeceu. – Isso é um pouco demais, Ben.

Ben DeLuca acenou com a mão como quem não se importava. – Não muito.

Lily não estava surpresa que seu tio não viesse em sua defesa. Ben não dava a mínima. Ele nunca deu.

– Não importa, – Theo disse com firmeza. – Serena não tem nada que abrir a boca sobre Lily ou Damian. O acordo não foi feito entre Laurent e Dino. Foi feito entre Dino e Damian. Ela não tem direito de dizer nada, você sabe muito bem disso.

– Ela sempre foi uma mulher vocal, – disse Ben, descartando Theo.

Theo fez uma careta. – Você defende aquela mulher como se tivesse direitos sobre ela, tio.

Lily não perdeu a contração do rosto de Ben quando ele disse, – Você está cruzando uma linha fina, Theo.

– Deixem esse assunto de lado, – Dino pediu em voz baixa. – Voltemos para o problema Rossi.

Ben apontou o polegar na direção de Damian. – Você está prestes a dividir o pão com um agora. Terrance não está satisfeito com essa bagunça de tiroteio, independentemente do que Laurent esteja tentando dizer sobre o seu envolvimento. Cara e Lea chegaram em casa na noite passada.

Damian se animou com isso. – De Toronto?

– Sim, você não sabia? – perguntou Ben.

– Não.

– Bem, chegaram. E disseram que ninguém saiu de casa.

– Era o carro de Serena, – disse Dino. Seu tom não deixou absolutamente nenhum espaço para discussão. – Ele não pode negar isso.

– Ele não pode.

– O que está errado? – perguntou Lily, se inserindo na discussão, também. Ela provavelmente não deveria. – Quero dizer, se Laurent fez um ponto, indo atrás do negócio dos Conti, isso não mostra que ele está sendo fiel a Terrance?

Pela primeira vez desde que Ben chegou naquela manhã, ele realmente agraciou Lily com sua atenção. Ela desejou que ele não tivesse. Principalmente porque ficava sob o radar de seu tio e não gostava que fosse assim. Isso não era como ela costumava agir.

– Isto não é preocupação sua, Lily, – disse Ben.

Seu tio se levantou da mesa e saiu da cozinha sem dizer outra palavra. Dino e Theo seguiram atrás dele pouco depois. Damian ficou onde estava de costas para Lily.

– Eu odeio esse homem, – ela disse mais para si mesma do que para Damian.

– Um monte de gente odeia, – seu noivo respondeu.

– Qual é o problema? Você pode me dizer?

Damian se virou lentamente e colocou as mãos na bancada. – O problema é que Terrance quer promover a paz. Ele vê as coisas acontecendo ao seu redor. Vê seus homens tomando partido e se separando ainda mais. Riley tem uma grande dose de lealdade ao seu lado, porque ele é o chefe de frente da Outfit.

– Significa?

– Significa que ele está muito mais perto dos caras nas ruas e das tripulações[5] que Terrance. Riley tem poder, também, mesmo que Terrance não queira admitir.

– Eu não entendo o que isso tem a ver com o tiroteio, Damian.

Damian passou a mão pelo cabelo, suspirando. – Não importa quantas vezes Terrance diga que não ordenou Laurent a seguir com o tiroteio, Riley está em uma situação agora onde não vai acreditar nele. Não importa quantas vezes Laurent diga que ele não fez isso, Terrance está muito zangado para acreditar nele porque ele não tem mais ninguém para culpar.

– Mais problemas, – disse Lily.

– Muito mais. Tudo o que isso fez foi colocar mais um racha entre Terrance e Riley. Maior do que o que já havia antes. Algumas tripulações, até mesmo parte da equipe do seu tio, estão levantando uma confusão em nome de Riley por causa desta confusão de tiroteios. Os DeLuca são leais ao lado dos Trentini, ou costumavam ser. Ben está lutando para manter seu povo na linha para o benefício de Terrance. Laurent fez uma enorme declaração para o lado Rossi das coisas, atacando o negócio dos Conti.

– E sobre a coisa com os Lazarri? – perguntou Lily.

– Isso é outra questão. Riley ainda quer o sangue deles; eles ainda negam o tiroteio do restaurante e a morte de Mia.

– Isso é uma bagunça.

– Não é bom, Lily.

– Não soa bem.

O comportamento de Damian mudou em um piscar de olhos. Ele piscou e colocou dois dedos sob o queixo de Lily, sorrindo. – Não se preocupe, querida. Não há nada que você possa fazer. Você já tem o suficiente acontecendo

Com o casamento.

Lily franziu a testa. – Eve é minha dama de honra, Damian.

– Eu sei.

---

5 São os 'soldados' liderados pelo Capo, que é um membro da família que tem certo poder. Mais ou menos como um gerente à serviço do Chefe.

– Ela não está atendendo as minhas chamadas. Tentei várias vezes.

Os dedos de Damian passaram sobre sua bochecha com um toque suave. – Sinto muito.

Sentia mesmo?

– O que devemos fazer em relação a isso? – perguntou Lily.

– Eu duvido que o pai dela vá deixá-la se envolver com você agora, dado tudo o que aconteceu. Você não o conhece tão bem, mas se minhas primas estão de volta na cidade, tenho certeza de que você poderia se beneficiar com um par extra de damas de honra, enquanto Abriella assume o papel de Eve.

– Cara e Lea?

Damian confirmou. – As gêmeas nunca diriam não para uma boa festa. Elas são dois anos mais novas que eu e mais perto da sua idade.

Lily não queria parecer ingrata ou infeliz, mas ela queria Evelina como sua dama de honra. Evelina era sua melhor amiga. O dia do casamento de Lily estava ao virar da esquina. Quase tudo tinha sido definido, programado e feito, exceto algumas coisas de última hora. Descartar Evelina do casamento não seria um problema no lado técnico das coisas. Mas seria um problema enorme para o estado emocional de Lily.

– Eu não sou a Outfit, Damian. Eu não fiz nada para Eve. O que há de tão errado comigo?

– Agora? – perguntou.

– Sim.

– Você tem o sobrenome errado.

– Isso não é justo, – disse Lily.

– Não tem que ser.

As gêmeas Rossi eram um furacão de cabelos vermelhos e risos vibrantes. Lily gostou de Cara e Lea quase que instantaneamente, como Damian prometeu que seria. As duas meninas eram tão idênticas que era difícil distingui-las às vezes. Se elas vestissem roupas iguais, Lily tinha certeza de que não seria capaz de fazer isso. Lily ficou sabendo que as duas mulheres passaram um tempo com a família no Canadá, enquanto terminavam a faculdade em Toronto.

Apesar de Terrance e Laurent terem suas questões sobre o tiroteio na semana anterior, o chefe da Outfit abriu sua casa para o regresso das gêmeas.

– Este casamento é um grande acontecimento, – disse Lea. – Nós não poderíamos perder.

– Enorme, – Cara concordou.

Lea assentiu. – Eu pensei que Tommas já teria sossegado até agora.

– Definitivamente não Damian, de qualquer maneira.

– Por quê? – Lily se atreveu a perguntar.

Ela não tinha certeza se queria saber.

Cara deu de ombros. – Damian é um solitário. Ele gosta de ter seu espaço. Se casar significa que ele planeja compartilhar isso com alguém. Simplesmente não parece ele.

– Ei, chega disso, – Damian murmurou atrás de Lily.

– Estou apenas dizendo a verdade, – disse Lea, sorrindo.

– E ela perguntou, – disse Cara.

Apenas erguendo o rosto, Damian silenciou suas primas.

Tal como aconteceu com a volta de Lily para Chicago, as gêmeas Rossi tinham sido recebidas em casa da mesma maneira. Um jantar informal na casa dos Trentini com um convite aberto para as outras famílias. Lily não pôde deixar de notar que havia uma grande diferença na quantidade de pessoas zanzando para as gêmeas, muito menor do que no jantar dela.

Considerando a confusão acontecendo, não foi surpresa. Ninguém da família Conti apareceu. Até mesmo alguns homens que Lily sabia que tinham estado na festa dela por causa de seu tio não tinham vindo. A tensão entre os convidados manteve as pessoas em um rugido maçante e pouco riso foi compartilhado.

Uma semana depois que alguém atirou contra o bar dos Conti, nada foi resolvido. As coisas estavam tensas na Outfit. Nem mesmo Dino tinha aparecido na festa de boas-vindas, mas Theo tinha. Theo deu uma desculpa pela ausência de seu irmão mais velho, com algo a ver com trabalho. Uma chamada de última hora.

Lily não sabia se era verdade ou não. O jantar tinha sido uma coisa de última hora, então talvez fosse por isso que menos pessoas apareceram para comemorar. Lily tinha a sensação de que não era o caso, porém.

Depois de esvaziar o resto de vinho branco em seu copo, Lily disse a Damian, – Eu preciso de uma recarga. Você quer algo?

Damian lhe entregou o copo vazio. – Não, mas eu ficaria grato se você se livrasse disso para mim.

– Feito.

Lily encontrou a empregada mais próxima que pôde e se livrou do copo de Damian e do dela. Ela aproveitou a oportunidade para roubar uma garrafa de água da cozinha antes de percorrer o caminho de volta através da grande casa para encontrar Damian e suas primas.

A conversa acontecendo entre os primos Rossi chamou sua atenção. Ela sabia que não devia escutar, mas não pode evitar. Lily ficou na sombra do corredor e não foi mais longe.

– Você gosta dela? – perguntou Lea.

Damian riu. – Por que isso seria do seu interesse?

– Porque nos preocupamos com você, engraçadinho, – Cara respondeu rolando seus olhos azuis. – Eu odiaria ver você sossegar com alguém que você não possa suportar. Isso não parece justo com você.

– E a nossa mãe disse...

– Foda-se Serena, – Damian interrompeu bruscamente. – Eu estou farto de ter que lidar com sua boca louca. Alguém precisa fechá-la permanentemente.

– Bem, eu não vou discordar, – disse Cara, bufando. – Mas o que Lea estava tentando dizer foi que nos foi dito que se trata de um negócio, D.

– É, – confirmou Damian.

– E então? – Lea pressionou.

– Então o quê?

– Vamos, Damian, – disse Lea. – Vocês dois parecem próximos para ser apenas um negócio.

– Eu gosto dela, – disse Damian. – Ela é fácil de gostar.

– Pelo menos ela não te odeia, – Cara respondeu.

Damian suspirou. – Ainda.

– O que isso quer dizer? – perguntou Lea.

– Nada. Então, eu ouvi que vocês duas estavam em casa na noite que o tiroteio aconteceu, – disse Damian calmamente. – Ou pelo menos foi o que Ben disse.

Cara cruzou os braços. – E?

– Vocês não viram nada? – perguntou Damian.

– Nada, – disse Lea.

Damian cantarolou baixinho. – Ninguém saiu?

– Não, – disse Cara. – Não que nós sabemos. Nós estávamos bem exaustas, voo longo se é que você entende.

– Realmente muito longo, – disse Lea, concordando com sua irmã. – E inferno, D, a única pessoa que conhecemos que poderia entrar e sair da casa sem alguém saber é você.

Damian zombou. – Isso não é inteiramente verdade.

– Sim, é, – as gêmeas disseram juntas.

– Tommas é sorrateiro também, mas eu não estou dizendo que ele fez aquilo. Alguém de lá deve ter feito, – disse Damian. – Era o carro de Serena. Vocês viram o vídeo?

– Eu vi. – Cara deu de ombros. – Claro, parecia o carro da mamãe.

– Nós não ouvimos nada, – disse Lea novamente.

Damian riu. – Sim, as crianças Rossi nunca ouvem.

– Sobre a festa de despedida, – disse Damian.

Lily o deixou segurar sua mão. – O que tem a festa?

– Abriella está planejando, certo?

– Sim.

– Caralho, – Damian murmurou.

Lily riu e bateu nele com o ombro. – Em um clube aprovado.

– Aprovado por quem?

As palavras poderiam muito bem terem sido cuspidas de sua boca. Damian enfiou a outra mão no bolso, mas Lily não deixou de notar o fato de que estava cerrada em uma pequena bola. Sua sobrancelha escura estava tensa quando ele a olhou de lado e sua boca estava fechada de um forma nada agradável.

Ciúmes.

Damian estava com tanto ciúmes que era ridículo.

Lily achou sexy como o inferno nele.

– Eu gosto disso, – disse Lily, apontando o dedo para ele e fazendo um círculo.

– Hmm?

– Você está todo zangado.

Damian inclinou a cabeça para o lado. – Zangado?

– Eu só estou esperando seu peito inchar para que você possa vencê-los com seus punhos.

– Sério?

– E você diz que é terrível uma pessoa com ciúmes, – Lily brincou, sorrindo.

Damian balançou a cabeça, não conseguindo segurar as risadas. – Não, eu disse que o ciúme fica terrível em você. Eu não disse nada sobre como é em mim.

– Então você está.

– Hmm?

– Com ciúmes, – Lily esclareceu. Antes que ele pudesse dizer qualquer coisa, Lily disse: – Tarde demais, você já admitiu.

Os lábios de Damian se separaram com o sorriso mais sexy. – Você é horrível, Lily DeLuca.

– O que é aquela coisa que você sempre me diz?

– Você vai aprender a gostar.

Lily assentiu. – E você também.

Damian pegou os pulsos dela em suas mãos antes de apoiar Lily em seu Maserati. Seu corpo cobriu o dela da melhor maneira, prometendo algo encantador e perverso. Lily não se coibiu quando ele se inclinou sobre ela e arrastou seus lábios nos dela suavemente. Seus dentes morderam o lábio inferior dela, fazendo Lily gemer baixinho. Ela adorou a pequena dor se misturando com seu desejo. Isso sempre deixava mais doce. Damian sempre parecia saber disso também. Seus quadris se inclinaram para frente, fazendo sua pélvis colidir em algo longo e duro.

– Cristo, – resmungou Damian.

– Você gosta disso, – disse Lily, empurrando contra ele novamente. – Negue. Eu o desafio.

– Você realmente não quer saber as coisas que estão passando na minha cabeça agora.

Lily piscou. – Talvez eu queira.

Damian xingou pesado. – Pare, ou eu serei forçado a te virar de costas, te inclinar, e deixá-la tão cheia com o meu pau que você não vai saber o que fazer.

– Isso é uma promessa?

– Perversa. Você é tão cruel.

Damian se inclinou e a beijou novamente, sua língua varrendo a dela com uma força condenatória. De alguma forma, ele conseguiu fazê-la se sentir pertencente à sua boca, e só a dele. Lily não tinha certeza se gostava ou não disso.

Seu corpo com certeza gostava.

– Quem aprovou o clube, Lily?

Bem, ele parecia muito mandão.

– Terrance, – Lily sussurrou. – Abriella fez do jeito certo desta vez. Não banque o idiota dessa vez, Damian.

– Vou tentar.

Damian cantarolou, dando um passo mais para perto. Lily ajeitou sua postura o suficiente para sentir a metade inferior dele imprensado na junção entre as suas coxas. Calor se espalhou a partir de seu estômago até seu sexo. Lily estremeceu quando Damian soltou seus pulsos apenas tempo suficiente para pegar sua cintura e abraçá-la apertado. Seus dedos a agarraram com força, fazendo a respiração de Lily falhar em seu peito.

Ela não podia deixar de se lembrar onde estavam. Os convidados tinham começado a deixar a casa dos Trentini, marcando o final do jantar. Quantos deles tinham tido um lugar na primeira fila para o pequeno show de Lily e Damian?

– As pessoas podem estar olhando, – Lily advertiu Damian.

– Deixe que olhem.

– Damian, fala sério.

– Eu estou, Lily. Gosto que as pessoas saibam que é minha; estou marcando meu território, por assim dizer. Esta parece ser uma boa maneira de fazer isso sem irritar você no processo.

Lily zombou. – Certo, porque nós dois sabemos que você está inteiramente preocupado com isso.

Damian sorriu. – Contanto que você saiba que é minha, nós dois ficaremos bem.

Outro tremor se espalhou pelo corpo dela. Sua atração por Damian só parecia crescer em intensidade quanto mais tempo eles passavam juntos. A escuridão em torno da personalidade dele a atraía como uma mariposa à chama. Ela não podia deixar de querer descascar suas camadas e encontrar todos os segredos escondidos por baixo delas.

Sim, apenas como uma mariposa à chama.

E alguém sempre acabava sendo queimado como resultado.

Lily não queria que fosse ela, mas ela não achava que Damian iria lhe dar muita escolha.

Damian esfregou o nariz atrás da orelha de Lily enquanto suas palavras sussurradas fluíam sobre sua pele como seda. – E você sabe que é minha, não é, querida?

Lily mordeu o interior da bochecha e disse: – Eu sei o que é seu.

– Bom. – os dedos de Damian dançaram até a barriga dela e subiram até o peito. Faíscas floresceram em cada lugar que ele tocava, despertando o desejo de Lily ainda mais. Era bastante inocente, com certeza, mas parecia totalmente pecador, ao mesmo tempo. Ele se afastou dando a ela espaço suficiente para respirar. – Eu vou continuar te lembrando enquanto eu achar que você precisa.

– Você não joga limpo, Rossi.

– Nada sobre mim é limpo, DeLuca. Isso você já sabe. Não fique tão surpresa.

Lily o cutucou no peito. – O que você vai fazer quando o meu último nome for alterado, huh?

– Eu ficarei feliz por ter outra maneira de mostrar que você é minha. E...

As palavras de Damian foram cortadas quando seu olhar capturou outra coisa. Lily seguiu seu olhar e notou um SUV escuro lentamente descer a rua em frente à casa dos Trentini. O pátio de Terrance, bloqueado por um portão de ferro, estava repleto de convidados que estavam saindo da festa e entrando em seus carros. O portão começou a se abrir.

O cabelo na parte de trás do pescoço de Lily se arrepiou com a sensação mais estranha. O aperto de Damian nela foi aumentando quanto mais próximo o SUV se aproximava. Apesar do ar anormalmente quente de Chicago, Lily de repente se sentiu totalmente fria.

– Ah, é ótimo vê-las em casa, – falou uma voz vinda da porta da grande casa. – Eu tenho certeza que será lindo tê-las no casamento.

O olhar de Lily viajou para a casa e ela viu Terrance dando adeus às gêmeas Rossi. Joel, Abriella e seus pais estavam nos degraus com Terrance. Ben estava na frente de seu Chefe, se despedindo também.

– Abaixe-se, – disse Damian.

Lily mal ouviu as palavras. – O quê?

– Abaixe-se!

Damian a empurrou para o chão com força suficiente para sacudir os ossos. A pele de Lily sentiu os efeitos do asfalto ralando seus joelhos e cotovelos. Seu grito de dor foi abafado por outros gritos quando o fogo rápido do ataque preencheu o ar. Os estalos rápidos acabaram com a serenidade que tinha sido adquirida com o jantar.

O coração de Lily estava em sua garganta, batendo descontroladamente. Damian cobriu o corpo dela com o dele, sussurrando garantias em seu ouvido e tentando acalmá-la.

– *Shhh,* querida, está tudo bem, – murmurou Damian.

Lily não acreditava nele. Ela não podia respirar e o medo tomou conta de seu corpo. Uma sensação ruim brotou em seu intestino e ela cerrou os punhos contra a calçada. Vidro explodiu ao redor deles enquanto chovia balas em seu Maserati. Ela ouviu os apelos das pessoas gritando umas pelas outras.

Havia crianças no pátio.

Seus amigos estavam no pátio.

Damian estava no pátio.

– Estamos bem, – Damian disse a ela como se soubesse que ela precisava ouvir isso.

Lily tremeu, mas não importava o quanto tentasse, ela não conseguia esconder o rosto. Damian tinha colocado ela ao lado do carro por segurança. Ela tinha visão apenas o suficiente ao lado da roda para ver alguém dentro do SUV negro jogar garrafas de vidro com três panos em chamas saindo dos topos. As garrafas caíram por cima de dois veículos muito mais perto do portão do que de Lily. No momento em que as garrafas quebraram, fogo se alastrou entre os carros, os envolvendo em chamas.

As mãos de Damian correram para cima e para baixo pelo corpo de Lily, a acalmando sem dizer uma palavra. Ela ainda tremia como uma folha ao vento, mas não era tão ruim com ele lá.

O guincho de pneus arrancou Lily do seu torpor. O SUV preto desapareceu antes que Lily pudesse dar uma boa olhada nele. Damian não perdeu tempo rolando de cima dela e ficando de pé. Ele os levantou atordoado, erguendo o corpo de Lily do chão como se não pesasse nada mais do que uma pena.

– Ei, Ei, – disse Damian com seu tom calmo e doce em seu ouvido.

Lily não podia vê-lo através da névoa de pânico controlando seus sentidos.

– Lily, olhe para mim!

Piscando para longe da confusão, Lily olhou para a feição séria de Damian. Preocupação formava linhas em sua testa como uma careta. As palmas das mãos dele seguraram firmemente o rosto dela em suas mãos, a forçando a manter a olhar nele.

– O que aconteceu? – perguntou Lily, sabendo, mas ainda sem ter certeza. Ela não queria admitir para si mesma que já sabia. De novo não. Por que isso aconteceu de novo?

Antes que ele pudesse responder, sirenes e luzes invadiram a casa dos Trentini.

– Merda, – Damian sussurrou, olhando para o lado.

Vários carros de polícia sem identificação bloquearam a entrada da casa, mantendo todos lá dentro. Os policiais saltaram dos veículos com armas em punho, enquanto vários outros carros não marcados com suas luzes piscando brilhantemente continuaram rua abaixo na direção do SUV negro.

A confusão de Lily aumentou ainda mais. – Por que eles estão aqui? Como eles...

– Problemas com a Máfia, – disse Damian rapidamente como explicação – Nós estivemos em todos os noticiários. Terrance era obrigado a ter alguém observando sua maldita casa. O que você viu, Lily?

Incapaz de responder a Damian porque seus pulmões simplesmente não funcionavam corretamente, Lily olhou em volta para a bagunça do lugar. As pessoas estavam ajudando uns aos outros a se levantar. Muitos convidados pareciam ter se jogado no chão como Lily e Damian tinham feito. Na frente da casa onde a família Trentini estava parada com seu tio e as gêmeas Rossi uma cena muito mais devastadora tomou forma.

As pessoas estavam gritando, empurrando... outros no chão, imóveis. A porta branca e imaculada estava manchada de vermelho. Cara Rossi soluçava com os punhos na frente da boca enquanto gritava. Tommas correu até as escadas para o lado de sua irmã.

Onde estava a outra gêmea Rossi?

Onde estava Lea?

– Ben! – alguém gritou.

Os ouvidos de Lily pareciam estar zumbindo do tiroteio e da catacumba de sons que os envolvia agora. Ela não conseguia se concentrar o suficiente para entender o que as pessoas nas escadas estavam dizendo umas às outras, mas havia medo em suas ações, em suas mãos trêmulas e nas lágrimas escorrendo pelo rosto.

Theo subiu os degraus atrás de Tommas. – Ben!

Terrance se ergueu de trás de um dos corpos nos degraus da frente. Ele colocou as mãos para frente, com seu olhar fixo no mórbido vermelho cobrindo sua pele.

– Lea! – Laurent gritou.

O grito devastado de Serena Rossi surgiu de algum lugar onde o resto das pessoas estava na calçada.

Deus.

Mais sangue.

Muito mais.

– Lily! – retrucou Damian.

Ele ergueu o queixo dela para que pudesse olhar em seus olhos daquela maneira intensa dele que fazia seu coração parar e a fazia pensar que havia muito mais neste homem do que ela jamais poderia imaginar. Ela estava tentando desesperadamente não se apaixonar por ele, mas havia algo nele que não podia negar. Algo que continuava a fazendo tropeçar em seus próprios pés, surpreendendo-a toda vez.

Ela estava se apaixonando rápido e com tudo.

Ele não precisou sequer tentar.

Damian passou o polegar sobre os lábios trêmulos dela. – O que você viu?

– Nada, – Lily disse rapidamente. – Eu não vi nada.

Por ele, Lily nunca iria ver nada.

Não tinha nada a ver com a Outfit.

Era Damian.

Damian assentiu. – É isso mesmo, querida. É sempre nada.

A sala de emergência do hospital estava lotada até a tampa. Toda vez que Lily se virava, mais pessoas pareciam inundar as cadeiras de espera. Mas com nenhum assento desocupado, as pessoas estavam de pé rondando portas e lotando o interior também fumando seus cigarros.

Mãos tremendo, murmúrios calmos, e olhares desconfiados havia se tornado comum no lugar. A julgar por algumas das discussões ao redor de Lily, ela sabia que as famílias estavam chateadas e planejando. Este - o que quer que este ataque foi - não iria ficar sem resposta.

Guerra, alguém assobiou.

Indo com tudo, disse outro.

Lily se sentiu mal.

Quase ninguém falava com Lily e Damian onde estavam próximos um do outro em um canto enquanto esperavam notícias. Algumas já tinham chegado. A notícia era de que não era bom e que tinha cortado tão profundamente quanto era possível. Damian parecia calmo do lado de fora, mas Lily percebeu que não era mais do que um disfarce. O homem usava muitas máscaras para ela dizer.

Lea Rossi morreu trinta minutos depois de ser levada para o Centro Cirúrgico. Ela tinha perdido muito sangue e quando os paramédicos chegaram ao local, havia muito pouco que pudessem fazer. Os policiais, com suas barricadas e perguntas, se recusaram a deixar qualquer um sair dos limites da propriedade Trentini. A família Rossi recebeu a notícia sobre sua filha enquanto a polícia os inundava de perguntas.

Foi assim que se descobriu que Lea havia morrido.

Lily conteve um estremecimento, se lembrando do som dos gritos de Cara. Não foi uma coisa fácil de ouvir, mas era ainda pior receber a notícia com pessoas e policiais circundando você. Não houve privacidade para a família, nenhuma reclusão para seus corações se partirem.

Não, sua dor simplesmente se derramou sobre asfalto molhado enquanto os outros convidados e policiais observavam.

O SUV negro não tinha sido encontrado. Os policiais haviam perdido a trilha pelo que Lily compreendeu.

– Sinto muito, – Lily disse a Damian pelo que parecia ser a centésima vez.

Damian apertou seu joelho com força. – Não sinta.

– Mas...

Seus olhos azuis queimaram os dela sem nenhum sinal de umidade por trás da íris.

– Não sinta, – Damian repetiu. – Eu escolhi isso.

Capítulo Treze

Damian entrou pela UTI tranquila, com passos suaves e a cabeça baixa. Arrebatar o jaleco branco das costas da cadeira de um enfermeiro enquanto o cara estava distraído com um rosto bonito tinha sido muito fácil. Mas ficou em segundo plano quando a atenção de Damian foi completamente absorvida pelas informações da área de transferência que ele tinha roubado de um posto de enfermagem do lado de fora da UTI, mas, na verdade, ele estava examinando as pessoas ao seu redor.

Como sempre, quase ninguém reparou nele enquanto caminhava através da unidade do hospital com o jaleco branco de laboratório, calças escuras, e o estetoscópio pendurado descuidadamente em volta do pescoço como qualquer bom médico faria. Entre o trabalho, pacientes e visitantes, os enfermeiros da equipe de funcionários eram mantidos ocupados e constantemente se deslocavam de um lado para o outro e não tinham tempo para questionar o médico desconhecido na ala, que poderia estar lá simplesmente por solicitação de outro médico ou da família do paciente.

Ben, sendo um membro de alto escalão na Outfit, tinha recebido um guarda a pedido de Terrance, mas Damian tinha observado aquele homem também. Ele tinha o hábito de correr até a lanchonete para fazer um lanche no almoço e então, era substituído por outro guarda em torno da hora do jantar. Ele raramente passava mais de dez, quinze minutos no máximo fora.

Mas era tempo suficiente.

As cortinas fechadas no quarto 6B davam um pouco de privacidade, tal como Damian entrou e fechou a porta. Ele a trancou, mesmo que não acreditasse que alguém iria interrompê-lo. Damian não se preocupou em acender as luzes do quarto enquanto olhava em volta para as máquinas que emitiam sinais sonoros que mostravam os sinais vitais fazendo seu ruído habitual. O assobio constante do oxigênio e do bombear do ventilador ecoaram no espaço.

Ben DeLuca estava deitado sob lençóis brancos e austeros. Os olhos do homem estavam fechados e ele continuou propenso na cama, enquanto Damian cruzava o espaço para dar uma olhada melhor nele. Um tubo inserido através da garganta de Ben estava ligado ao ventilador, o mantendo respirando e vivo.

Por enquanto.

Coma.

Bem, desde que os médicos planejavam mantê-lo dessa maneira, de qualquer maneira. As três balas que o homem levou acertaram uma vértebra, abriram um buraco enorme no pulmão direito de Ben, e a terceira o acertou logo acima da testa. Ele provavelmente nunca iria andar de novo, ficaria paralisado dos ombros para baixo, e a vida nunca seria a mesma para o rei DeLuca.

Mas ele estava vivo.

O coma tinha sido nada mais do que uma decisão médica concebida para dar ao corpo mais velho de Ben uma chance de se recuperar sem mais dor, sofrimento emocional e distrações. O ventilador tinha sido necessário para suportar os pulmões danificados de Ben. De acordo com Dino e a papelada que a esposa de Ben, Carmela recebeu a fim de continuar com o coma induzido, Ben teria uma melhor chance de recuperação a longo prazo, se é que se poderia esperar algo melhor de um caso como o dele.

Isso não poderia acontecer.

Lily DeLuca precisava estar segura em todos os aspectos.

Ben era um problema quando se tratava dela. Inferno, o homem era um problema, porque simplesmente decidiu que não gostava de Damian. Mesmo de uma cama de hospital, o homem poderia causar problemas. O poder de um homem manipulador nunca deveria ser subestimado.

Especialmente uma vez que tudo fosse descoberto. Lily estaria sempre segura. Isso não deixava Damian menos chateado.

Cada vez que pensava sobre os oito buracos de bala na parte de trás do Maserati de Lily, sua raiva fervia, ameaçando levá-lo ao chão com o calor envenenado. Muito perto. Tinha sido muito perto.

Colocando a prancheta inútil de lado, Damian desabotoou a camisa que usava por baixo do jaleco roubado. O peito de Ben continuava a subir e descer de uma forma rítmica ao lado do temporizador do ventilador.

Os monitores que mantinham o controle dos batimentos cardíacos e respiratórios de Ben com três adesivos ligados ao seu peito se tornaram um jogo de adivinhação para Damian. Ele observou o movimento das linhas com cada batida do coração e a verde que fazia o monitoramento da respiração sincronizada com o ventilador. A cada minuto, as telas piscavam e zeravam automaticamente. Isso dava a ele alguns segundos de intervalo em que os sinais vitais de Ben não estavam sendo monitorados.

O ventilador em si tinha um monitor totalmente diferente. Não havia fios anexados a esse dispositivo em particular, mas Damian sabia que ele iria enviar um som de aviso ao posto de enfermagem em frente ao quarto se fosse de alguma forma desligado.

Damian não tinha planos de desligá-lo.

Nenhum lampejo de hesitação ou preocupação poderia ser encontrado em emoções de Damian enquanto ele continuava olhando os monitores e a figura sem vida de Ben. Seus próprios batimentos cardíacos estavam calmos e sua respiração estável. Nunca ter que matar alguém pareceu tão completamente natural para Damian. Ele sempre pensava muito sobre suas vítimas antes que um trabalho fosse feito, mas com esse ele não sentiu o mesmo.

Lily tinha muito a ver com isso, é claro.

Quando os monitores piscaram de novo, redefinindo suas leituras, Damian rapidamente desligou os fios provenientes do peito de Ben que o ligavam ao monitor. Antes de as máquinas pudessem reconhecer que já não tinham um conjunto de fios para acompanhar, Damian anexou outro conjunto de fios nas máquinas.

Mais cedo, depois que pegou o jaleco com o crachá anexado, ele o tinha usado para entrar em uma sala de abastecimento. Lá, ele encontrou adesivos em escaninhos designados. Rapidamente, para que não pudesse ser pego, ele seguiu as instruções no verso dos adesivos e anexou os três fios ao seu próprio peito e abdômen.

Quando o monitor finalmente reiniciou, Damian viu como seus próprios sinais vitais iluminaram a tela. Houve pouca ou nenhuma mudança entre a sua frequência cardíaca e a de Ben. Mantendo um olho no ventilador que respirava por Ben, Damian inspirou e expirou no mesmo ritmo que a máquina para que a função de monitoramento da respiração na linha verde permanecesse a mesma também. Enquanto os monitores continuavam a ler tudo normal, o ventilador se manteria estável e sem emitir o som de aviso.

Damian esperou o monitor piscar novamente. Quando piscou, ele colocou o monitor de oxigênio que estava no dedo de Ben em seu próprio. Agora, a linha azul que mostrava a saturação de oxigênio dentro do corpo não iria mostrar algo diferente também.

– Você vai ter uma morte muito mais fácil do que a maioria das minhas vítimas, Ben, – Damian disse, sabendo que o homem não podia ouvi-lo de qualquer maneira.

Damian estendeu a mão e soltou o tubo do ventilador do plug na boca de Ben. O ar vazou a partir do tubo enquanto a máquina bombeava um fluxo constante de oxigênio através dele. Imediatamente, o peito de Ben apertou com a falta de ar.

Damian continuou respirando no ritmo da máquina, agora inútil. Os monitores nunca mudaram. Eles não emitiram os avisos que deveriam avisar se o paciente estivesse morrendo em sua cama.

Uma sombra cruzou as janelas cobertas pela cortina na frente do quarto de Ben, mas continuou caminhando. Damian esperou uns bons três minutos e, em seguida, esperou mais dois. O tempo todo, sua respiração ficou estável e sua certeza também não vacilou.

Quando teve certeza que o coração de Ben DeLuca tinha parado de bater ou sua função cerebral seria seriamente afetada pela perda de oxigênio, Damian esperou que as máquinas reiniciassem mais uma vez. Ele desligou seus fios da máquina e os substituiu pelos de Ben de novo. Ele puxou ao medidor de oxigênio de seu dedo indicador e deslizou de volta no de Ben. Damian pressionou com força em torno do material de borracha de modo que qualquer evidência de sua impressão digital no interior desaparecesse ou fosse manchada pela de Ben e então recolocou o tubo de respiração no aparelho na boca de Ben. O peito do homem começou a subir e descer novamente com a ajuda da máquina, mas Damian sabia que já era tarde demais.

As máquinas finalmente começaram a apitar com suas advertências. Linhas planas apareceram através de cada sinal vital.

Nenhuma vida era indicada.

Nenhum batimento cardíaco.

Havia sempre um ligeiro atraso, mas não muito, antes das máquinas do posto de enfermagem ali em frente soarem os avisos também. Damian as tinha visto ao longo do último par de dias enquanto ele e Lily iam e vinham visitando as poucas pessoas que tinham sido apanhadas no fogo cruzado do tiroteio na casa dos Trentini.

A facilidade com que se fazia vistas grossas para um assassino. Damian não se importava mais. Ser capaz de se misturar significava que ele era apenas mais um rosto na multidão. Seu trabalho era muito mais fácil por causa de outros erros estúpidos.

Ainda indiferente e calmo, Damian abotoou a camisa, pegou a prancheta e saiu do quarto. Ele não fechou a porta quando saiu e se virou para caminhar de volta pelo corredor, para a mesma direção que tinha vindo. Mantendo seu olhar baixo na papelada do paciente desconhecido, Damian deslizou pelas portas da UTI, olhando para trás com tempo apenas o suficiente para ver os enfermeiros correndo para o quarto de hospital de Ben DeLuca.

Damian tinha escolhido cuidadosamente sua hora de acabar com Ben DeLuca. Cinco minutos após as doze horas, o hospital estava apenas começando sua rotina para o almoço. A equipe trabalhava para servir os pacientes fora da UTI enquanto outros enfermeiros, médicos e funcionários do hospital desciam até o primeiro andar onde o refeitório era localizado. Os familiares de pacientes do hospital, que era de grande porte, invadiam o local com comida trazida de fora.

Os elevadores se encheram de almas e Damian foi perdido no mar de pessoas. Tirando o jaleco, ele o dobrou e colocou debaixo do braço. Colocou a prancheta na bolsa de uma enfermeira que não desconfiou que ele estivesse atrás dela no elevador. Quando ninguém estava olhando, ele tirou a peruca castanho claro, ajeitou os cabelos e a jogou em uma lata de lixo assim que saiu do elevador com cinco outras pessoas em torno dele.

Apenas mais um rosto.

Outro membro da família de um paciente.

Damian saiu do hospital e não olhou para trás.

– Você está lindo, – Lily avaliou, suas mãos tremulando sobre as lapelas do smoking de Damian.

– É?

– Muito.

O sorriso recatado de Lily enviou uma dose de luxúria diretamente até seu pau. Ela agiu como se nem soubesse.

Damian ainda estava parado enquanto Lily verificava os botões em seu smoking. Ele sabia que não precisava. Esta foi a terceira vez que tinha ido fazer a prova com ela. A menina era meticulosa, especialmente quando se tratava do casamento. Parecia que o planejamento para o casamento e cuidar de todos os detalhes de última hora havia se tornado uma espécie de calmante para Lily. Damian estava mais do que disposto a fazer isso por ela. Quando chegou no apartamento dele antes, ele fez tudo o que ela pediu apenas para lhe dar outra coisa para se concentrar do que nas pessoas no hospital e na confusão da Outfit.

– Dino recebeu um telefonema hoje, – disse Lily calmamente.

– É mesmo? – perguntou Damian.

– Sim.

– Sobre o quê?

Lily olhou para ele através de seus cílios grossos. – Você está me dizendo que não sabe?

– Bem, eu perguntei não foi?

Ela continuou mexendo com seu smoking, sem dizer nada mais.

– Lily, – disse Damian.

– *Hmm.*

– Me diga sobre o que o telefonema se tratava.

– Ben.

Ah.

– Eu ouvi, – disse Damian.

Lily bateu os dedos no peito dele, capturando seu olhar. – É praticamente inexplicável. Os registros mostram que suas máquinas estavam funcionando corretamente e, em seguida, de repente...

– Uma linha reta.

– Tia Carmela está em pânico.

– Há quanto tempo eles estavam casados? – perguntou Damian, ajudando-a com o nó em sua gravata.

– Trinta e sete anos, – respondeu Lily.

– Muito tempo.

– Ela está mais preocupada com o testamento do que com sua morte. Estava ao telefone com os advogados de acordo com Theo.

Damian suspirou. – A morte traz a ganância.

– Algo assim. – Lily ficou em silêncio enquanto passava as mãos sobre seu smoking mais uma vez. – Eles irão abrir uma investigação sobre a morte de Ben. Estão desconfiados.

Ele estava preocupado. Nada poderia ser encontrado.

– Da parte do hospital? – ele perguntou.

– Aparentemente.

– Erro médico, talvez.

Lily assentiu. – Pode ser, mas talvez você deva se livrar daquele jaleco que está na sua lata de lixo, Damian.

Damian se transformou em pedra. Ele atirou o jaleco no lixo anteriormente, planejando queimá-lo com alguma outra merda que precisasse desaparecer. Lily aparecer em seu apartamento inesperadamente quando deveria passar o dia todo na casa de Dino tinha colocado um freio em seus planos. Ela entrou em seu apartamento com uma daquelas bebidas de café que gostava tanto e, em seguida, atirou o copo no mesmo lixo que tinha sido utilizado para descartar temporariamente o jaleco.

Ele não tinha sequer percebido o seu erro.

Jesus Cristo.

Não era como se Damian costumasse cometer esses tipos de erros.

Quando Lily entrava em cena, a mente de Damian ia para um lugar completamente diferente. Ela mexia com ele a torto e direito, mas ele não sabia se isso era uma coisa boa ou ruim. Nada na expressão dela dizia que ela estava revoltada ou com raiva sobre encontrar o jaleco. Ela não estava se movendo para ficar o mais longe dele que pudesse também.

Esta não era a Lily que Damian achava que conhecia. Ele não podia negar que gostou dessa atitude imperturbável que ela ostentava. Se suas vidas seriam permanentemente interligadas através do casamento, essa provavelmente não seria a única vez que ela encontraria algo que o conectasse a um assassinato. E mesmo que ela não encontrasse nada, a menina sabia quem ele era.

– Lily...

– Eu não vi nada, – Lily murmurou, deslizando sua gravata azul claro sob o colete combinando. – Por você, eu não vejo nada.

Bem, então...

– Você não quer saber o motivo? – perguntou Damian.

– Como você me disse uma vez, uma morte sempre significa algo para alguém. A dele significa pouco para mim, então não, eu não me importo com isso. Eu estou mais curiosa para saber como.

Damian pegou as mãos dela, precisando que ela ficasse parada por um momento. – Fantasma.

Lily não afastou o olhar quando disse, – Eu percebi.

– Por quê? – perguntou Damian.

– Porque o quê?

– Por que você não se importa de ter descoberto algo assim?

Lily deu de ombros. – Porque eu me importo com você.

Oh.

Quando sua mão deslizou entre as pernas das calças de seu smoking pela quinta vez, Damian sorriu. Ela tinha feito isso mais do que o suficiente para deixar seu pau duro. O cume de sua ereção estava pressionado contra o tecido suave. Sem dúvida, ela podia sentir o que suas carícias leves haviam feito com ele.

– Que jogo você está jogando, Lily?

Ela olhou para ele com aqueles olhos castanhos. Nada no sorriso que ela lhe deu remetia à inocência. A menina sabia exatamente o que estava fazendo. – Hmm?

– Você veio até aqui hoje para uma prova e ambos sabemos que o maldito terno se encaixa perfeitamente em mim. O que você está realmente fazendo aqui?

Os dedos de Lily deslizaram ao longo da cintura das calças dele. Ela os mergulhou abaixo do elástico de sua boxer, enfiando os dedos no cabelo escuro que levavam até seu pau. Apenas a sensação da mão dela perto de seu pau deixava Damian ainda mais duro a cada segundo.

– Você está ocupado ultimamente, – disse Lily.

– Desculpa.

– Estou ocupada, também.

– Você está, – ele concordou.

– Então eu precisava de uma desculpa para vir te ver. Esta parecia ser uma boa hora e funcionou para que você ficasse comigo por uma hora.

Damian olhou para o relógio. – Duas, na verdade.

– Podemos transformar em um dia? – perguntou Lily docemente.

Um gemido inebriante escapou da garganta de Damian enquanto a mão de Lily descia ainda mais em suas calças para então circular seu pau dolorido. A palma da mão dela era suave e quente contra a pele sensível do seu pau. Ela o acariciou da base a ponta e manteve os olhos fixos nos dele o tempo todo. Seus dentes fincaram o lábio inferior da maneira mais sexy enquanto sua mão apertava apenas o suficiente para fazer o ar escapar completamente de seus pulmões.

– Puta merda, – Damian assobiou.

Quanto tempo fazia que ele tinha fodido ou mesmo sentido essa menina bonita debaixo dele?

Muito tempo.

Ela estava certa; ele tinha estado ocupado com a vida e todos as coisas que sempre a acompanham.

– Porra, continue, – Damian exigiu quando a mão de Lily se tornou solta em torno de seu pau.

– Que tal algo diferente? – Lily perguntou com uma piscadela.

Antes que Damian pudesse perguntar o que ela queria dizer, Lily estava de joelhos. Sua capacidade de falar foi perdida quando ela desabotoou e empurrou as calças dele para baixo. Sua boxer rapidamente tomou o mesmo caminho. Damian lutou com a coisa mais próxima que pudesse encontrar para usar como suporte, enquanto a crista de seu pau era esfregada contra os lábios rosados e sedosos de Lily. Apenas aconteceu de ser o cabelo dela.

Lily não pareceu se importar quando ele agarrou os fios louros entre os dedos. Ela apenas sorriu da maneira mais pecaminosa, mostrando seus dentes brancos para ele enquanto seu olhar brilhava de luxúria.

Porra.

– Podemos transformar em um dia? – perguntou ela, envolvendo a mão na base de seu pau.

Algo recatado e mal revestia a voz dela. O tom baixo e grave de suas palavras o atingiram direto no peito e seguiram até seu comprimento duro como aço na mão dela. Ele estremeceu quando ela o acariciou suavemente, mas usou a ponta da unha bem cuidada para arrastar ao longo da veia pulsando na parte inferior do seu eixo.

Cristo.

– Damian...

Ele piscou para se livrar do torpor. – Sim, nós podemos transformar em um dia, querida.

– Ótimo. Eu gosto de brincar enquanto chupo.

A garganta de Damian ficou seca. – Brincar?

– Te deixar excitado me deixa também. Então, enquanto você estiver fodendo a minha boca, eu vou brincar comigo mesma, também. Parece bom?

– Parece perfeito, – disse Damian, mal retendo seu gemido.

Com essas palavras, a mão dela que estava livre desapareceu sob a saia de seu vestido. O coração de Damian acelerou quando aqueles lábios quentes e sedosos envolveram o seu comprimento. Sua boca era um paraíso quente e molhado. Parecida pra caralho com a boceta dela. Lily chupou de forma lenta no início, trabalhando a mão na base do seu eixo no mesmo ritmo que a boca. Suas bochechas trabalharam mais ele puxou seu pau e seu domínio sobre ela aumentou, fazendo seu estômago se apertar com antecipação.

Havia algo em vê-la de joelhos assim, tendo o seu pau na boca enquanto o assistia acima dela. A sensação de sua língua pressionando a veia na parte inferior do seu pau, enquanto seus dentes raspavam ao longo da cabeça inchada era quase suficiente para empurrar Damian para o precipício.

Bom Deus. Lily sabia chupar um pau.

O aperto de Damian em seu cabelo aumentou quando os sinais reveladores da masturbação de Lily começaram a imitar o barulho dela chupando o pau dele. O som molhado de seus dedos fodendo sua própria boceta o deixaram insano.

E ela nunca afastou o olhar do dele.

Lily soltou seu pau e puxou a saia mais para cima. Isso deu a ele uma visão de sua calcinha empurrada de lado e de seus dedos mergulhando em seu sexo mais e mais. Sua excitação embebia os dedos dela. Suas coxas tremiam.

– Porra, isso é foda, – Damian conseguiu murmurar. – Pare um segundo.

Lily sorriu o melhor que podia em torno de seu pau antes de liberá-lo com um pop. – Por quê?

Ele não lhe deu resposta. Simplesmente segurou a base de seu pau e o dirigiu de volta a sua boca. Lily a abriu e seu pau deslizou por seus lábios rechonchudos e sobre sua língua enquanto ela tomava seu eixo todo até a base, sem qualquer problema.

– Feche a boca, – Damian exigiu.

Lily engoliu em torno de seu pau e ele podia sentir seu aperto na garganta quando ela fechou a boca. Com força, mas não tão rápido como quando ela o estava chupando, Damian fodeu sua boca, enquanto agarrava seu cabelo. Sua garganta relaxou e seu olhar escureceu quando os sons de seus dedos fodendo a própria boceta começaram novamente.

Saliva envolveu seu pau e os lábios dela, fazendo uma pequena fuga no canto da boca de Lily, uma vez que vazou. Ele podia sentir seu coração batendo com força no peito quanto mais perto que chegava de gozar. Suas mãos tremiam, mas estavam escondidas no cabelo dela.

– Tão linda, porra, – resmungou Damian.

Lily piscou enquanto sua boca se apertava em torno do pau dele da melhor maneira.

Damian não conseguia respirar. – Porra, porra, porra.

Ele gozou com mais força do que esperava, mas Lily tomou cada gota que lhe deu. Suas costas ficaram tensas quando o calor varreu sua coluna em um aperto sufocante. Lily lançou seu pau apenas quando seu próprio orgasmo visivelmente percorreu seu corpo. Damian apreciou a vista de sua boca aberta, úmida de saliva e do gozo dele, enquanto os olhos dela se fechavam e o corpo balançava contra sua própria mão.

Sim, bonita pra caralho.

Lily lambeu o lábio inferior enquanto corria os dedos molhados sobre a cabeça do pau de Damian Ele ainda estava duro. Pensar nessa mulher o deixava dessa forma.

– Um dia? – ela perguntou em voz baixa.

– O dia todo, – disse Damian.

– Tudo certo? – perguntou Damian.

– Sim, eu acabei de verificar, – disse Dino na outra extremidade do telefonema. – Lily está apagada. Cristo, ela mal chegou ao quarto. O que vocês dois fizeram hoje?

Damian sorriu. De jeito nenhum ele iria responder a essa pergunta. Dino não iria querer saber o que Damian tinha feito com Lily para tirá-la de combate dessa maneira. Dino provavelmente não iria querer saber, considerando que envolvia uma cama, nada de roupas, e um monte de sons doces de Lily.

– Vamos começar a trabalhar, – disse Damian em vez de responder.

– Certo. Eu vou abrir o portão para você. Vou encontrá-lo na parte dos fundos. Eu tenho tudo coberto, então deixe a merda quieta até eu chegar lá. Certo?

– Perfeito, cara.

Damian desligou o telefone e o jogou no assento do passageiro. O portão controlado eletronicamente se abriu cinco segundos mais tarde. Ele desligou as luzes do Porsche enquanto seguia para o grande pátio de Dino, não querendo arriscar a chance de que alguma forma os faróis pudessem acordar Lily. A noite ia ser longa, mas se Damian pudesse evitar, ele não queria que terminasse em uma fodida bagunça. Isso significava fazer o trabalho de Dino rapidamente, em silêncio, e sem ninguém saber.

Incluindo Lily.

Damian estacionou seu carro na garagem, onde sempre deixava e desligou o motor. Uma vez que ele tinha certeza de que a casa ia ficar escura, Damian saiu do carro e correu pela lateral da casa DeLuca. No quintal, Dino mantinha um grande local de armazenamento que não era anexado à garagem ou à casa. Uma única e pequena luz, deixava exposta a entrada da porta da garagem e a pequena porta lateral de metal. Damian escolheu a porta lateral.

No interior do edifício que era ligeiramente menor do que uma garagem de duas portas, Damian esperou por Dino. Ele não se preocupou em acender as luzes, porque não sabia onde diabos o interruptor ficava.

A porta lateral se abriu, iluminando Dino com o brilho da luz de fora. Dino acendeu as luzes, iluminando o espaço. O olhar de Damian foi atraído para a grande forma coberta por uma lona escura.

– Pronto para fazer isso? – perguntou Dino.

– Absolutamente, – respondeu Damian.

– Todas as ferramentas que precisamos para acabar com ele estão nesta garagem. Nós vamos bater em qualquer coisa remotamente reconhecível com martelos até que seja uma bagunça retorcida. Uma vez que não seja nada mais que pedaços e peças, vou chamar um amigo para vir buscar os pedaços e levá-los para um ferro-velho.

Damian assentiu. – Contanto que ele possa manter a boca fechada.

Dino riu. – Não vai nem mesmo se parecer com o que era no momento em que tivermos terminado. Como você é com mecânica?

– Bom. Eu sei verificar o óleo e trocar meu próprio pneu.

– Você pode lidar com uma chave?

Damian bufou. – Que merda eu pareço para você, alguma criança da cidade?

– Você é uma criança da cidade, – disse Dino.

Verdade.

Isso não significava que Damian fosse um maldito idiota.

– Eu posso lidar com uma chave de fenda, – Damian murmurou.

– E as ferramentas mais poderosas? – perguntou Dino.

Damian arqueou uma sobrancelha. – Sim.

– Perfeito.

Dino pegou a borda da lona escura e puxou com força. Sob a lona repousava um familiar SUV preto. Ao ver o veículo, a raiva de Damian sobre o descuido de Dino no tiroteio Trentini voltou com tudo.

– Eu ainda não posso acreditar que você quase...

– Oh, cale a boca sobre isso, – Dino rosnou, mostrando a Damian o dedo médio antes que seu companheiro pudesse dizer outra palavra. – Porra, eu lhe disse que estava tudo bem.

– Você atirou no carro dela!

Dino revirou os olhos. – Pelo amor de Deus, D, o carro dela não poderia ser o único naquele pátio sem buracos de bala. Você não acha que isso seria um pouco suspeito?

– Estávamos de pé bem ao lado dele, – Damian rosnou. – Theo estava no pátio também!

– Theo tem um Stingray vermelho cereja com listras de corrida. O carro de Lily é amarelo brilhante por uma maldita razão. Eu dei os tiros nos lugares certos, sabendo onde eles estavam. Você sabia que eu iria para lá, e você lidou com isso como deveria. Qual é o problema, Damian?

Damian sabia exatamente qual era o problema, mesmo que não quisesse admitir o seu erro em voz alta para Dino. Ele tinha se deixado distrair por Lily na casa dos Trentini e quase não viu a chegada de Dino. Por causa disso, Lily quase tinha sido ferida. A culpa que Damian sentiu estava se manifestando juntamente com a raiva por Dino.

– Esse não é o ponto, Dino.

– Sério, o que diabos há de errado com você? – perguntou Dino.

– Nada. Vamos apenas acabar com trabalho.

– Trata-se de Lily, não é?

Obviamente, Damian pensou.

– É como se você nem sequer pensasse nela, Dino, – disse Damian. – Você pensou que isso teria tamanhas proporções? Você pensou que seria assim tão ruim? Será que você percebe quão rápido isso poderia ter ficado fora de controle?

Dino sacudiu a cabeça. – Você está certo, foi muito maior do que eu pensei que seria, mas não há nada de errado com isso, tampouco. Está feito. Nós seguimos em frente.

O nível de frustração de Damian aumentou ainda mais. – Ben está morto. Você conseguiu o que queria, Dino.

– Sim, mas você conseguiu o que queria? – perguntou Dino.

Como ele poderia verdadeiramente responder a essa pergunta? No espaço de um simples par de meses, as coisas que Damian pensou que ele queria tinham mudado. Ainda estava plenamente convencido de que estava feliz em seu papel fazendo o que fazia na Outfit. Não tinha maiores ambições ou queria ter mais controle. Mas, então, Lily cintilou em sua mente e ele não podia deixar de considerá-la também.

O casamento nunca tinha sido um ardil. A partir do momento que Dino se aproximou de Damian e lhe disse quais eram seus planos, tinha ficado perfeitamente claro que o casamento teria que acontecer por causa de Lily. Dino queria sua irmã segura, queria que ela tivesse tudo o que precisasse e acreditava que para se certificar de que sua proteção e felicidade estivessem sempre garantidas, ela teria que estar em um casamento seguro com alguém de boa reputação.

Porque Lily era filiada à Outfit, independentemente se quisesse ou não, sempre haveria o risco de que alguém pudesse tomar o controle se Dino não pudesse estar presente. Foi aí que Damian entrou em cena.

Mas aquela garota... aquela mulher não tinha sido nada parecida com o que ele achava que seria. Em vez de simplesmente tratar Lily e o casamento como um dever - que deveria ter sido a dívida que Damian era obrigado a pagar – ele acabou a deixando lhe afetar. Ela o atingiu da melhor maneira, se fez em casa, e agora estava preso ou qualquer merda assim.

Damian conhecia o conceito de lealdade melhor que a maioria. Dino ganhou de Damian há um longo tempo atrás, mas agora ele estava se perguntando se tinha valido a pena o preço.

– É mais do que Ben, – disse Dino com firmeza. – Foi sempre mais do que Ben.

– Para você ou para mim? – perguntou Damian.

Dino sorriu um sorriso frio. – Para ambos.

Damian não ficou surpreso. Ele nunca pensou, nem por uma vez que Dino tivesse perdoado as pessoas ao seu redor por fazer o que tinham feito quando ele e seus irmãos eram mais jovens. Como o homem inteligente que era, Dino esperou pacientemente antes de dar o golpe de vingança.

– Eu pensei que você tivesse dito à Lily para não culpar a arma, – Damian disse calmamente.

– Neste momento, as pessoas são a arma. Eu estou corrigindo essa merda antes que tudo piore.

Estava mesmo?

Damian não sabia mais em que acreditar.

– Vamos fazer o que tem que ser feito, – disse Dino com um aceno de cabeça para a SUV preta.

– Sim, vamos fazer isso.

Damian pegou a desparafusadeira que Dino ofereceu e apertou o gatilho para testar a ferramenta. Ele guinchou com um som alto, pronta para ser colocada para trabalhar.

– Eu vou começar a trabalhar na remoção das portas, capô e os para-choques, – disse Dino. – Você começa a trabalhar com os pneus e o interior.

Damian não se importava. – Tanto faz.

Duas horas mais tarde, o SUV tinha tido quase três quartos de suas principais peças desmontadas e retiradas. Estava começando a se parecer com nada mais do que uma carcaça de veículo. Depois que terminaram com o quadro e o chassi, tudo o que Damian e Dino podiam ver era aço cortado e retorcido. Então, o que eles tinham realmente era nada além de sucata para ser removida.

Nada para encontrar.

Desaparecido.

Damian ergueu a máscara do rosto. Ele a colocou mais cedo para evitar a ingestão excessiva de poeira e sujeira enquanto trabalhavam. – Como você despistou os policiais naquele dia?

Dino não olhou para baixo enquanto arrancava o material que cobria o teto da SUV. – Eu peguei uma estrada estreita rapidamente e continuei em frente até que eu estivesse sozinho. Eles devem ter tomado uma rota diferente. Eu nunca os vi.

– Sortudo, – disse Damian.

– Algo assim.

– Você acha que Theo sabe?

Dino riu. – Theo suspeita que eu tive uma mão em certas coisas. Ou melhor, ele acredita que eu tive uma mão em certos eventos em particular. Eu nunca confirmei nem neguei nada.

Assim como Damian nunca mentia. Ele omitiu uma grande quantidade de coisas. Falou um monte de merda. Seu jogo era bom, com certeza. Mentir não ajudava em nenhum fator realmente.

Dino olhou por cima do ombro para Damian. – Há algo mais em sua mente?

– Sim.

– Cuspa, D.

Damian soltou uma respiração áspera. – Então o seu atentado ao restaurante, que apenas passou a funcionar em seu favor com a morte de Mia e agora as ameaças de Riley de retaliação. Você tem a família Rossi lutando com os Contis e os Trentinis.

Dino soltou uma gargalhada. – Você fez a bagunça com os Rossi, Damian.

É verdade.

– Você queria uma divisão mais ampla, – disse Damian.

– E você poderia ter feito isso de um milhão de outras maneiras, – argumentou Dino. – No entanto, você escolheu foder com sua tia e tio. Por quê?

Damian se recusou a dar uma resposta.

Aparentemente, Dino não estava esperando por uma. – Não se preocupe. Nós dois sabemos. Você está cuidando da sua bagunça de merda também. E funcionou, então cale a boca sobre isso. Você não é melhor do que eu, Damian, você está apenas sendo hipócrita. Tome cuidado que isso irá mordê-lo na bunda algum dia.

Sim, Damian duvidava disso.

– O lado DeLuca das coisas ainda não fez uma escolha aberta por nenhuma dos lados, – disse Damian. – Com a morte de Ben, a rachadura entre as quatro famílias ficou tão grande, que você poderia jogar uma pedra e não atingiria o outro lado.

– O que você está querendo dizer? – perguntou Dino.

– O que resta? Quem sobrou?

– O Chefe.

Damian deveria saber.

A primeira vez que Dino discutiu seus planos com Damian, não houve menção de dividir as famílias. Não como acabou acontecendo, de qualquer maneira. Os problemas com o atentado ao garoto Poletti simplesmente colocou as escalas em favor de Dino.

Deu uma justificativa razoável para manter de lado a ideia de que o tiroteio no restaurante tivesse sido um trabalho interno. Dino escolheu seguir com essa ideia. Damian não tinha outra escolha senão seguir atrás. Como com tudo o resto, a questão só ficou maior. A paranoia cresceu. A raiva de Riley Conti ajudou a cobrir as ações de Dino e Damian ainda mais.

Ninguém realmente sabia que eles estavam brigando por nada.

Bem, nada não era bem a palavra. Eles só não estavam brigando pelas razões certas.

– Estamos indo atrás dele por mim ou por você? – Damian finalmente perguntou, repetindo suas palavras anteriores.

– Por ambos.

Bem, isso respondia tudo, não é?

A raiva que Damian estava segurando por causa dos buracos de bala no carro de Lily finalmente transbordou. Ele não conseguiu controlá-la por mais tempo.

– Oito! – gritou Damian.

Dino nem sequer pestanejou diante da demonstração de raiva de Damian. – Oito o quê?

– Oito buracos de bala por todo o para-choque do Maserati dela. Mais dois atravessaram o para-brisa traseiro!

– É só um carro, Damian. Vamos consertá-lo.

– Esse não é a merda do ponto, – Damian assobiou.

– Você está dançando em uma linha tênue, – Dino o advertiu.

Damian estava muito bem pronto para pular nele, inferno.

– Muito perto, Dino. Isso foi muito perto para me sentir confortável.

– Como eu disse...

– Muito perto.

Dino suspirou. – O carro dela não foi o único a acabar com buracos de bala.

– Ela poderia estar lá dentro.

Dino não percebia isso?

– Ela não estava.

– Ela poderia estar! – Damian gritou, quando sua raiva ferveu e transbordou.

– Você se certificou de que ela não estivesse.

Capítulo Catorze

Lily caminhou pela cozinha escura e vazia. Pegando um copo do armário, ela inclinou o copo sob a torneira da pia e deixou escorrer a água. Ela tinha acordado de um sono dos mortos por nenhuma outra razão do que sua garganta seca, ela precisava de uma bebida.

Sorvendo da água, ela olhou pela janela da cozinha para a entrada da garagem. Uma Porsche azul familiar chamou sua atenção instantaneamente. Ela quase deixou cair o maldito copo. O carro de Damian estava estacionado ao lado do dela e a julgar pela coleta de gotas de orvalho sobre a pintura azul, tinha estado lá muito tempo.

Ele não tinha mencionado que viria. Na verdade, Lily tinha certeza de que Damian disse que tinha trabalho a fazer e poderia até não vê-la no dia seguinte. Faltavam apenas duas semanas para o casamento deles; Lily não se importava que ele tivesse negócios para lidar, porque ela poderia usar um dia para se certificar que tudo estava indo bem com as duas coordenadoras do evento que Dino tinha contratado para o casamento. Além disso, Lily estava fazendo aulas on-line no verão para obter os créditos de que precisava para estar apta para a faculdade no outono.

Ela tinha um monte de coisas acontecendo.

Damian também.

Por que ele não tinha dito a ela que viria?

O relógio digital do micro-ondas mostrava 04h00. Mais confusa do que nunca, Lily acendeu a luz da garagem e olhou pela janela que liga a garagem a cozinha. O Bentley branco de Dino não estava estacionado ao lado da Maserati de Lily. Damian prometeu mandar reparar seu carro antes do casamento, mas Lily estava usando o carro de Dino para fazer suas tarefas ou fazer qualquer outra coisa que precisasse no dia. Seu irmão estava muito ocupado tentando manter o controle firme sobre a tripulação dos DeLuca e com Theo para se preocupar com o seu carro.

Mas agora o carro de Dino não estava lá, também.

Afiando os ouvidos nos sons da casa, Lily não conseguiu ouvir nada. Nada que dissesse que seu irmão e Damian estivessem lá dentro, de qualquer maneira. Lily jogou a água restante de seu copo na pia, mantendo um olho no carro de Damian, ao mesmo tempo.

Ela percebeu que não importava. Talvez Dino e Damian tivessem negócios juntos ou algo assim. Caminhando de volta pela casa escura, Lily parou ao pé da escada. O som muito fraco, algo que Lily tinha certeza que nunca tinha ouvido antes, cantarolou da parte de trás da casa. O barulho ficou mais alto, como se fosse contra metal.

Que diabos era aquilo?

Irritada, Lily percorreu o caminho para a parte de trás da casa rapidamente. Ela calçou sapatilhas e abriu a porta traseira que conduzia ao deck. As trevas cercavam o imóvel e seus arredores, exceto o pequeno almoxarifado de Dino na extremidade do quintal. A luz branca fluía a partir da porta da garagem aberta enquanto faíscas voavam. Fumaça e poeira subiam ao redor do halo de luz, iluminando uma figura se curvando com algum tipo de ferramenta enquanto a pessoa trabalhava no que parecia ser um... veículo? Ou melhor, o chassi de algum tipo de veículo.

Talvez ela devesse ter se virado, voltado para dentro de casa, e fingido que não tinha visto nada, mas algo no instinto de Lily não permitiu. Antes que ela sequer compreendesse suas próprias ações, Lily desceu os degraus do deck e começou a atravessar o quintal.

Quanto mais perto ela chegava do som de metal e o homem à luz, pior ela se sentia. Uma sensação de aperto envolvia seu coração, o enchendo até a borda de medo e fazendo com que cada batida doesse.

Quando Lily estava a poucos passos de distância da porta da garagem, seu coração poderia muito bem ter caído de seu peito e quebrado do outro lado do gramado. O veículo... ela conhecia aquele veículo. Ela conhecia a forma dele porque a imagem tinha sido impressa permanentemente em suas memórias desde o tiroteio na casa dos Trentini. Não importava que tudo o que restava do veículo era nada mais do que uma estrutura de aço e metal preto retorcido.

Não, Lily *sabia*.

O maçarico foi aceso de novo, contra o chassi. O homem deixou cair a ferramenta e pegou o que parecia ser uma serra de algum tipo. Faíscas voaram por toda parte, iluminando a máscara que a pessoa usava para proteger o rosto. O som de metal contra metal horrível começou de novo, fazendo Lily se encolher por causa do volume do ruído. Os ouvidos de Lily doíam e o fedor terrível que a ferramenta criava enquanto cortava o aço quente queimando seu nariz.

Lily girou nos calcanhares, precisando fugir daquele veículo e do que aquilo significava. Ela não foi muito longe. A serra foi desligada assim que ela deu os primeiros passos. Ela ouviu uma maldição abafada antes de a voz familiar se tornar muito mais clara.

– Lily?

Não.

Por quê?

Tudo dentro dela gritava essas duas palavras simples. Nada estava certo. Tudo estava tão terrivelmente errado.

Lily girou sobre os calcanhares na grama orvalhada. – Por quê?

Damian deixou cair a máscara de soldagem no chão de cimento do lugar. – Lily...

– Por que isso está aqui? – ela o interrompeu, sua voz quase quebrando com o sussurro.

– Não é nada, Lily.

Lily zombou, e o som saiu escuro e odioso. – Certo. *Nada*. Me diga que esse não é o veículo usado no tiroteio dos Trentini. Me diga!

Damian não desviou o olhar quando disse, – Eu não posso.

– Porque é ele.

– Sim, – ele confirmou em voz baixa.

O coração de Lily quebrou mais uma vez. – *Por quê?*

– Dino...

Não, Lily não queria ouvir isso, também. Ela se virou para a casa e correu o mais rápido que pôde para longe de Damian. O som da ferramenta que ele estava segurando ecoou com um estrondo quando ele a deixou cair ao chão de cimento.

– Lily!

O que seu irmão tinha feito? Esse veículo só poderia significar uma coisa. Dino tinha uma mão no tiroteio. Ele quase a matou no processo. E Damian... estava ajudando a eliminar a prova. Damian sabia também.

Oh, Deus.

Memórias e coisas que Lily tinha negligenciado voaram em sua mente uma após a outra. Conversas sussurradas e as observações feitas por Dino ou até mesmo por Damian às vezes.

– Estas merdas acontecem.

– Agora temos que nos concentrar em manter o que é importante seguro, eu pensei que alguém já tivesse entendido isso.

– Ela estava segura, cara.

– Algum dia, ela pode realmente entender.

– De que lado você está?

– Do meu lado, é claro.

– Obviamente alguém está tentando provar um ponto com alguém na Outfit...

–... Às vezes é melhor esperar o seu tempo, pequena. Nem tudo é preto e branco.

Havia tanta coisa. Demais. Lily estava cega e muda para os esquemas de seu irmão, tinha passado por cima de tudo sem sequer uma pergunta.

Em seguida, havia Damian. Isso provavelmente a machucou ainda mais. Ela passou uma grande parte do último dia na cama de Damian. Seu corpo ainda podia sentir os efeitos posteriores de suas horas fazendo amor. Damian tocou nela como se importasse, como se a quisesse. Ele a tinha feito acreditar nisso.

Quanto de tudo isso era nada além de mentiras?

Teria sido uma parte de qualquer plano de Dino também?

A bile subiu pela parte de trás de sua garganta quanto mais perto ela chegava da casa. Lágrimas quentes e frescas escorriam por suas bochechas. Nada nunca tinha sido tão doloroso antes. A traição ardia em sua língua, a deixando mais doente do que nunca.

– Lily, só espere, – disse Damian.

Ela quase chegou nos degraus, mas ele a pegou primeiro. As mãos de Damian, aquelas que ela deixou tocá-la e conhecer o corpo dela, agarraram-lhe os pulsos e a giraram de forma rápida para que pudesse olhar para ele. No momento em que a soltou, ela bateu nele com toda sua força. A palma da mão se conectou com a bochecha dele, o som reverberando em todo o quintal quase silencioso. Damian se esticou e a agarrou como se estivesse preocupado que ela pudesse bater nele novamente.

– Seu babaca! – Lily gritou, deixando as lágrimas rolarem livremente. – Você mentiu para mim!

Damian lambeu a mancha de sangue de seu lábio inferior e esfregou sua mandíbula. – Porra, você tem um golpe poderoso.

Lily segurou seu grito de frustração. – Você tem sorte que tenha sido apenas um.

– Não me bata de novo.

– Como é? Por que diabos você acha que pode sair me dizendo o que eu posso ou não fazer depois do que eu acabei de ver você fazendo?

Damian deu um passo para frente, chegando mais perto de Lily. Ela recuou, precisando do espaço. – Assim como eu disse. Não me bata de novo. Eu nunca te bati. Eu nunca bati em você. Não me bata.

Os soluços de Lily ficaram presos na garganta, sufocando-a. – Onde está o meu irmão?

– Saiu. Ele recebeu um telefonema de Tommas uma hora atrás. Riley finalmente revidou. A tripulação de Rossi levou um poderoso golpe. Terrance queria os homens reunidos para discutir o que vão fazer de agora em diante.

Ela não dava a mínima.

– Você mentiu para mim.

Damian balançou a cabeça. – Eu nunca menti.

– Oh, realmente? – Lily apontou para a carcaça do veículo onde Damian estava trabalhando. – Do que você chama isso? Toda a merda que está acontecendo, foi você. Você sabia e não me contou. A mãe da minha amiga e a sua própria prima! Você é um mentiroso de uma figa...

Damian deu um passo adiante, colocou a mão sobre a boca de Lily, e a agarrou com força. – Silêncio. Eu não fiz tudo aquilo. Na verdade, eu só fiz muito pouco, porra. A única coisa que eu fiz foi mantê-la segura enquanto isso tudo estava acontecendo. Maldição, Lily, pare com isso e me escute.

Ela lutou contra seus braços, murmurando maldições e qualquer outra coisa que pudesse pensar para vomitar contra ele. Ela não queria que ele a tocasse ou chegasse perto dela. Não havia desculpas ou razão digna para o que estava acontecendo ao seu redor. Nada jamais justificaria o derramamento de sangue inútil ou a angústia dos outros.

– Me ouça, – Damian exigiu.

– Vai se foder, – Lily resmungou, finalmente libertando o rosto de sua mão.

– Lily, por favor, me ouça!

Lily mordeu sua mão. Damian gritou de dor, se afastando novamente de Lily. Ela aproveitou a oportunidade para colocar mais distância entre eles. Do alto de sua cabeça até a ponta dos pés, ela tremia de raiva.

– Eu estava lá, – Lily assobiou.

Damian assentiu. – Eu sei.

– Eu estava lá, Damian! Enquanto o tiroteio acontecia, eu vi as pessoas... isso era parte do plano, também?

– Ninguém iria olhar para Dino se você ou Theo estivesse nos locais quando o ataque acontecesse.

Locais?

Locais!

– Mais de um? – perguntou Lily, sentindo como se o ar estivesse sendo espremido de seu peito.

A atitude fria de Damian não mudou enquanto um milhão de emoções passavam através de Lily. Sua declaração deixou implícito claramente que havia sido mais do que um. O único outro incidente que Lily tinha sido envolvida foi o tiroteio no restaurante quando Mia morreu.

A conversa vaga e os olhares compartilhados entre Damian e Dino quando Lily chegou em casa depois do tiroteio voltaram a sua mente com uma qualidade quase dolorosa. Ele zombou dela.

Como você poderia não saber?

Como é que você não viu?

– Ele não fez isso, – Lily sussurrou.

– Sim, – Damian disse calmamente.

– Meu Deus! A mãe de Eve!

– Foi um erro, – Damian interveio rapidamente. – Dino estava visando o alto, queria que os tiros pegassem acima das cabeças na mesa apenas para causar alguma agitação e que questões fossem levantadas. Ele queria criar um tumulto e alguma desconfiança dentro da Outfit, nada mais. Mia deve ter estado de pé quando ele passou atirando. Laurent, também. Faz sentido, considerando o lengalenga de Serena. Talvez a discussão tenha continuado depois que saímos da mesa.

Isso supostamente era para ajudar Lily?

Não ajudou!

– Com Riley focado na morte do garoto Poletti ele não deixaria nunca o assunto, – explicou Damian. – Ele julgou o tiroteio como uma retaliação contra Terrance. E as coisas só ficaram maiores a partir daí. Dino foi com a maré. Nunca foi suposto ficar grande assim.

– Você mandou uma mensagem para ele naquele dia, – disse Lily, lembrando do fato.

A mandíbula de Damian ficou tensa. – Sim.

– Por quê?

– Exatamente pelo motivo que eu já te disse quando você perguntou naquele dia. Para avisá-lo que estávamos indo embora e que eu estava te levando para casa.

– Então, eu poderia estar lá, mas na verdade não *estar lá,* certo? – perguntou Lily, ódio inchando seu coração.

– Sim, – Damian disse suavemente.

– Eu era o seu peão. De Dino, também. Isso é tudo o que sempre foi. E naquela noite você sabia como eu estava com o coração partido e sofrendo por Eve e sobre o que aconteceu, e eu deixei você me foder. Você usou a minha fragilidade para me levar para cama, seu idiota.

– Absolutamente não, – Damian rosnou.

– Mentiroso, – disse ela, acenando com a mão para ele. – Você é apenas como Dino. Você aponta para um objetivo e usa as costas de todo mundo como degrau para chegar lá. As minhas não serão aquelas que você irá quebrar no processo, Damian Rossi.

– Pare! – gritou Damian.

A palavra bateu em Lily direto no peito, ameaçando suas emoções de transbordar novamente. Ela não podia lidar com isso.

– Eu não sabia que ia ser assim tão ruim, mas sim, eu sabia que Dino tinha planos, – Damian continuou, sem lhe dar a chance de respirar ou pensar. – Certas pessoas, ele queria elas mortas. Eu fiz isso, sim. Ajudei, sim. Mas muita merda aconteceu. Em vez de apenas desconfiar dos homens de dentro da Outfit quando a confusão no restaurante aconteceu como Dino queria, Riley focou no exterior. Ninguém planejou isso. Ninguém pensou nisso. Só ficou cada vez maior.

– Eu devia a minha vida ao seu irmão e ele me pediu para pagar a dívida sob a forma de um casamento com você. Queria a sua segurança e sua felicidade como meu pagamento. Isso significava que eu precisava fazer alguma coisa, tudo o que pudesse para que isso acontecesse.

– Eu não estou feliz! – gritou Lily. – Estou de coração partido. Eu estou com... *nojo.*

Damian recuou, e a dor cintilou em seus olhos azuis. – Não diga isso.

– É verdade. Depois de tudo, todas as besteiras que você me fez acreditar, eu te odeio.

– Não é verdade. Você não pode odiar as coisas que você ama, Lily.

Lily sentiu seu corpo inteiro estremecer por dentro, reagindo às palavras dele e à verdade escondida dentro delas. Isso só tornou tudo muito pior para ela, de alguma forma se apaixonou por este homem perigoso e escuro. Porque ela não sabia nada sobre ele. Tinha aceitado os pedaços que ele deu pelo que eram, ela confiou nele, em suas ações e palavras... pensou que ele se importava com ela.

Ele claramente não se preocupava com ela. De modo nenhum.

Mas seu coração ainda batia querendo Damian. Lily odiava que não pudesse controlar essa reação porque ele não merecia isso dela. Nada disso.

– É muito, – Lily conseguiu forçar a sair. – Isso é demais.

– Sinto muito.

– Não, você não sente. Tudo o que você fez foi mentir para mim. Você me fez pensar que você dava a mínima; me fez acreditar que me queria. A única coisa que você queria era me usar.

– Isso não é verdade, – disse Damian, raiva aquecendo seu tom. – Eu concordei...

– Em se casar comigo por causa do meu irmão! Você nunca teria olhado duas vezes para mim de outra forma, – disse Lily, praticamente gritando com ele. – Deus, Damian, apenas admita. Pela primeira vez, me diga a verdade!

– Eu nunca menti para você. Omiti fatos porque você não perguntou.

– Nunca fiz as perguntas certas; isso é o que você está tentando me dizer, – disse Lily, zombando. – O que significa, na verdade, é que você não é nada mais do que um mentiroso, Damian. O arranjo do casamento é mesmo real ou foi outra das distrações de Dino?

O olhar no rosto de Damian disse tudo.

O casamento era real.

Lily não podia mais fazer isso. Ela não podia ficar ali olhando para o homem que não tinha feito nada, exceto mentir para ela uma e outra vez; um homem que a tinha usado para seu próprio ganho e que ela ainda era esperada se casar.

– Eu te odeio, – disse Lily, com a necessidade de machucar Damian como ele a tinha machucado. – Eu te odeio tanto.

– Lily...

Lily girou em seu calcanhar antes que Damian pudesse ter outra enxurrada de palavras. Ela o ouviu se mover em sua direção, enquanto corria para os degraus do deck novamente. Por que ele não podia deixá-la em paz, ela não sabia.

Damian a pegou poucos passos depois. Sua mão agarrou a frágil camiseta de dormir e puxou, a fazendo deslizar na grama molhada. Lily tropeçou no movimento de surpresa, caindo na grama coberta de orvalho. Damian tentou segurá-la, mas acabou no chão, também.

Irritada, magoada, e mais confusa do que nunca, Lily rolou de costas e o chutou. Ela o golpeou com os punhos, gritando cada coisa odiosa que pudesse pensar em dizer. Toda a dor esmagando seu coração como um peso terrível saiu em um vômito de palavras e lágrimas.

– Eu odeio você, – ela repetiu, provando o sal das lágrimas em seus lábios. – Você usou coisas sobre mim que me machucou, coisas que você sabia que iriam me sensibilizar – eu... meus pais, a Outfit -você usou tudo isso para se aproximar de mim. Toda a merda que você me disse nada mais era do que besteira. Eu deveria saber que era besteira pensar que você dava a mínima para mim. Homens como você não sabem como se importar com nada além de si mesmos. Você é um bastardo! Você me fez pensar que me queria. Você é um monstro. Eu te odeio!

– Pare, – disse Damian, a mantendo presa embaixo de seu corpo no chão. – Por favor, apenas pare, Lily.

Lily lutou nos braços de Damian enquanto as mãos dele a segurava pelo queixo com firmeza e não a soltou mais. Ela se recusava a ouvir o que tinha a dizer. Então ela continuou lutando, mas ele a segurou com firmeza. Suas unhas marcaram a bochecha dele, tirando sangue. Damian se encolheu em resposta, fazendo uma careta. Ele nunca tentou golpeá-la de volta. Em vez disso, ele continuou segurando seu rosto antes de forçar a cabeça dela para trás, a fazendo olhar para ele. Seus olhos se encheram de lágrimas mais uma vez, escorrendo pelo seu rosto para ele ver.

– Me solta! – Lily gritou.

– Não até que você me escute, – Damian murmurou.

Com seu corpo sobre o dela, mantendo-a presa no chão molhado e frio, Lily não podia fugir. Suas sapatilhas tinham caído e seus shorts e camiseta estavam encharcadas de rolar pelo chão. Tinha certeza de que seu cabelo estava uma bagunça maldita, também. Ela desejava poder se importar.

Lily sentiu os polegares de Damian percorrendo suas maçãs do rosto para enxugar as lágrimas. Ele não conseguiu afastá-las porque o dilúvio continuou caindo. Cada respiração que ela tomava era acompanhada por um soluço que doía profundamente em seu peito.

– Você gosta disso, huh? – perguntou Lily, o insultando. – Você gosta das minhas lágrimas, Damian? Elas são todas por você desta vez!

Os dentes de Damian cerraram. – Você sabe que eu não gosto.

– Eu não sei nada sobre você.

– Você sabe tudo o que é importante, – ele respondeu calmamente. – Qualquer coisa que eu disse e todas as coisas que você sabe, essas são importantes para mim.

– Mentiras, – Lily murmurou.

– Fatos.

– Idiota.

– Talvez, – concordou Damian. – Talvez eu seja. Eu te disse uma vez que os meus motivos estavam embrulhados inteiramente em você e isso era a verdade. As coisas que importavam para você, as pessoas que podiam prejudicá-la ou as merdas que te impediam... eu queria consertar tudo isso para você. Eu nunca menti para você.

– Sim, você mentiu.

– Eu não menti! Havia coisas que você não precisava saber. Eu não controlo Dino, Lily. Então eu fiz a melhor coisa que foi mantê-la segura enquanto ele fazia o que diabos ele queria.

– Você ajudou, – ela cuspiu.

– Às vezes, – Damian admitiu. – Porque eu tinha merdas para manter em segurança também. Eu tinha razões para querer isso também.

Lily ficou imóvel sob seu peso. – Como o quê?

– Eu. Eu queria me manter vivo.

Isso não faz sentido.

– Me solta, – Lily repetiu. – Eu quero ir para dentro. Para qualquer lugar longe de você.

Logo, de preferência.

Damian recusou. – Não até que você me ouça, Lily. E você vai me ouvir, maldição, quer queira ou não. As coisas estavam acontecendo ao meu redor e eu não podia dizer uma palavra. Apesar do que você possa pensar, eu não fiz nada disso para subir na Outfit. Fiz isso para que outra pessoa pudesse e então poderia ser capaz de continuar sendo apenas Damian Rossi. Não outra pessoa, *só* eu.

Lily olhou para ele. – Eu...

– Dino queria que você estivesse segura por muito tempo depois que ele já não tivesse o controle para mantê-la dessa forma. Ele sabia que com certas pessoas fora do caminho, uma confusão poderia acontecer. Uma que iria colocar as famílias no centro das atenções e lutando umas contra as outras. Não queria que você fosse de alguma forma usada como moeda de troca entre ninguém. Não hoje, não amanhã, ou daqui a cinco anos.

– Eu não me importo.

– Pare. Você sabe que se importa. Você quer saber e eu estou lhe dizendo. Ouça.

Lily fungou. – Eu só quero entrar. Por favor.

Damian agiu como ela não tivesse dito uma palavra. – A fim de se certificar de que você não seria colocada nesse tipo de posição, ele precisava que você se casasse. Eu fodi com tudo há muito tempo atrás. Meus erros me mantiveram em dívida com Dino, mas ele também me fez ser leal a ele. Eu entendi o que queria fazer e por que ele estava fazendo isso. A Outfit é tão fodida às vezes. Gananciosa, excessiva, e cheia de traição e mentirosos.

– Você é um mentiroso, – disse Lily, esperando irritá-lo o suficiente para ele soltá-la.

Ele não soltou, não inteiramente.

A mão de Damian soltou seu rosto apenas por tempo suficiente para bater no chão com força. Lily congelou e seu olhar se arregalou. – Eu não sou!

– Você está mentindo para as pessoas ao seu redor, – ela retrucou.

– Eles *nunca* perguntaram.

– Me diga a verdade de uma vez, – disse Lily, e sua voz saiu em um sussurro. – Me faça acreditar em algo que você diz. Porque nada soa verdadeiro mais. *Nada.*

– Eu não queria me casar com você. Eu não queria me casar, ponto final.

Lily engasgou um soluço misturado com um riso amargo. – Agora, nisso eu acredito.

– Então eu conheci você, – Damian adicionou mais tranquilo. – E você não era o que eu estava esperando. Nós éramos mais parecidos do que pensava. Já te conhecia de quando éramos mais novos. Tinha muita merda acontecendo com você, você era *real.* Eu não queria que você me odiasse ou sentisse que estava presa a um homem que não se importava com você. E eu *me importo,* Lily.

– Por que você se importaria? – perguntou ela, se recusando a olhá-lo de novo. – Eu não sou nada para você no final. Só mais uma garota, basta um anel em seu dedo e você irá finalmente esquecer. Nada, Damian.

– Não nada. Tudo, – ele murmurou.

Um tremor percorreu o corpo de Lily, mas não tinha nada a ver com o chão molhado e frio. Suas palavras se espalharam sobre a pele dela como um calmante, parecendo verdadeiras, o que somente a machucou ainda mais.

– Você é tão bom neste jogo, – disse Lily, o odiando por isso.

– Não é jogo. Não com você. Eu teria falsificado cada pequena coisa que eu tive com você para fazer Dino feliz, mas eu não precisei. Com você, eu não tenho que fingir nada.

Lily balançou, tentando fugir da sensação das mãos quentes de Damian deslizando por seu corpo. Quando ele a tocava, ela não conseguia pensar. Damian provavelmente sabia disso.

– Pare, – Lily exigiu. – Pare de jogar esses jogos comigo. Me deixe em paz. Eu vou seguir as regras de Dino e manter minha boca fechada sobre as merdas que eu sei. Eu vou casar com você porque não tenho escolha, mas você pode me deixar em paz enquanto eu faço isso. Encontre outra prostituta para mantê-lo satisfeito, mas fique longe de mim.

– Não. Você entendeu tudo errado, Lily. Cada pedacinho.

Lily riu sombriamente. Suas lágrimas tinham finalmente parado. – Eu acho que estou certa e você é muito covarde para admitir isso.

Os dedos de Damian pressionaram na pele exposta da barriga de Lily, onde sua camiseta tinha subido. A pressão de seus dedos ardeu em sua carne com o mais leve toque, prometendo algo doce. Ela desprezou o fato que não havia como negar o cume duro da ereção dele escavando sua pélvis. Isso a excitou, apesar da raiva e da mágoa que ela estava sentindo.

Lily adorava este homem. Ela entregou seu afeto cegamente para ele, confiando que ele era o que dizia ser. Não percebeu que alguém como Damian poderia ter esse tipo de efeito sobre ela, até que ele tinha total poder sobre ela, exigindo sua atenção. Sem nunca realmente tentar, ele a fez cair de cabeça para baixo.

Ela pensou que ele estaria lá para pegá-la.

Lily era estúpida.

Estúpida sobre ele. Estúpida por ele.

Estúpida.

Deus, era doentio.

– Pare de me tocar, – disse Lily.

– Não.

– Você é um idiota.

Damian deu de ombros. – Você é linda.

Lily olhou para ele com raiva. – Pare!

– Você é. Eu não tinha motivo para deixá-la se aproximar, Lily. Não de mim ou de quem eu era. Não precisava convidá-la para a minha vida ou para a minha cama antes do casamento. Eu não tinha que dar a mínima para você ou até mesmo tentar. Não tinha que gostar de você se eu não quisesse, mas você tornou isso fácil pra caralho. Você não entendeu ainda? Eu poderia ter tratado este arranjo como apenas o que era para ser - negócios. Se isso fosse o que eu pensasse sobre você, tudo teria sido muito mais simples, apenas deixá-la lutar com Dino e estar à espera no final do corredor quando ele te forçasse a me encontrar. Eu não tinha que *fazer* nada disso!

Lily estremeceu com o que suas palavras deixaram implícito. – Você está mentindo de novo. Tudo o que você fez foi me fazer confiar em você para que ninguém suspeitasse do que você e Dino fizeram.

– Eu não tenho que mentir. Isso não importa para mim. Eu não tenho que esconder nada. Dino, sim, mas, não eu.

– Você está...

– Fique quieta, – disse Damian, seus olhos azuis em chamas se fixaram em Lily com uma ferocidade que ela parou de respirar. – Escute o que eu disse. Pense nisso e pela primeira vez, me ouça. Deus, eu preciso que você pare e me *ouça,* Lily. Por favor.

– Não importa. Você já disse isso, Damian. Independentemente se Dino tiver que me obrigar a caminhar pelo corredor ou não, você ainda vai estar lá esperando. Eu não tenho de ouvir ou entender nada para fazer a diferença.

– Mas eu quero que você ouça.

Lily choramingou baixinho, sentindo os dedos deles em torno da bainha de seu short. – Eu não quero.

– Por quê? – ela perguntou.

– Você sabe por que.

Damian sorriu e a visão chateou Lily ainda mais. Ter a mão livre deu a ela a capacidade de bater nele novamente, mas ele pegou seu pulso antes que pucesse. Ele prendeu a mão dela no chão ao lado de sua cabeça. Lily se acalmou, chocada. O corpo, por outro lado, estava mais quente do que nunca.

– Pare de me bater, – disse Damian, erguendo uma sobrancelha. – Você não precisa usar as mãos para mostrar a raiva. Palavras funcionam muito bem.

– Eu estou tão brava com você.

– Eu sei. Sinto muito.

Lily gritou, lágrimas caindo livremente de novo. – Estou com raiva de mim, também.

Damian traçou o lábio trêmulo de Lily com a ponta do seu dedo antes de enxugar as lágrimas dela. – Eu odeio quando você chora.

– Eu odeio quando você diz coisas assim.

– Não, você não odeia, – argumentou. – Você gosta porque alguém se importa.

– Exceto *que* seja você, – disse ela com voz trêmula.

– E você está com raiva porque você sabe que eu me importo, – Damian respondeu, nunca quebrando o contato visual com Lily. – Eu me preocupo o suficiente para protegê-la. Eu me importo o suficiente para te deixar entrar.

– Chega de mentir para mim, também?

– Lily, pare de me fazer me repetir.

– Mentir teria sido mais fácil! – ela gritou.

Lily sabia que ele não tinha mentido, não realmente. No final, ela foi quem escolheu não questionar aqueles ao seu redor. Ela deixou Damian deslizar através de seus muros cuidadosamente construídos mantendo todos os associados com a Outfit para fora. Ela se preocupava com ele.

– Eu te amo, – ela respirou, doendo por dentro. – Você poderia ter feito tudo isso sem fazer me apaixonar por você, Damian.

– Eu nunca tentei fazer isso acontecer, – disse Damian suavemente.

Mas foi tão fácil.

– Você me machucou, – Lily choramingou. – As pessoas que você ama não devem te machucar.

– Eu sinto muito. – Damian passou o polegar na boca dela novamente com o toque mais suave, enquanto dizia, – Mas você deve saber que há tanta coisa em você que eu amo, Lily. Eu amo o jeito que você sorri, porque você não sorri o suficiente. Amo como você é tranquila e não precisa de barulho quando está ao meu lado para mantê-la entretida. Eu amo como você me deixa te fazer feliz, mesmo que você não goste de um monte de coisas sobre mim.

– Deus, pare.

– Sem chance. Me ouça.

Lily piscou, tentando conter o ardor nos olhos. – Eu gostaria de não poder, porra.

Mas ela podia.

A ereção de Damian cavou um pouco mais na pelve de Lily, lembrando que ela tinha um efeito sobre ele também. Efeito esse que nunca tinha tentado esconder, que ele alimentava sempre que podia. Quando ele se inclinou para capturar os lábios dela em um beijo, ela o deixou. Ainda doía, mas era bom, também.

Se afastando, Damian pontilhou beijos suaves ao longo da bochecha dela. – Eu amo o seu gosto e como você sempre me implora por mais. Eu amo enterrar minha língua na sua boceta doce e como você treme quando goza. Eu amo o meu nome na sua boca e envolver as minhas mãos em seu cabelo. Eu adoro foder você, porque mesmo quando é sujo, ainda é belo.

– Muitas pessoas estão sofrendo por causa disso. Eu não posso ficar bem com isso, Damian. Eu não sei como olhar para o lado.

– Nunca foi só sobre você, mas a minha prioridade era você quando tudo isso aconteceu, – explicou Damian. – Você não tem que olhar para o lado, mas quando você estiver pronta, eu ainda estarei aqui quando você olhar novamente para mim. Sinto muito que você me odeie agora, mas eu te amo e eu gostaria que você ouvisse isso.

Lily soltou um suspiro, mordendo o lábio inferior. – Por que você fez isso?

– Eu não fiz.

Foi Dino.

– Por que ele fez isso? – ela perguntou.

– Eu pensei que sabia, – disse Damian. – Pensei que eu entendesse.

– Mas?

– Eu não acho que sei muito sobre ele.

Capítulo Quinze

O interior de Damian se retorceu em um milhão de pequenos pedaços enquanto Lily estava debaixo dele, ainda chorando. Ela chorou silenciosamente sem os soluços de antes. Não doeu menos em Damian. Suas lágrimas ainda machucavam cada polegada de sua pele, cortando o músculo e chegando aos ossos. Ela não conseguia entender como a dor dela o afetava.

– Eu não queria magoar você, – ele disse a ela.

– Você deveria saber que iria, – Lily respondeu.

As mãos de Damian estavam sujas do chão. Havia folhas de grama e lâminas de sujeira presas nas pontas de seus dedos enquanto ele enxugava o rosto de Lily mais e mais para se livrar das lágrimas que o estavam rasgando. Ele só conseguiu deixá-la suja também.

– Cristo, eu sinto muito, – resmungou Damian.

Lily riu, mas até mesmo aquele som era triste. – Não se preocupe. Eu já estou uma bagunça, de qualquer maneira.

– A minha bagunça.

– Eu não sei como me sinto sobre isso, – ela sussurrou.

– Do mesmo jeito que você sempre se sentiu. Isso não muda nada.

– Eu acho que isso muda tudo.

Damian franziu a testa e desejou que pudesse esconder tal reação. Infelizmente, ele estava aprendendo lentamente que esconder coisas de Lily nunca funcionava a seu favor. – Como?

Lily suspirou, utilizando sua própria mão suja para remexer seu cabelo loiro. – Porque você me ama.

Damian ficou repleto de satisfação como nunca tinha sentido antes. Se ela estava admitindo crer no seu amor, a batalha estava metade ganha do seu lado.

– Eu amo, – disse Damian.

– E isso só me faz pensar ainda mais sobre tudo quando se trata de você. – Lily virou a cabeça para olhar para o lado. – Existem bons homens que fazem coisas ruins?

– Eu nunca aleguei ser bom.

– Pensei que você fosse. Você me disse que não. Talvez eu devesse ter escutado.

– Eu ainda sou seu, – disse Damian, se inclinando para dar um beijo na bochecha suja de Lily.

Os olhos de Lily se fecharam. – A mãe da minha amiga morreu.

– Eu sei.

– A sua prima também.

– Lea não é o meu maior arrependimento, – disse Damian, inclinando a cabeça de Lily de volta para que ele pudesse ver seus olhos.

– Qual é? – ela perguntou em um sussurro.

– Você já sabe.

– Talvez, mas eu gostaria de ouvir você dizer.

– Ferir você, querida. Embora Lea ter sido pega no fogo cruzado é uma coisa que não deveria ter acontecido, – disse Damian, a confissão escorregando por seus lábios antes que ele pudesse detê-la. – Eu gostaria que não tivesse, mas eu fiz minhas escolhas e agora eu tenho que viver com elas.

– Pare de falar.

Damian riu. – Por quê?

– Porque quando você fala, eu acredito em tudo o que você diz.

– Nunca vou mentir, não se você fizer as perguntas certas, Lily.

– Não deveria ter que perguntar, Damian.

– Eu não quero te dizer coisas que te coloquem em perigo ou possam prejudicá-la de alguma forma, – disse ele. – Se, ou quando, você perguntar, eu sempre irei te dizer a verdade, porque se você tem o bom senso de perguntar, tem força para lidar com isso. Mas não irei deliberadamente te contar coisas de propósito só para que você saiba cada pequeno detalhe sobre o que eu faço. Eu nunca irei fazer isso, não sabendo que isso de alguma forma poderia feri-la ou prejudicá-la. Por favor, entenda isso.

– Eu apenas…

– O que? – perguntou Damian, segurando o queixo dela na palma da mão. – Me diga o que você precisa Lily.

– Eu não consigo entender.

– Ainda não.

– Nunca irei, – disse Lily.

– Eventualmente você irá.

Lily suspirou. – Eu odeio esta vida - a vida na máfia. Odeio porque pessoas lutam e morrem por nada; por uma crença e regras... *que não são nada.*

– Eu sei.

Ele sempre soube disso.

– E eu odeio as coisas que você fez, – ela murmurou.

– Você está autorizada a odiar.

– Eu não posso aceitar isso.

– Você não tem que aceitar, – Damian respondeu calmamente.

– Mas eu te amo.

Damian assentiu. – Sim.

– Vai levar um tempo para eu ficar bem. Eu preciso que você entenda isso.

– Eu entendo.

Lily molhou os lábios. – Portanto, não importa o que você diga, eu tenho que acreditar que você é um bom homem que faz coisas ruins, porque caso contrário, você é apenas um homem que machuca as pessoas que ama por nenhuma outra razão a não ser porque você pode.

– Eu te amo, – disse ele.

– Eu sei.

– Essa é a parte mais difícil para você, não é?

– Sim, – respondeu Lily. – É realmente.

Damian se inclinou para baixo apenas o suficiente para que pusesse seus lábios nos de Lily. Ele odiava aquelas lágrimas; desprezava que ele tivesse sido o único a lhe causar qualquer tipo de dor. A melhor maneira que podia pensar para se desculpar, se suas palavras não estavam surtindo efeito, era mostrar a ela. Em vez de beijá-la com força, exigindo que ela prestasse atenção à sua distração e a deixasse fazer o trabalho por ele, ele levou todo o tempo do mundo amando-a com a boca lentamente até que ela começou a beijá-lo de volta.

– Você é Lily, – ele disse, acariciando seu rosto enquanto roçava os lábios nos dela novamente.

– Hmm, o quê? – ela perguntou, sem fôlego.

– Tudo para mim.

Outra lágrima escorreu pelo canto do olho dela. Damian a limpou com a ponta do polegar com a mesma rapidez.

– Eu gostaria que não te ferisse ouvir, – disse ele.

Lily balançou a cabeça. – Não fere.

– É verdade.

– Damian?

– Sim? – ele perguntou.

– Pare de falar e me beije de novo.

Damian arqueou uma sobrancelha. – Você não quer que...

– Eu quero que você cale a boca e me beije novamente. E não como eu fosse uma boneca de porcelana pronta para quebrar em pedaços a qualquer momento. Apenas me beije. Por favor.

Como ele poderia negar quando ela pedia tão bem?

Damian agarrou a frágil blusa de pijama de Lily e puxou para cima. O tecido fino que cobria o peito dela rasgou com a força, a partir da linha do pescoço até onde ele a segurava apertado. Lily engasgou um segundo antes de os lábios de Damian caírem sobre os dela com uma força descomunal. Suas línguas lutaram, os dentes dela arranharam a boca dele enquanto a respiração de ambos se tornava áspera e dura.

Lily agarrou a camisa dele em suas pequenas mãos e gemeu, abrindo as pernas ainda mais. Damian não conseguiu evitar; ele esfregou sua ereção no núcleo dela, sabendo que não havia nada além de sua calça jeans e dos shorts de algodão macio separando seu pau da boceta dela. A pressão crescia no peito de Damian à medida que ele beijava sua namorada. Nada parecia tão honesto ou verdadeiro como quando Lily o beijava.

– Porra, – Damian resmungou quando os dentes de Lily mordiscaram sua mandíbula. Ela beijou o local com o toque mais suave de seus lábios antes de sua língua tocar a pele dele e ela o lamber. Calor e sangue inundaram seu pau. – Lily...

– Cale a boca, – ela sussurrou, o mordendo novamente.

Doce Cristo.

Damian não tinha sequer piscado novamente quando sentiu as mãos dela trabalhando no zíper e no botão de sua calça jeans.

– Lily, espere, – Damian exigiu.

– Não, me fode, – disse ela com força, batendo o punho no peito dele. – Cala a boca e me fode.

– *Deus.*

Lily riu, o som era abafado, mas forte. – Você sempre sabe como me fazer dizer isso no final.

Merda.

Damian xingou em voz alta enquanto a mão de Lily rodeava seu pau sob o jeans. Ela o acariciou uma vez, duas vezes, e depois o soltou muito rápido. Claramente, ela não iria lhe dar a oportunidade de discutir com ela ainda. Lily sabia o que queria.

Ele.

Damian a deixou empurrar sua calça jeans e boxer por seus quadris. Quando ela tirou a camisa dele, expondo suas costas e peito para o frio ar da manhã, ele a deixou fazer isso também. Sua camisa foi parar na grama quando ele começou a esfregar seu nu e latejante pau contra os shorts de algodão dela.

Lily gemeu humildemente, caindo de volta na grama e cavando com as mãos no chão quando Damian começou a puxar seus shorts para baixo. Ele empurrou seu jeans ainda mais para baixo, ao mesmo tempo em que escorregava os shorts dela por suas pernas. Lily não tinha nada além da pele nua de sua boceta sob seus shorts. Seus sucos já estavam brilhando sobre suas dobras rosadas, mostrando quão excitada ela realmente estava por ele.

Damian adorou.

Ele segurou seu sexo na palma da mão e correu dois dedos através de sua fenda.

– Assim como eu pensava, porra, – Damian murmurou.

Lily suspirou enquanto seus dedos pressionavam sua boceta. – Hmm?

– Quente, molhada, e me querendo, querida.

Damian espalhou a excitação de Lily sobre suas dobras e até seu clitóris. Ele circulou a pequena protuberância, sentindo-a se agitar por conta da atenção. Ele continuou a provocá-la com seus toques até que ela balançou seus quadris contra sua mão e pediu mais.

– Por favor, por favor, por favor, – Lily choramingou. – Me fode.

Damian deu uma risada que veio do centro de seu peito. – Eu não sei como lhe dizer não, Lily.

Envolvendo o punho em sua blusa rasgada de novo, Damian a puxou para cima, a partir do solo até que ela estava cara a cara com ele e seus olhos fixos nos dele. As pupilas de Lily estavam dilatadas, a respiração acelerada e curta em seu peito.

– Eu te amo, – disse ele em voz baixa.

Lily beijou suavemente sua boca. – Eu te amo.

Mantendo seu domínio sobre Lily com uma mão, Damian usou a outra para guiar seu pau até o sexo dela. Ele rolou a cabeça de seu membro através dos lábios de sua boceta, deixando seus sucos cobrirem a ponta do seu pau. Então o soltou, o deixando descansar ao longo da entrada do sexo dela para que ele pudesse esfregar sua dureza no calor suave e molhado dela.

Lily agarrou o pulso de Damian, trazendo os dedos dele até os lábios. Seus dedos ainda estavam molhados com a excitação dela. Ela os chupou sem dizer uma palavra. Damian não conseguiu conter o grunhido com a visão dos lábios dela abrangendo seus dedos, enquanto seus dentes raspavam ao longo de sua pele. Ele se deleitou com a sensação da língua dela percorrendo seus dedos, os limpando de seus fluidos.

– Você tem gosto de pecado, – Damian disse a ela, sabendo que era verdade.

Pecado. Açúcar. Céu.

Felicidade.

Ela sempre tinha gosto de felicidade, também.

Lily lançou os dedos dele nos confins de sua boca quente, mas não antes de beijar as pontas. Damian esfregou os dedos ao longo de seus lábios rosados enquanto balançava seu corpo contra o dela mais uma vez. Quando seu pau chegou na entrada de sua boceta, ele empurrou com uma lentidão que sabia que iria deixá-la sentir cada fodida polegada do seu pau a preenchendo.

– Oh, Deus, – Lily engasgou.

Ele a queria completa, dolorida, e precisando dele.

Só dele.

A cabeça de Lily caiu para trás, expondo a extensão cremosa do pescoço e clavículas enquanto o pau de Damian se acomodava totalmente entre suas paredes apertadas. Ele tomou aquele momento só para senti-la nua, o absorvendo e tomando tudo dele.

– Você sente isso? – perguntou Damian. – Como você se *encaixa* em mim, bella? Como eu te preencho?

A língua de Lily varreu seus lábios. – Sim.

– Mais?

– Mais, – ela repetiu.

Damian puxou o pau para fora de seu sexo tão lentamente quanto entrou nela. Quando sentiu a cabeça do seu pau na entrada da boceta dela, ele precisou de toda a força de vontade para não meter de volta para dentro dela e foder com ela até que ela estivesse gritando o nome dele e pedindo cada pedacinho que ele pudesse lhe dar.

– Eu adoro você, – Damian murmurou.

– *Mmm.*

– Eu adoro te comer.

Lily gemeu. – Jesus.

– Você é o meu encaixe perfeito, Lily.

Um tremor assolou seu corpo, fazendo ambos vibrar. Damian também sentiu um arrepio ao longo de sua espinha enquanto segurava Lily no lugar, impedindo-a de balançar ainda mais contra seu pau. Porra, ele a queria tanto.

– Tão bonita, – ele disse a ela.

– Sua.

Ele tocou seus lábios novamente, sentindo sua língua atacar contra a ponta de seus dedos.

– Sua, – disse ela com uma ternura que ele não esperava.

Damian empurrou para dentro dela novamente antes de recuar muito mais lento do que entrou nela. Lily gemeu sob ele, suas unhas cavando profundamente em seu peito e bunda. – Olhe para mim, querida.

Os cílios de Lily vibraram enquanto ela suspirava de prazer. As paredes apertadas e quentes da sua boceta pulsaram ao redor dele enquanto ele empurrava mais rápido, mais profundo.

– Lily, olhe para mim, – Damian ordenou. – Agora.

Lily encontrou o olhar dele, seus lábios se abrindo com um grito silencioso. – Damian...

– Nada mais importa.

Lily balançou contra seu pau na grama fria, o segurando apertado. Sua mão, ainda se agarrando à blusa de pijama arruinada dela, tremeu com as emoções rolando através de seu corpo e ameaçando levá-lo abaixo. A mão dela se soltou de sua bunda para agarrar o cabelo dele. A ligeira picada de dor ricocheteou através de seu corpo, juntamente com o canto de felicidade em seu sangue enquanto ela puxava os fios e arqueava as costas do chão.

– Aí... bem *aí*, porra, – disse Lily, e sua voz era pouco mais que um fôlego. – Oh, meu Deus, Damian.

– Diga, – disse Damian.

Lily molhou os lábios com a língua, murmurando: – Nada mais importa.

– Apenas isto.

Outro impulso a levou para casa. Seus fluidos doces jorravam em torno de seu pau enquanto ele saía e entravava nela, os movendo contra a grama molhada. Damian puxou sua blusa, a rasgando ainda mais enquanto a puxava mais para perto dele; o suficiente para que ele pudesse morder o lábio inferior dela e saborear o calor de seu sangue em sua língua. Lily foi de encontro a cada movimento dos quadris dele com o seu próprio balanço, puxando com mais força seu cabelo, enquanto ele beijava e mordiscava sua boca e queixo.

Os gritos de Lily se tornaram mais altos, como a música mais doce para os ouvidos dele. – Quase.

– Apenas nós, – disse Damian por entre os dentes cerrados.

Lily soltou um suspiro trêmulo. – Somente nós.

Ele podia sentir cada polegada de suas paredes se flexionando em torno de seu eixo enquanto ele a fodia. A mão de Damian cavou no chão macio, precisando de algo estável. As pernas de Lily se fecharam em torno dos quadris de Damian, seus calcanhares cavando na parte inferior das costas dele e o puxando ainda mais para dentro dela com cada impulso.

– Porra, – disse Lily, sussurrando a palavra. – Damian.

Ela se desfez em torno dele tremendo, murmurando seu nome, com uma lágrima escorrendo pelo lado da bochecha enquanto as unhas faziam um conjunto de linhas em todo o peito dele. Damian não estava muito atrás. Ele finalmente soltou a blusa dela e se agarrou firmemente a seus quadris. Segurando-a ainda junto ao seu corpo para que seu pau estivesse tão profundo quanto possível, Damian gozou no sexo dela em longos e grossos jatos.

– Merda, merda, merda, – gritou Damian, caindo para frente.

Lily colocou os braços ao redor de seu torso e não o soltou. Com o rosto enterrado no pescoço de Lily e a sensação do sexo ainda persistente em seus sentidos, Damian estava contente. Muito mais do que algum dia já tinha estado. Paz - era o que esta mulher bonita e forte era para ele. Ela trouxe um sentimento de conclusão para seu coração, encheu o seu corpo com o fogo, e ele adorou. Ele precisava disso.

– Aberto, – disse Lily suavemente.

Damian beijou seu pescoço, as ondas de prazer ainda mantendo seu pau semi duro dentro do sexo dela. Nada nunca tinha sido tão sublime em torno de seu pau. – Hmm?

– Você precisa ser aberto comigo. Todos os dias, Não importa o que. Sempre que eu perguntar. Nenhuma omissão.

– Eu posso fazer isso.

– Eu não te perdoei, – disse ela.

– Não é disso que se trata.

Lily assentiu. – Sim, eu sei disso também.

Damian se inclinou o suficiente para capturar os lábios de Lily. Ele a beijou com força e deixou sua língua guerrear com a dela enquanto ela suspirava com o beijo. Tecendo os dedos em seus cabelos, Damian beijou um caminho até sua mandíbula, pelo seu pescoço sujo, e na clavícula.

– Diga que me ama, – disse ele contra sua pele.

– Eu te amo.

– Que precisa de mim.

– Muito, – Lily respirou, se contorcendo sob suas mãos errantes e desejosas.

– Case comigo.

Lily se acalmou.

Damian não cedeu. – Case comigo, Lily. Case-se comigo porque me ama; porque você não tem que gostar de tudo o que faço, ou nem mesmo entender as razões por que eu faço isso. Case-se comigo porque você quer; porque você quer caminhar até o altar e me ver lá esperando por você. Case-se comigo porque você precisa disso como eu preciso. Case comigo.

– Eu...

Damian encontrou o olhar dela, a acalmando instantaneamente. – É uma pergunta de sim ou não.

– Eu não tenho uma escolha, – disse Lily.

– Eu estou te dando uma.

– Você não pode fazer isso. Dino...

– Pare, – Damian interveio com firmeza. – Eu estou te dando uma escolha, Lily DeLuca. Estou te dando o que ele não deu. Você pode dizer não e eu irei me recusar a seguir com o arranjo de Dino, independentemente do que possa acontecer. Isso não importa. Isso nunca irá importar. O que importa neste momento é um sim ou um não. Isso é tudo.

Lágrimas caíram dos cantos dos olhos de Lily. Pela primeira vez, Damian não tentou enxugar a prova de suas emoções que normalmente o machucavam tanto.

– Sim ou não, – disse ele novamente.

Lily piscou. – Você sempre irá me amar.

Não era nem mesmo uma pergunta.

– Sim.

– Para sempre, – disse ela.

– Sim.

– Você não deveria propor durante o sexo, Damian.

Sua risada balançou os dois. – É depois, tecnicamente.

– Não, você está duro novamente. Cada parte de mim pode sentir isso.

Damian estava duro. – Ponto tomado. Mas você está desviando.

– Não, eu não estou, – disse Lily, nunca afastando o olhar. – Você estará lá para me encontrar no final.

– Sempre.

– Então, sim.

Um sorriso separou os lábios de Damian. – Sim?

– Sim, – Lily ecoou. – Mas eu ainda estou furiosa com você.

– Tudo bem, – disse ele.

Um estrondo familiar acordou Damian do torpor em que estava. Lily mal reagiu ao som, ou ela não ouviu como ele tinha. Ele se ergueu de pronto da grama molhada, puxando uma Lily confusa com ele. Ele ajeitou suas calças e passou sua camisa molhada sobre a cabeça. Damian ajudou Lily a vestir os shorts que ele tinha tirado mais cedo. Rapidamente, ele agarrou as sapatilhas que ela tinha chutado e as estendeu para ela colocar novamente em seus pés. Sua blusa estava arruinada, mas pelo menos não estava caindo dela.

Damian teve dificuldade em manter seus instintos básicos sob controle quando olhou para Lily. Ele tinha mordido e beijado os lábios dela até que estavam com um vermelho rosado. Seu cabelo estava uma bagunça por causa de suas mãos e da foda frenética. Ela estava malditamente linda. E ele tinha feito aquilo com ela.

– Isso é...?

– O carro de Dino, – disse Damian.

– Merda, – Lily murmurou.

– Não se preocupe com isso. Basta entrar, voltar a dormir, e parecer surpresa quando me vir sentado na mesa da cozinha de manhã.

Lily franziu a testa. – Mas...

Damian interrompeu o que ela ia dizer, a puxando para perto para um beijo. – O que você viu, Lily?

Ela nem sequer pensou nisso.

– Nada. Eu não vi nada.

Damian olhou para a tela colorida de seu laptop, se perguntando se deveria fazer a chamada.

– O que você está fazendo? – perguntou Tommas, inclinando sua cerveja para terminar o que restava.

– Pensando, – Damian respondeu.

– É um pouco tarde para ter segundos pensamentos.

Damian ergueu o dedo médio para seu primo. – Não é sobre o casamento.

– Bom, porque você é esperado no altar... – Tommas parou, olhando o relógio. – Em quinze horas.

– Obrigado pela lembrança.

– Você deveria dormir, Damian.

Damian tinha muita merda a considerar antes que pudesse dormir.

– O que você ainda está fazendo aqui? – perguntou Damian. – A festa terminou a dias atrás.

Bem, se você considera alguns amigos aparecendo para beber como uma festa. Tommas se recusou a deixar Damian se casar sem algum tipo de último adeus a sua vida de solteiro. Damian consentiu com seu primo e alguns amigos de Tommas 'apareceram' no apartamento dele para algumas cervejas e um jogo de poker.

Damian venceu o jogo de poker. Ele sempre vencia.

– Eu estou te fazendo companhia, – Tommas finalmente respondeu.

Damian deu a Tommas uma olhada. – Não acredito nisso por um segundo.

– Sim, bem, porra, lide com isso. Eu não vou te dar outra resposta.

Tommas não precisava. Damian já sabia. Abriella Trentini estava em uma correia mais curta do que nunca. Com as famílias lutando como estavam, provavelmente era quase impossível para Tommas conseguir chegar perto da garota.

– Você está de mau humor por causa de Abriella de novo, não é? – perguntou Damian.

Tommas fez uma careta. – Eu pensei que você não queria saber.

– Eu não quero, mas acho que seria rude se eu não perguntasse.

– Isso, e o fato de você gostar de saber de tudo.

– Em parte, – Damian concordou.

– Eu só... isso é uma merda, – Tommas decidiu dizer.

Damian poderia entender isso. Ele não iria gostar muito se a garota que ele amava fosse mantida longe dele também. Mesmo que a situação de Tommas e Abriella fosse precária simplesmente por causa de sua idade e de outros detalhes menores. Como o avô dela.

– O meu apartamento parece vazio, – acrescentou Tommas.

– Se você desenvolver um útero e seu pau virar de dentro para fora, não me chame para se lamentar sobre isso, – disse Damian, rindo.

Tommas abriu a boca para falar, mas a fechou com a mesma rapidez. – Idiota.

– Eu tento.

– Eu tenho que ir, – disse Tommas, suspirando. – Tente dormir.

Bem, Abriella estaria no casamento amanhã ao lado de Lily. Enquanto Tommas mantivesse as coisas discretas, ele provavelmente poderia chegar perto, ou pelo menos falar com sua amante.

– Você está bem? – perguntou Tommas a Damian.

Damian balançou a cabeça em direção à porta do apartamento. – Eu estou bem, Tommas. Realmente.

– Tem certeza?

– Absolutamente.

Damian nunca tinha estado mais seguro de nada em sua vida do que estava com Lily. Ele adorava aquela mulher - a amava por completo.

– Sim, saia daqui, – disse Damian.

Tommas sorriu e se levantou da cadeira. – Eu vou estar aqui para buscá-lo bem cedo. Confissão antes do prazer, como diz o ditado.

Damian zombou. – Eu nunca confesso nada.

Ele não tinha nada que valesse a pena ser confessado. Nada que ele quisesse perdão, de qualquer maneira.

– Tanto faz. É tradição para a família Rossi. Aguente. Se eu te conheço você irá precisar de um par de horas extras para penitência.

– Ei... – Damian parou antes de acrescentar: – Provavelmente. Dê o fora daqui.

As mãos de Tommas voaram. – Estou indo, estou indo.

No momento em que a porta do apartamento foi fechada, Damian pegou seu celular e discou um número familiar. A voz alegre de Lily soou no segundo toque. Damian se encolheu diante do nível de ruído ao fundo.

Clube aprovado, ele lembrou a si mesmo. Havia também um grupo de guarda-costas que Terrance havia designado para as meninas para o último 'hurra' de Lily. Isso não ajudou em nada a onda de ciúmes se construindo dentro do peito de Damian, porém.

– Alô? – perguntou Lily.

– Minha querida.

Damian praticamente podia sentir seu sorriso quando Lily disse: – Não era suposto você me ligar hoje à noite.

– Eu acho que o que você está querendo dizer é que eu não deveria vê-la, – Damian respondeu.

– É a mesma coisa. – o leve tom arrastado que ela ostentou disse a Damian que sua garota tinha bebido aquelas coisas feias verdes novamente. – Oh, ele é bonito, Ella.

Damian sentiu o som de rosnado abrindo caminho para fora de sua garganta. – *Lily.*

– Hmm?

– Quantas drinks você bebeu?

Lily riu. – Definitivamente não sete.

– Você é horrível.

– Você ama isso, – ela atirou de volta.

Damian sorriu. – Eu amo.

– Ótimo, – cantarolou Lily.

As duas últimas semanas que antecederam o casamento deles tinham sido difíceis. Não apenas por causa da bagunça acontecendo ao seu redor, mas porque Damian sabia como tinha magoado Lily, escondendo o que tinha feito dela. Eles não falaram muito sobre isso, mas ele percebeu que não tinham que falar para que a dor dela transparecesse.

Ela não entendia. Ela não agia como se entendesse.

Mas Lily o amava.

Isso era o que mais importava para Damian.

– Por que você está ligando? – perguntou Lily.

– Eu só queria ter certeza de que você não estava exagerando com a bebida.

– Mentiroso. – Damian se encolheu. Lily pegou o que disse de forma suficientemente rápida e murmurou, – Eu estou brincando. Você ainda estará esperando por mim na outra extremidade do corredor?

– Sempre.

– Então eu irei encontrá-lo lá.

– Certo. Eu te amo, – disse Damian.

– Amo você, – Lily sussurrou.

Damian encerrou a chamada e deixou cair seu telefone na almofada do sofá. Por mais de vinte minutos, ele olhou para a tela de seu laptop novamente, deixando a janela de opção de chamada de conferência ameaçá-lo ainda mais.

Ele não precisava pedir permissão para fazer o trabalho final que Dino havia pedido. Bem, o trabalho não era apenas por Dino. Matar Terrance Trentini iria funcionar a favor de Damian de uma série de maneiras. Iria tirá-lo do centro das atenções como um potencial futuro Chefe e ninguém jamais iria acreditar que Damian poderia matar Terrance. Não sendo tão próximos quanto eles pareciam ser.

Eles não eram muito próximos.

No entanto, matar um Chefe poderia acarretar consequências. Não apenas dentro da Outfit, mas de famílias de outros estados aliadas a eles. Os sindicatos tinham protocolos e regras para esse tipo de coisa. Eles esperavam algum tipo de exemplo no final de algo assim.

Antes que pudesse pensar demais, Damian estendeu a mão e pressionou o botão de chamada de um contato que ele propositadamente tinha mudado o nome para o caso de alguém conseguir colocar os olhos em sua lista de contatos. A viagem que ele tinha feito para Nova York para a reunião da Comissão e dos Chefes tinha sido benéfica em mais de um sentido.

Só porque Terrance não gostava de certas famílias não queria dizer que Damian não poderia ter ligações com elas. Manter amigos próximos, mas inimigos mais próximos ainda tinha um significado totalmente diferente na máfia.

Damian olhou para o relógio no canto inferior à direita da tela e calculou a diferença de fuso horário. Ele provavelmente não deveria estar ligando para um Don[6] de Nova York sem primeiro passar por alguma outra forma de conexão entre os outros homens da família, mas Damian não tinha essa opção à sua disposição. Não considerando tudo.

Apenas quando Damian estava prestes a desligar a chamada, Dante Marcello atendeu. Dante governava a família dominante em Nova York como líder. Ser o Don Marcello também significava que Dante tinha uma grande quantidade de controle e influência sobre as outras grandes famílias da Comissão. Ele também era o que muitos homens consideravam o Chefe dos Chefes. Damian não queria problemas vindos de outras famílias por causa da

6 Outra palavra para um chefe de uma família da máfia.

morte de Terrance. Ter Dante ao seu lado, um dos chefes do crime mais cruéis da América do Norte, certamente ajudaria com a causa de Damian.

– *Ciao,* – Dante saudou quando a tela piscou com a imagem do Don Marcello. – Marcello falando. Se você falar mais alto do que um rato, a próxima vez que eu te vir não irá acabar agradavelmente.

Damian riu baixinho. – Oh?

A imagem ao vivo de um escritório que Damian não reconheceu apareceu no fundo quando Dante se sentou em uma grande cadeira de couro. Ainda mais surpreendente foi o menino que Dante segurava, aconchegado em seu peito. O rosto do jovem garoto estava escondido no pescoço de Dante. De pijama e com apenas o vislumbre de um polegar de fora, Damian adivinhou que o menino estivesse chupando o dedo.

Damian sorriu com a visão de Dante segurando a criança como se os dois estivessem no meio de se aconchegar. Era uma visão tão contraditória em relação ao homem que Damian sabia que Dante era. Por mais que Damian tivesse conhecimento que Dante tinha um filho pequeno, adotado, ele não pensou que o homem fosse um pai que coloca a mão na massa.

Aparentemente, até mesmo os homens mais frios poderiam ser papais.

– Damian Rossi, – Dante disse, sorrindo. – Isto é uma surpresa.

– Desculpe a ligação tão tarde, – disse Damian, mantendo a voz baixa para o bem da criança.

Dante deu de ombros. – Se fosse qualquer outra noite, você não teria me encontrado. Michel está tendo problemas com seus molares nascendo. Ele nos mantém acordados uma grande parte do tempo. O que posso fazer por você?

Damian tinha iniciado uma improvável amizade com Dante durante a reunião dos Chefes. Dante era afiado, rápido e brutal quando queria alguma coisa. Damian apreciava isso. Eles trocaram números de contato para o caso de algo surgir no futuro. Damian supôs que algo tivesse surgido agora.

– É uma situação interessante, – disse Damian vagamente.

Dante riu. – Elas sempre são. Sem rodeios, o que você quer?

– Atentados aos membros elevados devem sempre passar através da Comissão, não devem?

– Deveriam, – disse Dante lentamente, levantando uma sobrancelha. – Normalmente é passado através de uma testa de ferro e não em uma chamada direta com um rosto real por trás do tiro, Damian.

– Eu não ajo como o costume, eu acho.

– Acho que não. – Dante suspirou, batendo na bunda de seu filho quando perguntou: – De quem se trata?

– Terrance.

A expressão de Dante não se alterou na tela. – Por quê?

Damian deu de ombros. – Nada é simples e entrar em tudo isso seria inútil para você.

– Seria, – Dante concordou. – Estou curioso, porém, então me sacie.

– Eu não quero ser você, – disse Damian.

Dante sorriu. – Essa não era a resposta que eu esperava ouvir.

– Há mais, mas essa é a parte mais importante.

– Eu ouvi sussurros sobre problemas em Chicago, mas eu não tinha certeza, – disse Dante. – Eles dizem que é ruim o suficiente para uma guerra.

– Algo como isso. – Damian passou a mão pelo cabelo e perguntou: – Eu sei que o pedido é suposto passar por todos os Chefes, mas eu pensei que isso era o suficiente, desde que fosse com a pessoa certa.

– Por que eu sou a pessoa certa, Damian?

– *Capo di tutti i capi*[7], – Damian murmurou.

O Chefe dos Chefes.

– Eu nunca usei esse título, – disse Dante em voz baixa.

– Você não precisa.

Não para que isso seja verdade.

Dante respirou profundamente como se estivesse considerando tudo. – Independentemente do que eu diga, o assassinato irá acontecer, não vai?

– Provavelmente, – Damian disse honestamente. – Mas eu sei que você tem algumas fichas na mesa aqui e um novo Chefe pode te fazer bem, também.

– Quem iria assumir? – perguntou Dante.

– Difícil de dizer.

– Um novo Chefe faria bem. Lucian gostaria de finalmente receber o pedido de desculpas que lhe é devido.

Damian balançou a cabeça. – Isso é tudo?

– Acredite em mim, na Cosa Nostra, um pedido de desculpas significa mais do que qualquer um poderia entender. Não é tarde demais para a Outfit e os Marcello se conciliarem e encerrarem suas questões se o Chefe certo tomar o assento. Um Chefe com os motivos e a moral certa.

– Quem seria o Chefe certo para você? – perguntou Damian, jogando a pergunta do homem de volta para ele.

– Isso não é para eu decidir, apenas se certifique que ele seja casado quando chegar à sua primeira reunião. Vá em frente com o atentado, Damian. O que mais você precisa de mim?

– Que você mantenha o meu nome fora disso. Por todos os lados.

---

7 Capo di tutti capi é a expressão utilizada para designar "o chefe de todos os chefes" da máfia siciliana.

– Considere feito, – disse Dante. – Você deveria ter colocado isso para os outros Chefes apenas por segurança.

Damian não estava preocupado com isso. – Você pode dizer que eu fiz isso.

Dante riu. – Sim, isso funciona também. Mais uma coisa.

– Sim?

– Eu ouvi que você irá se casar.

Damian pigarreou, sem surpresa. – Amanhã, na verdade. Você não recebeu um convite?

– Nós recebemos, mas não aceitamos. Eu apreciei a intenção, mas você sabe como é.

– Sem desculpas, nenhum Marcello.

– Exatamente. O seu casamento é por amor? – perguntou Dante.

– O seu foi?

– Não, mas minha esposa tem algo de especial. Você está casando por amor?

– Não era por amor, – disse Damian.

– Mas?

– Minha menina tem algo de especial.

Dante riu sombriamente. – As boas mulheres sempre têm. Parabéns.

Capítulo Dezesseis

– Olhos bem abertos, me deixe vê-los, – a maquiadora ordenou.

Lily fez o que lhe foi dito, deixando a mulher passar a escovinha em seus cílios uma vez mais. Ela não tinha certeza de quão longos os cílios poderiam ficar.

– O mindinho novamente, – disse outra mulher.

Lily inclinou a mão para colocar o mindinho para fora. A manicure de Lily começou seu trabalho de passar o esmalte claro em cada unha. Outra mulher trabalhava em seu cabelo, definindo cada uma das mechas em cachos ondulados perfeitamente moldados que seriam presos em um coque bagunçado.

Estranhamente, Lily não se importava com todas as pessoas trabalhando ao seu redor ou com a atenção. Não tinha sido muitas vezes que ela preferia os holofotes, mas desde que era o dia de seu casamento, ela não tinha muita escolha. Ela pensou que poderia muito bem aproveitar os mimos e o tempo só dela.

A manhã de seu casamento começou cedo. Talvez um pouco cedo demais considerando que sua despedida de solteira não tinha terminado até quase duas horas da manhã. Theo acordou Lily com café da manhã e um telefonema de Damian, o que era bom. Theo levou Lily para o spa e, tanto quanto ela sabia, ele ainda estava esperando no lobby por ela e Abriella.

Dino, por outro lado, não deu as caras naquela manhã.

Lily não estava muito preocupada com isso.

– Isso tem um cheiro incrível, – disse Abriella quando o óleo de coco foi esfregado em suas mãos.

– É verdade, – Lily concordou.

Abriella sorriu, inclinando a cabeça para o lado para que pudesse olhar para Lily. – Você está nervosa?

De modo nenhum.

– Não, – Lily respondeu honestamente.

– Excitada?

– Muito.

Para um dia que seria geralmente de alto estresse e cheio de brincadeiras para outras noivas, o dia do casamento de Lily foi se transformando em um assunto tranquilo, com poucos problemas. Ninguém a incomodava por coisas inúteis ou demandas sem importância. Até mesmo Theo, que não sabia como ser um homem calmo, tinha dado espaço e silêncio a Lily naquela manhã.

Ela estava tão relaxada que era uma loucura.

Lily estava amando.

Todo dia deveria ser assim.

Abriella sorriu com vontade. – Eu estou feliz por você. Damian é um cara bom.

Lily assentiu. – Ele é.

Era difícil para Lily correlacionar o bom homem que ela sabia que residia dentro de Damian e a parte dele que fazia coisas ruins.

– Mais algumas horas, – disse Abriella.

Somente algumas?

Lily verificou o relógio na parede. Abriella estava certa.

– O que vem a seguir? – perguntou Lily.

Abriella deu de ombros. – Igreja. Confissão. O que mais?

Ótimo.

Lily estava sentada na sala particular, contando as contas de seu rosário. Os globos negros pareciam suaves sob seus dedos enquanto ela recitava as palavras da oração que ela não poderia jamais esquecer. De novo e de novo. Mais uma vez...

A penitência realmente nunca acabava.

Tocar o rosário deu a ela uma sensação de conforto que ela não esperava. O rosário tinha sido um presente de alguém - Lily não sabia quem - e entregue a ela quando chegou à igreja com Theo. Ele não disse nada quando entregou a caixa de veludo elegante e azul. Só que alguém queria que ela o recebesse. Começou sua última confissão antes de se tornar uma mulher casada com a paz se fixando em seu coração.

Outra coisa que ela não esperava sentir no dia de seu casamento.

Clicando em cada conta do rosário enquanto percorria as palavras finais, pedindo para ser perdoada e purificada por suas transgressões passadas, uma batida na porta da sala quebrou sua concentração. Lily assumiu que fosse apenas o sacerdote vindo para ver se ela tinha terminado.

– Entre, – Lily chamou, colocando o rosário de lado.

A porta se abriu uma fresta e Theo colocou a cabeça para dentro. Seu irmão lançou a ela um sorriso que era conhecido por deslumbrar mulheres e deixar os homens desprevenidos. Theo tinha um jeito. Dos irmãos de Lily, Theo era o mais charmoso e simpático dos dois enquanto que Dino tinha uma rugosidade em torno de suas bordas que mantinha as pessoas à distância.

Lily percebeu que ninguém realmente conhecia Theo bem o suficiente para saber que o seu comportamento não era nada mais do que um truque para atrair as pessoas. Ele podia ser tão cruel quanto Dino, mas tinha uma maneira mais limpa de fazê-lo.

– Eu não estou interrompendo, estou? – perguntou Theo.

Lily acenou para o assento em frente a ela. Na igreja deles, a confissão não era feita em uma cabine, mas em uma sala privada decorada com bela tapeçaria. Duas cadeiras, colocadas uma em frente à outra para que o padre e o paroquiano pudessem olhar um para o outro, servia como o confessionário. O cômodo era então utilizado como uma área privada para a penitência, se isso fosse o desejo do fiel.

– Não, eu já terminei. Ou tão perto que chegarei de terminar por hoje.

Theo riu. – Amanhã, novos pecados surgirão.

Lily sorriu. – Sempre. Entre.

Theo entrou e fechou a porta atrás de si. Lily esperou que seu irmão movesse o assento em frente a ela para que ficasse posicionado ao lado dela. Sentado na cadeira de madeira ornamentada destinado a um padre, Theo chutou as pernas para fora e cruzou os sapatos de couro brilhoso nos tornozelos. Seu irmão parecia bem em seu terno preto com uma gravata azul e colete combinando com o esquema de cores do dia.

Olhando para ela de lado, Theo lembrou de Lily quando era jovem e ele também. – Como você está realmente?

Lily deu de ombros. – Eu estou bem.

– Realmente?

– Sim, Theo. Eu estou bem.

Theo respirou fundo e mordeu o interior da bochecha. – Eu me perguntava. Quero dizer, você continua dizendo isso a todos, mas com você, é difícil dizer. Você sempre foi boa em esconder essas merdas quando precisava.

Lily zombou de brincadeira. – Igreja, Theo. Cuidado com essa boca mal... com a boca.

Theo soltou uma gargalhada, apontando para ela. – Você quase disse maldita.

– Cala a boca.

Jogando as mãos para cima, Theo admitiu. – Tudo bem. Eu estou surpreso. Sei que você não escolheu nada disso, Lily, e é provavelmente a última coisa que você quer fazer.

Ele não poderia estar mais errado.

– Na verdade, eu escolhi. Da minha própria maneira e no meu próprio tempo, – disse Lily, estendendo a mão para dar um tapinha no braço de seu irmão delicadamente.

– Bom. Estava pensando que talvez tivesse que roubar você daqui e levá-la até a fronteira mexicana ou algo assim.

Lily bufou baixinho. – Certo. Até que ponto você pensou que nós chegaríamos?

– Oh, nós teríamos conseguido. Não preocupe sua linda cabecinha com isso. Eu tinha certeza disso.

– Você nunca faria isso de verdade, – disse Lily, provocando seu irmão.

Theo pegou o olhar dela e segurou. O flash breve de algo desconhecido passou nos olhos dele antes de desaparecer. – Eu teria, Lily. Não quero ver você infeliz ou deixada de lado. Você é muito boa para isso, pequena. Sempre foi. Você deve ter um homem que a adore e cuide de você porque você é tudo para ele.

A respiração de Lily saiu em um suspiro trêmulo, as emoções começando a aparecer. – Eu tenho, Theo.

– Sim, eu acho que Dino não escolheu muito mal depois de tudo, hein?

– Algo assim, – Lily respondeu.

Theo pegou a mão dela e segurou firmemente, dando segurança a Lily com a ação. Seus irmãos nunca tinham sido homens emocionais, na medida do que passaram. Lembrou-se de que, enquanto eles cresciam, os meninos tinham sido ensinados a fechar esse lado para fora de si mesmos e não demonstrar nada. Às vezes isso sangrou até a família e Lily. Às vezes eles eram apenas frios como o inferno.

Ela entendia, mas isso não tornou mais fácil quando era apenas uma garotinha sem a mãe e o pai e irmãos que a tratavam como se fosse apenas mais um dos rapazes. Então, novamente, Lily sempre tinha apreciado o fato de seus irmãos a envolverem nas coisas que eles faziam quando crianças. Especialmente, porque os três irmãos DeLuca eram tão distantes em idade, mas Theo e Dino sempre mantiveram Lily por perto da maneira que podiam.

Lily suspirou, percebendo algo que não tinha percebido antes. Mantê-la por perto quando era mais jovem tinha sido a maneira de Theo e Dino de mostrar seu amor. Ela sempre pensou em si mesma e seus irmãos como órfãos sem pais, mas isso não era inteiramente verdade. Eles tinham um ao outro e seus irmãos tinham sido os melhores guardiões para ela.

– Eu amo você, Theo, – disse Lily, querendo que seu irmão soubesse.

Theo sorriu, mas disse apenas: – Sim, eu sei.

Ele não tinha que dizer de volta para ela saber a verdade. Theo a amava, caso contrário, não estaria ali sentado com ela quando realmente não precisava. Ele não precisava tirar um tempo do dia para se certificar de que ela estava bem. Theo deu a Lily um olhar que dizia sentimentos, no entanto. Geralmente, mantinha suas emoções e opiniões trancadas. Ela certamente não esperava que ele mudasse essa parte.

– Eu tenho uma surpresa para você, – disse Theo.

Lily arqueou uma sobrancelha. – É?

– Sim, mas você tem que fazer isso rápido. Foi bastante difícil fazê-la chegar aqui, para não mencionar que alguém ainda tem que vir buscá-la.

A confusão de Lily ficou maior ainda. Theo se levantou da cadeira e ajeitou suas calças antes de atravessar a sala para abrir a porta novamente. Com uma palavra rápida para alguém no corredor que ligava as salas dos fundos da igreja, Theo se virou e abriu a porta um pouco mais.

Evelina Conti permaneceu esperando com a cabeça baixa e as mãos firmemente juntas a sua frente. Ela continuou torcendo as mãos juntas quando olhou para Lily com um pequeno sorriso que rapidamente desapareceu.

Elas não se falaram desde a noite que Lily deixou a casa da amiga. Ainda não tinha visto Evelina nenhuma vez porque Riley não permitia que sua filha se comunicasse com qualquer pessoa fora da família Conti e amigos íntimos. Evelina tinha sido arrancada de seu lugar no casamento de Lily e substituída, mesmo que Lily não quisesse.

O coração de Lily inchou de felicidade.

Evelina havia chegado.

Ela provavelmente não seria capaz de ficar se as palavras de Theo fossem qualquer indicação. Não seria capaz de ficar com Lily como se tinha planejado originalmente. Iria perder a festa e não se despediria de Lily. Mas ela tinha vindo.

Nada mais importava.

– Eve? – perguntou Lily, atordoada.

– Ei, – disse a amiga.

Theo limpou a garganta, ganhando a atenção de Lily. – Vou sair por um minuto e ver se posso encontrar alguém para levar Evelina para casa que não cause um ataque em Riley. Tentem não levar muito tempo, ok? Eu sei que faz tempo que vocês não se veem e tudo mais.

Lily balançou a cabeça rapidamente – Está tudo bem, Theo. Obrigada.

– De nada.

Theo saiu, deixando Evelina passar. Assim que a porta foi fechada, Lily não tinha certeza se deveria ficar de pé e cumprimentar sua velha amiga ou ficar onde estava. Evelina permaneceu perto da porta, evitando o olhar de Lily enquanto cutucava suas unhas. Um cobertor de estranheza cobriu a pequena sala.

– Obrigada por ter vindo, – disse Lily, quebrando o silêncio.

Evelina mostrou outro pequeno sorriso. – Eu realmente queria. Tentei.

– Seu pai?

– Sim, – disse Evelina, suspirando. – Sinto muito, Lily.

Lily não estava esperando isso. Entre as duas, Lily deveria ser aquela a pedir desculpas para Evelina. Afinal, mesmo que Evelina não soubesse, o irmão de Lily tinha sido a causa da morte de Mia. Como Evelina se sentiria com Lily se soubesse a verdade?

– Seja o que for, não se preocupe com isso, – disse Lily.

– Eu deveria ter ligado ou algo assim.

– Não importa.

Evelina mudou o peso de um pé para o outro, parecendo terrivelmente desconfortável. – Você está bonita.

Lily riu. – Eu não estou nem mesmo de vestido ainda.

– Mesmo assim.

– Obrigada. – Lily deu de ombros, acenando para a cadeira ao lado dela. – Sente-se, Eve.

Evelina balançou a cabeça. – Eu não posso. Theo está certo, eu não posso ficar por muito tempo. As possibilidades são que papai vá descobrir de alguém que eu vim, de qualquer maneira. Eu não quero ser a próxima pessoa na sua lista de merda.

Se Evelina não vinha até ela, Lily iria até a amiga. Ficando de pé, Lily cruzou o espaço com os braços abertos. Evelina se congratulou com o abraço apertado, que parecia incrível e terrível ao mesmo tempo. Culpa espetou no interior de Lily. Conhecer os segredos que ela sabia era uma sensação horrível.

– Eu te amo, – disse Evelina.

– Eu também te amo.

Evelina se recostou, enxugando o rosto de Lily com seu polegar. – Cristo, não chore. Sua maquiagem está perfeita.

– Eu não me importo.

– Sim, você nunca realmente se importou.

Lily sorriu através de sua culpa e tristeza. – Isto irá acabar eventualmente, certo?

– O conflito? – perguntou Evelina.

– Sim.

– Eventualmente.

– Eu estarei esperando quando terminar, – disse Lily. – Estarei esperando para continuarmos de onde paramos.

Evelina acenou com a cabeça uma vez. – Eu também.

Porque o melhor tipo de amizade nunca realmente termina. Poderia ser colocada em pausa por um tempo ou dividida pelo espaço e tempo. Mas os verdadeiros amigos - os mais verdadeiros - sempre esperavam e nunca perdiam o sentimento.

– Eu tenho que ir, – disse Evelina.

Lily apertou a mão de Evelina. – Esteja a salvo.

Lily levantou os braços para deixar Abriella e Cara deslizarem o vestido de noiva sobre sua cabeça. Rápida e silenciosamente, as meninas puxaram o vestido no lugar e começaram a fechar as centenas de pequenas pérolas ao longo da coluna de Lily.

O vestido de renda off-white lembrou Lily que ela estava a apenas uma hora de distância da caminhada até o altar. Um corredor que não queria percorrer no início, mas agora ela não podia esperar. A emoção estava começando a se infiltrar um pouco mais a cada minuto que passava.

Cara Rossi deu um passo para trás enquanto Abriella alisava as ondas que restavam na saia de renda. Enquanto a maior parte do dia tinha passado repleto de felicidade, sorrisos e algumas lágrimas de alegria, Cara estava tendo um momento difícil. Ela escondeu bem, mas Lily sabia.

– Cara? – chamou Lily.

Abriella ficou de pé, cruzando os braços. – Ficou bem. Assim como nós achamos que ficaria.

Lily não deu a menor atenção a Abriella. Ela estava mais preocupada com sua nova amiga e a careta permanente que Cara não conseguia se livrar. O funeral de Lea Rossi tinha sido rápido e discreto. Lily acompanhou Damian à cerimônia quando Lea foi enterrada. A família Rossi ainda estava sofrendo de uma mistura de choque e dor com a morte.

Cara, provavelmente, estava pior. Ela não tinha acabado de perder uma amiga e irmã, ela perdeu sua irmã gêmea. A coisa que algumas pessoas consideram a outra metade de sua alma. Como poderia alguém se conformar com algo assim em seu coração?

Lily não invejava Cara pela distração ou tristeza.

Lily disse o nome da menina mais alto pela segunda vez. – Cara?

A cabeça de Cara se ergueu como se alguém a tivesse queimado. – Sim?

– Você está bem? – perguntou Lily.

– Eu estou...

– Por favor, não diga muito bem, – Lily a interrompeu suavemente.

Abriella revirou os olhos. – Você é a noiva, Lily. Não devemos perturbar você hoje.

– Exatamente, – disse Cara, acenando para Abriella. – Estou bem, realmente.

Ela não estava.

Lily não se importava com o que a menina dissesse.

– Me perturba quando você finge algo para meu benefício, – Lily apontou.

Cara deu a ela um sorriso triste. – Não sei como fazer mais nada agora.

– Seja honesta, – disse Lily. – Me diga algo sobre você e Lea. Ou até mesmo apenas sobre você. Tanto faz. Me dê qualquer coisa.

Cara não parecia saber o que dizer sobre isso.

– Você vai voltar para o Canadá após o casamento? – perguntou Abriella.

– Sim, – disse Cara. – Eu tenho faculdade.

Lily franziu a testa. – Você não quer ficar mais um pouco? Eu sei que sua família está feliz por ter você de volta.

Bem, Damian e Tommas pareciam realmente gostar de ter Cara em casa.

Cara respirou fundo. – Preciso voltar. Não posso ficar aqui. Este lugar não me lembra Lea em nada. As únicas lembranças que temos aqui são ruins de quando éramos mais jovens. Eu não sei como Tommas consegue. Ou até mesmo Damian, realmente. Não suporto estar perto dos meus pais. De fato, teria cremado o corpo dela para que eu pudesse levar um pouco dela comigo. Não me sinto em casa aqui. Ela merecia voltar para casa.

Lily observou Abriella piscar para tentar se livrar da umidade em seus olhos.

– Sinto muito, – Lily murmurou.

– Eu ainda estou esperando acordar e descobrir que isto é um sonho, – disse Cara calmamente. – Mas não é. Eu nunca vou acordar e encontrá-la novamente aqui, e isso torna as coisas piores.

A culpa que Lily sentia ficou maior ainda.

Abriella abriu uma fresta da porta e enfiou a cabeça para dentro. – Dez minutos.

Lily assentiu. – Obrigada.

– A propósito, há alguém aqui para ver você.

– Huh?

Abriella acenou para Lily. – Venha aqui, mas fique atrás da porta.

Confusa, Lily fez o que Abriella mandou.

– Tudo bem, mas seja rápido. Se Dino ou Theo pegarem você, eu não irei defender o seu traseiro, – disse Abriella para alguém do outro lado da porta.

As risadas escuras que ecoaram em resposta ao aviso de Abriella preencheram Lily de felicidade e desejo. Ela sorriu quando espiou pela porta, se certificando que a madeira mantivesse seu vestido escondido da visão de Damian.

Quando ele olhou para a porta, ela se escondeu atrás de novo.

– Você não deveria estar neste lado da igreja, – disse Lily.

Damian fez um som de desprezo. – Não, o que eu não posso é ver você.

– Você está pisando em uma linha fina, Damian.

– Eu não posso ver você, querida. Estou firmemente no lado certo das regras.

– Pela primeira vez, – Lily brincou.

Damian nem sequer tentou negar. – O seu ponto é?

– Nada. – Lily se virou e olhou para a porta novamente, roubando apenas um vislumbre de seu smoking preto do peito até a cintura. A mão de Abriella empurrou Lily de volta para trás da porta antes que ela pudesse ver mais. – Ei!

– Sem olhar, – Abriella latiu.

– Você é terrível, – disse Lily, franzindo o cenho.

– É justo, – Abriella respondeu.

Lily tinha certeza de que a garota estava se divertindo com isso.

– Eu tenho algo para te dar, – disse Damian calmamente.

Lily se animou com isso. – É?

– Sim. Eu poderia ter dado para outra pessoa entregar, mas eu queria fazer isso. Eu furtivamente escapei de Tommas e Theo enquanto tinha uma chance. Não vai demorar muito para que eles percebam que não se leva dez minutos para mijar.

Lily riu, virando as costas para a porta. – O que você me trouxe?

– Me dê sua mão.

Enfiando a mão pela fresta da porta, Lily esperou. Damian colocou algo pequeno, redondo e frio no meio da palma da mão dela. Seus dedos roçaram nos dela quando ele puxou sua mão de volta.

– Percebi algumas noites atrás que eu me esqueci de uma coisa importante sobre essa coisa toda, – disse Damian. – Eu me senti um idiota e tive que corrigir isso. Mas ele não chegou até ontem e você não estava mais autorizada a me ver. Realmente, queria que você o estivesse usando quando me encontrasse no final do corredor hoje.

O coração de Lily acelerou, pulando em sua garganta. Ela apertou os dedos ao redor do presente minúsculo quando trouxe a mão novamente para dentro da sala. Quando abriu a mão pela segunda vez, um anel de diamante de dois quilates e corte princesa e em ouro branco, descansava contra sua pele. Era simplista em design, mas Lily amou o estilo. Ela não era chegada em coisas chamativas e nem Damian.

Faria sentido para ele escolher algo assim.

– Sei que você escolheu as alianças, – disse Damian.

– Vai combinar com elas.

– Eu imaginei. Você gostou? – perguntou Damian.

– Você sabe que eu gostei, – respondeu Lily.

– Bem, eu queria ouvir você dizer isso.

– Eu vou usar, – Lily disse a ele.

– Te encontro no final.

Nem cinco segundos depois que Lily não podia mais ouvir os passos de Damian pelo corredor, Abriella murmurou, – *Uau.*

– Cala a boca, Ella.

– Esse homem te ama, Lily.

Lily sorriu. – Sim. Ele me ama.

Lily deu o braço a Dino, enquanto esperavam atrás de suas damas de honra. Apenas Abriella, Cara, e uma jovem da família de Damian iriam entrar na frente de Lily. Tommas era o padrinho de Damian enquanto Theo seguiria como acompanhante para uma das damas. Para uma lista de convidados tão grande, eles até que escolheram uma pequena quantidade de damas e padrinhos.

Dino acariciou a mão de Lily suavemente. Foi a primeira vez durante toda a manhã que ela via seu irmão e ele mal falou uma palavra para ela.

– Você está feliz? – Lily perguntou a Dino.

Dino ergueu uma sobrancelha com a pergunta. – Não deveria ser eu perguntando isso?

– Eu acho que você já sabe, Dino.

– Bem, eu esperava. Fico feliz que funcionou.

Lily decidiu não mencionar nada sobre o que ela sabia sobre o tiroteio, o envolvimento dele, ou qualquer coisa relacionada ao assunto para Dino. Fazer isso poderia colocar Damian em perigo com relação a Dino ou pior, outras pessoas de fora. Lily não faria isso. Não com Damian.

As portas da igreja se abriram e Cara Rossi deu a Lily um pequeno sorriso antes de iniciar sua caminhada até o altar.

Quase na hora...

– Estou orgulhoso de você, Lily, – Dino disse calmamente.

Lily não estava esperando por isso. – Por quê?

– Às vezes eu olho para você e tudo que eu vejo é aquela menina que você costumava ser. Muitas vezes esqueço que você não é mais uma criança e que você viu quase tanto quanto eu vi na vida. Sempre pensei que Theo e eu estaríamos, constantemente, de olho em você cuidando de alguma forma, mas você provou que estávamos errados. Você não precisa de nós de qualquer maneira, não é?

– Por que você pergunta isso, Dino?

Dino encolheu os ombros. – É a sensação que eu estou tendo hoje. Em vez de te entregar a ele, eu realmente estou apenas deixando você ir. O nosso pai deveria ter sido capaz de fazer isso por você. Não acho que eu seja um homem digno o bastante de permanecer no lugar dele e fazer isso por ele. Preciso saber que você vai ficar bem, Lily.

– Você sabe que eu irei visitá-lo, – disse Lily.

Não importa o quê, quando eles falavam sobre o julgamento próximo de Dino ou sua possibilidade de condenação, nunca discutiam o assunto abertamente. Normalmente, o tema era lançado ao redor ou vagamente insinuado. Mesmo estando com tanta raiva e magoada pelas escolhas de seu irmão, Lily não queria dizer adeus a Dino por vinte anos.

Ela não queria dizer nenhum adeus.

Lily observou quando as portas se abriram para Abriella fazer o caminho coberto de seda branca até o altar também.

– Você não vai me visitar, – disse Dino, soando como se tivesse certeza disso. – Porque eu não quero que você vá. Não é o tipo de lugar para alguém como você.

– Tudo bem, então eu vou ligar.

Dino suspirou, rindo baixo. – Você é teimosa demais para seu próprio bem.

– Eu não posso imaginar a quem eu me saí, Dino.

– O melhor, é claro.

– E eu herdei a minha doçura de Theo, – disse Lily.

Dino assentiu. – Deve ser isso. Deus sabe que você nunca aturou nenhum absurdo vindo de mim.

Lily apertou o braço de seu irmão quando a mãe da menina das flores guiou sua filha através das portas abertas. Quando elas se fecharam novamente, os isolando dos murmúrios tranquilos da igreja e dos olhos dos convidados que tentavam dar uma espiada em Lily e Dino, seu coração começou a se acalmar.

– Você gostou do meu presente? – perguntou Dino.

A testa de Lily franziu. – Que presente?

– O rosário, pequena.

Oh.

– Foi você? – ela perguntou.

Dino assentiu. – Sim. É muito especial para mim. Eu esperei um longo tempo para finalmente ser capaz de dar a você como eu deveria.

A mão de Lily se apertou em torno da haste de seu buquê, sentindo as contas do rosário rolar sob seus dedos. – Por quê?

– Você provavelmente não o reconheceu. A Igreja era uma coisa muito importante para a mamãe, eu acho. Ela só o pegava em ocasiões realmente especiais e sempre que vinha para a confissão.

O coração de Lily parou e ela agarrou o buquê mais apertado. – Era da mamãe?

– Sim. Ela costumava pendurá-lo na cabeceira da cama, do lado do meu pai da cama, porque sempre disse que ele precisava de mais lembretes de fé do que ela. Ela o amava como louca. Eu acho que nunca gostou muito do que ele era ou das coisas que fazia, mas ela o amava. E nós nos juntamos ao passeio, você sabe.

Lily sentiu como se não pudesse respirar. – Obrigada.

– É melhor que você fique com ele, Lily. Theo e eu iremos para o mesmo lugar, não importa o quanto oremos. Você não vai ter a mesma coisa.

Lily não pensava assim, mas não iria discutir com Dino.

– Você não está me deixando ir hoje, – disse Lily, puxando o braço de Dino firmemente para trazê-lo mais perto dela. – Você só está...

– Te tornando livre, – disse Dino enquanto as portas se abriam uma última vez para que Lily e Dino pudessem dar um passo em frente para a vista de todos. – Porque isso é o que você faz com quem você cria e ama, Lily. Você a liberta e ora que ela seja forte o suficiente para que não precise voltar para você, mas ainda espera que ela o faça.

Dino se virou com o som de trezentas ou mais pessoas ficando de pé na igreja. Lily deixou seu irmão beijar sua bochecha antes de arrumar o véu dela.

– Você vai ficar bem, – disse Dino.

– Será que vou mesmo?

– Os DeLuca não sabem como falhar, Lily. Nós nunca falhamos.

Lily quis chorar quando Dino tomou seu lugar ao lado dela novamente. Ele fixou a mão dela no cotovelo e, em seguida começou a caminhar. Através da transparência diáfana do véu enfeitado com uma renda delicada, Lily ignorou os rostos das pessoas que não conhecia e até mesmo os daqueles que ela reconheceu. Em vez disso, ela se concentrou no homem esperando por ela na frente, em pé na parte inferior do altar com as mãos cruzadas atrás das costas.

O sorriso de Damian aumentava quanto mais ela se aproximava. Para um homem que normalmente mantinha suas emoções escondidas, a felicidade e alegria em seu rosto estavam escritas e claras como o dia. A marcha nupcial reverberou através do órgão da igreja, atingindo cada nota perfeitamente.

Lily mal o ouviu.

– Quem entrega esta mulher hoje em casamento? – ela ouviu o padre perguntar quando pararam na beira do altar.

Theo deixou seu lugar no altar com Tommas para ficar ao lado de Dino.

– Nós entregamos, – disseram seus irmãos juntos.

Palavras foram trocadas entre o padre e os homens antes de Damian tomar o lugar de Dino. Dino beijou a mão de Lily suavemente antes de passá-la para Damian. Theo tomou seu lugar de volta no altar sem uma palavra. Lily sorriu quando Damian deu à mão dela um leve aperto.

Com aquela ação, ela estava ao lado dele novamente.

Exatamente onde ela estava destinada a estar.

Lily olhou para o padre à espera.

– Você vem para esta união de bom grado, criança? – o homem perguntou a ela.

Essa era a pergunta de um milhão de dólares, não era?

– Sim, – disse Lily. – Absolutamente sim.

Capítulo Dezessete

Damian girou uma Lily sorridente em seu abraço antes de trazê-la para junto dele novamente. Suas costas se encaixaram em seu peito enquanto ele beijava a pele macia de seu pescoço. Ela cheirava a rosas e sexo.

Ela estava feliz.

Ele mal podia esperar para esta noite terminar para que ele pudesse levá-la para a suíte presidencial cinco estrelas que tinha reservado para eles. Sua lua de mel não seria muito autêntica, não haveria uma viagem realmente. Mas eles teriam uma semana de nada, exceto eles e amor tranquilo em uma bela suíte com champanhe no gelo e frutas cobertas de chocolate apenas esperando para serem comidas.

– Você parece terrivelmente sexy esta noite, – disse Lily, pressionando seu traseiro contra a virilha dele.

Se ela continuasse com isso, Damian não daria nenhuma desculpa para saírem mais cedo.

– Eu não deveria ser o único a dizer isso?

– Você já disse. Várias vezes. Há um monte de pessoas aqui, – disse Lily, se virando nos braços de Damian.

– Há, – ele concordou. – Pelo menos trezentas.

– Eu conheço talvez vinte.

Damian deu de ombros, mantendo a dança lenta, se movendo pela pista enquanto os convidados os assistiam. – Eu conheço talvez cem.

A risada de Lily era como um bálsamo para a sua alma escura. Ele tinha há muito tempo decidido que Lily era a luz para sua escuridão. Talvez fosse verdade que cada pessoa tinha uma metade. Lily era certamente a dele se ele considerasse o fato como verdadeiro.

Damian segurou o rosto de Lily na palma da mão e passou os dedos sobre sua bochecha. Seus lábios pintados de vermelho e olhos escuros exigiam atenção e elogios. Lily não precisava de maquiagem e de um vestido lindo para deixá-la perfeita, mas ele adorava vê-la toda arrumada mesmo assim.

– Maldição, você está linda esta noite, querida.

O sorriso de Lily era tudo menos inocente. – É?

– Muito.

– Eu passei a manhã toda sendo mimada.

Damian sorriu. – Passou?

– Sim. Eu fiz minhas unhas, maquiagem e cabelo. Mas antes disso, eu fui para a sala de massagem e o massagista era tão...

Ele pressionou o corpo frágil de Lily contra o dele, silenciando o que ela ia dizer instantaneamente. Lily olhou para ele com os olhos arregalados de excitação. Ela sabia muito bem o que estava fazendo ao provocá-lo assim.

– Brincando com fogo, Lily Rossi.

A língua de Lily escapou para molhar os lábios. Damian teve que se segurar para não mordê-la só para lhe ensinar uma lição sobre provocá-lo. – Eu só estava me preparando para você... para a *pós festa*, Damian.

– Nós não estamos na *pós festa*?

– Não. Eu estou falando da *pós festa* privada.

Ah.

Porra.

Damian tentou ignorar a forma como as palavras sugestivas e o tom recatado dela fizeram seu pau se contrair à vida sob suas calças de smoking, mas ele não podia. Inferno, se ela queria jogar assim, ele estava totalmente dentro.

– Você sabe qual foi o meu maior problema hoje, Lily?

Lily franziu a testa. – O que estava errado hoje?

– Eu mal consegui prestar atenção no padre.

– Por quê?

– Porque eu estava muito ocupado pensando na última vez que eu usei estas calças. Você sabe, quando você estava de joelhos com meu pau em sua boca e você praticamente me chupou...

Lily guinchou com o som mais bonito antes de cobrir a boca dele com a mão. Mesmo com o rubor nas bochechas, ele podia vê-la claramente corar. Damian caiu na gargalhada, sacudindo os dois. O som chamou a atenção de vários convidados por perto, mas eles só pareceram rir de sua diversão. Eles provavelmente não tinham a menor ideia do porquê Damian estava rindo.

Lily o encarou de brincadeira antes de cutucá-lo no peito. – Oh, meu Deus, você é horrível.

– Ei, eu cumpri a penitência hoje. Eu fiquei livre de pecados por várias horas. Tenho que recuperar o tempo perdido.

– Damian!

– O quê?

Lily riu. – Horrível, como eu disse.

– Você se casou comigo.

– Casei, – Lily murmurou. – Obrigada por estar lá no final.

Damian sorriu junto com ela. – Obrigado por caminhar até lá para me encontrar.

– Eu realmente não posso acreditar em quantas pessoas apareceram, – disse Lily.

Entrelaçando os dedos deles, Damian olhou ao redor do salão. Estava prestes a rebentar pelas costuras de convidados. Ele vinha ignorando as pessoas pela maior parte do dia. Claro, Damian fez a coisa respeitosa quando precisava, dizendo olá para os convidados, agradecendo a eles por terem vindo para o grande jantar de recepção, e todas aquelas outras bobagens, mas ele não ia se dar o trabalho de passar tempo com as pessoas que ele não conhecia.

Francamente, elas não tinham vindo porque o conheciam, também. Não, a maioria das pessoas veio porque o Chefe da Outfit estava lá e Terrance tinha feito um grande estardalhaço com o casamento. Além disso, Dino e Theo tinham seus próprios motivos para convidar quem quer que pudessem para o casamento. Mas nada disso importava para Damian.

Nada era mais importante para Damian do que manter sua esposa sorrindo e feliz no dia do casamento.

Esposa.

Ele estava casado.

– O que foi? – perguntou Lily, apontando para o rosto de Damian.

– Hmm?

– Você estava aí, de olhos vidrados por um segundo.

– Estava? – ele perguntou.

– Sim.

Damian parou de dançar, puxou Lily para ele e a beijou. Ela provou exatamente o mesmo gosto que sempre teve em sua língua – de vida, amor e doçura nos lábios dele. Ele levou um tempo amando sua boca com a dele, roçando seus lábios ao longo dos dela mais e mais, e provando com a língua sua pele sedosa.

– Você é minha esposa.

O sorriso que Lily deu era brilhante e luminoso. – Eu sou.

Antes que Damian pudesse começar a colocar Lily para dançar novamente, o mais leve toque em seu ombro os interrompeu. Virando-se para ver quem tinha interrompido ele e sua nova noiva, Damian ficou cara a cara com Terrance Trentini.

– Vocês dois parecem encantadores, – disse Terrance.

Lily ofereceu ao homem um sorriso que não era nada como o que ela deu a Damian cinco segundos antes. Damian tinha que lhe dar o crédito onde era devido, porém, porque ela nunca deu a Terrance a menor inclinação de que não gostava do homem.

– Obrigada, – respondeu Lily.

– Posso interromper? – perguntou Terrance.

Damian deu de ombros. Recusar seria rude, mesmo que ele não quisesse dividir Lily ainda. – Certo.

– Obrigado, – disse Terrance, tomando a mão de Lily quando ela o ofereceu. – Vou embora logo, já que eu não sou tão jovem como fui um dia. Abriella, Alessa, e Joel ficarão, mas eu simplesmente não posso acompanhar vocês jovens mais.

– Bem, eu vou encerrar a sua noite com a dança que você tem direito, – disse Lily.

– Sim, vamos fazer isso.

Damian piscou para Lily. – As possibilidades são, agora que alguém me cortou, que as pessoas não irão parar, Lily.

– Nós fizemos todas as coisas importantes.

Eles tinham feito. De cortar o bolo a jogar o buquê. Tudo tinha ido bem. Principalmente, o casal estava apenas apreciando a última parte da sua recepção juntos. Na verdade, eles tinham passado muito pouco tempo separados. Mas a noite ainda tinha horas e horas a percorrer antes que pudesse ser oficialmente encerrada e o casal pudesse dizer adeus.

– Eu volto logo, – Damian disse a Lily.

Ele voltaria... eventualmente. Damian tinha coisas para fazer. Seu casamento não era motivo para interromper os negócios. Terrance, mesmo sem saber, tinha dado a Damian uma abertura. Damian planejava aproveitá-la. Se tivesse sorte e fosse rápido, ele iria fazer o trabalho e estar de volta antes que alguém realmente notasse sua ausência por muito tempo.

– Volta mesmo? – perguntou Lily.

– Em breve, – prometeu. – Deixe seus irmãos dançarem com você depois que o Chefe tiver a vez dele.

– Sim, – disse Terrance. – Você deve dançar com seus irmãos, Lily.

Damian sorriu. – Mas não fique muito cansada de sorrir e deslumbrar a multidão, querida.

O som suave de passos rangendo pelo corredor do lado de fora do escritório arrancou Damian de seu torpor. Couro italiano sempre exalava certo som quando se chocava com pisos de madeira. Não importa o quão quieto você tente ser, os sapatos sempre entregavam um homem.

Nem um segundo mais tarde, a porta do escritório se abriu, seguido pelos sons familiares de resmungo. As luzes decorativas acima foram acesas, banhando o espaço em um tom amarelo morno. Damian não girou a grande cadeira de escritório quando Terrance Trentini fechou a porta.

– Você pode se virar, – disse Terrance calmamente.

Damian ficou surpreso que o homem soubesse que havia alguém em seu escritório. Ele estacionou o carro a alguns quarteirões de distância da casa, furtivamente na parte dos fundos sob o velho salgueiro que estava desprotegido de câmeras de segurança, e entrou na casa com pouco ou nenhum problema.

Terrance confiava em Damian demais. Talvez fosse esse o problema. Na verdade, ele confiava nele o suficiente para lhe dar o código de acesso para desligar o sistema de segurança e entrar sem ninguém saber.

– Eu disse para se virar, – Terrance ordenou, mais firme na segunda vez.

Damian girou a cadeira do escritório lentamente, ficando de frente para o seu Chefe. Um breve lampejo de choque passou pelas características de Terrance antes que o Chefe da Outfit virasse uma pedra fria novamente.

– Eu deveria saber, – Terrance murmurou.

– Provavelmente, – Damian respondeu calmamente.

Terrance acenou para a cadeira. – Eu sempre empurro a minha cadeira antes de sair do meu escritório. Quem é inteligente sabe que não deve entrar aqui sem a minha permissão. Eu não pensei que seria você nessa cadeira, Damian.

– Sim, bem…

– Eu me perguntei, embora, – disse Terrance suavemente.

Damian brincou com a ponta do cano na arma. – Se perguntou o que?

– A infeliz morte de Ben pareceu um pouco suspeita demais para mim. Ele foi apagado depois de ser colocado em coma. A maneira como ele morreu... algo parecia fora do lugar. Foi isso?

– Completamente, – Damian admitiu.

– Por quê?

– Eu devia algo a alguém.

Terrance olhou para Damian, mas nunca, nenhuma vez ele deu à arma e ao silenciador qualquer atenção. Um entendimento se mostrou nas feições do homem mais velho quando ele disse, – Dino DeLuca.

– Dino não tem muito a ver com *isso,* – disse Damian.

– Ele poderia dizer isso, mas posso te garantir que está muito longe da verdade, – Terrance respondeu, ainda nem um pouco alterado. – Esse homem tem sua parte no jogo também. Ele faz com que todos acreditem que a lealdade dele é completamente da Outfit, mas ele mente, assim como respira. Herdou isso de seu pai. Dino nunca me perdoou por ter matado seus pais.

– Talvez. Eu não o culparia se isso fosse a verdade. Ele foi deixado para criar dois irmãos mais novos e nunca teve a chance de ter a sua própria vida por causa disso. No entanto, eu não estou aqui porque ele me enviou ou pediu. E você me deu a oportunidade perfeita para terminar com isso quando admitiu que seus netos permaneceriam na recepção do casamento e veio sozinho para casa. Seus pais sempre ficam para manter um olho neles, apesar do fato de que eles são adultos crescidos. Previsível. O que torna isso muito mais fácil.

A mandíbula de Terrance ficou tensa. – Damian...

– Por que eu? – perguntou Damian, interrompendo Terrance antes que o homem pudesse dizer qualquer coisa.

– Como?

Ficando de pé na frente da cadeira, Damian bateu sua arma no topo da mesa. – O que há em mim que você gostou o suficiente para começar a me inserir na sua posição?

Terrance respirou de forma afiada. – Minha posição?

– Nenhum de nós é papagaio aqui. Preste atenção e ouça. Não era isso o que você sempre costumava me dizer?

– Quando você era um menino eu disse isso. Você precisava de algum tipo de estrutura. Se mudar de um lugar para outro como você e as crianças dos Rossi fizeram não era bom para nenhum de vocês. Você não pode esperar que crianças se transformem em adultos bem-comportados, quando não têm rotina e estrutura.

– Eu não era seu filho para criar, – disse Damian.

– Não te criei, eu simplesmente ajudei sempre que você estava ao redor. Da mesma forma que fiz com Tommas e suas irmãs.

É verdade.

Damian mastigou seus pensamentos, desejando que o furacão dentro de sua cabeça se acalmasse. – Eu pensei que você gostasse de mim por causa do homem que eu era, não pelo que eu poderia fazer pela Outfit.

– Não sei do que você está falando.

– A Comissão, as chamadas, as consultas particulares sobre os negócios e as informações que você enfiou em mim ao longo dos anos. Você está dizendo que foi tudo inocente? Que você não tinha outros motivos para me trazer para seus círculos mais próximos?

Terrance ergueu uma sobrancelha. – Claro, eu tinha outros motivos.

– E eu não quero nada disso! – Damian latiu.

O Chefe mal se encolheu com a amostra de raiva de Damian.

– Eu não quero isso, – Damian repetiu mais tranquilo. – Eu gosto do lugar onde estou atualmente. Não tenho nenhum desejo de subir na Outfit ou ser fantoche de ninguém, Terrance. Nunca quis. Eu não quero ser o único no controle desses bastardos gananciosos e mimados que você chama de família.

– É isso que você acha que eu estava fazendo? – perguntou Terrance.

– É meio óbvio, não é? Por que mais você me colocaria mais perto de você se não fosse para eu, eventualmente, assumir para você, hum?

Terrance olhou para Damian com um pouco mais de curiosidade do que antes. – Você está errado.

Damian zombou, enojado. – Eu não acho que esteja.

– Você acredita que eu queria que você fosse meu substituto.

– Sim, – disse Damian.

– Nenhum homem inteligente entregaria sua arma secreta, Damian. Não se ele planejasse usá-la sem alguém tentar colocar as mãos nela para seus próprios fins. É evidente que eu falhei na tentativa de manter a minha vida privada se alguém envenenou seus pensamentos contra mim.

Damian não estava ouvindo. Ele não se importava com o que Terrance tinha a dizer e o tempo do homem estava se esgotando rapidamente. O tempo de Damian estava passando também. Ele precisava voltar para a recepção, e logo, se não quisesse que ninguém notasse sua ausência. O carro estava a uns bons vinte minutos da casa dos Trentini. Não havia tempo para jogos.

– Ninguém envenenou meus pensamentos, – disse Damian. – Mas você foi terrivelmente esperto para infectá-los *com* o que você queria para mim. Você agiu lentamente ao longo do tempo para que eu não notasse. Você nunca disse nada sobre eu assumir o controle ou até mesmo sugeriu que eu o fizesse, mas outras pessoas sabiam disso. Outras pessoas enxergaram.

– Pessoas como Dino, – disse Terrance, balançando a cabeça.

– Não é só ele. Eu recebo chamadas o tempo todo de seus homens querendo coisas.

– Porque eu nunca escondi sua proximidade de mim, Damian. Eu sempre mantive o silêncio sobre a nossa compreensão do seu trabalho na Outfit mas esconder a nossa amizade era inútil. Faz sentido que os homens se voltem para você, se eles pensam que isso irá levá-los para mais perto de mim.

Damian deu de ombros. – Dê suas desculpas. Eu não me importo.

– Não são desculpas. São os fatos.

– São mentiras, – replicou Damian. – Me diga, quem você acha que daria um bom Chefe, Terrance?

– Eu...

– Um nome seria suficiente.

O olhar de Terrance se estreitou. – Há poucos homens sobrando na posição elevada para serem apropriados para esta posição. Eu acho que nós dois sabemos disso.

– Riley ainda está vivo.

Damian sabia, sem dúvida que a declaração atingiria Terrance bem onde a porra doía. Amizades como a compartilhada entre Terrance e Riley não acabava facilmente, mas sim, rasgava todas as costuras de tudo o que os rodeava. Todas as coisas que eles tinham compartilhado e construído juntos ao longo dos anos durante a sua jornada seriam quebradas em pedaços. Como as famílias, lealdade, e tudo o que sobrevivesse a essa bagunça.

– Quanto tempo ele vai ficar vivo? – perguntou Terrance. – Eu acho que é a melhor pergunta.

– Mais do que você. – Damian sorriu, sabendo que parecia cruel. – E se Riley também está fora da jogada, quem resta?

– Ninguém digno, pelo que me consta.

– Há homens esperando para sair da toca. Que pena que você esteve muito focado em mim para ver. – Damian riu. – Tenho certeza que haverá uma luta interessante até o fim.

Terrance franziu a testa. – Você realmente acredita nisso, não é?

– Que você estava me preparando para o seu lugar? Sim.

– Eu nunca fiz isso, – disse Terrance. – Nunca foi minha intenção, de qualquer maneira.

– Mentir não te levará a lugar nenhum.

Nem dizer a verdade, mas Damian não achou que precisasse falar isso. A arma na mão com o longo silenciador falava mais do que ele jamais poderia sobre como aquele encontro acabaria.

Terrance tirou o paletó e o jogou sobre o braço de um sofá de couro. Ele não disse nada quando tirou os sapatos também. Damian deixou o homem ter seus momentos finais em paz.

– Quanto da mão de Dino teve nisso tudo? – perguntou Terrance, tomando um lugar no sofá. Ele desfez os botões nas mangas de sua camisa e enrolou cada uma. – Em toda essa confusão, quero dizer. Quanto disso tem o dedo dele?

– Praticamente tudo, – disse Damian honestamente.

– Exceto?

– Eu ajudei aqui e ali.

Terrance sorriu. – Ah, a menina DeLuca.

Damian sorriu. – Rossi, agora.

– Sim, bem, ela sempre será uma DeLuca no coração. Um anel não muda o sangue de uma pessoa, meu menino.

Damian não tentou reagir ao fraseado inocente de Terrance, mas mal conseguiu manter seu grunhido. Coisas como essa havia se tornado muito comuns ao longo dos anos. Antes, parecia simplesmente a maneira de Terrance de se importar. Agora, ele viu isso como nada mais do que Terrance fazendo Damian pensar que ele dava a mínima.

Talvez ele desse.

Não importava.

– Eu achava que vocês dois fariam um bom par, – disse Terrance. – Eu ainda acho. Por que matar Ben?

– Você realmente tem que perguntar isso?

– Acho que sim.

Damian ergueu um ombro, entediado com a conversa inteira. – Ele não gostou de eu estar tão perto de você e ele não gosta do que você planejou para mim. Sua desaprovação vocal sobre o arranjo do casamento a qualquer um que quisesse ouvir era a prova. Além disso, ele poderia ter se provado perigoso para Lily em algum ponto. Eu me fixei nessas questões.

Terrance se acalmou no sofá e olhou para Damian através de seus olhos escuros. – Ben gostava muito de você.

– Não, ele não conseguiu encontrar uma maneira de me manipular, – disse Damian, rindo sombriamente. – Como eu disse, ele não conseguia nem ficar de boca fechada sobre o casament...

– Porque Dino não lhe deu uma palavra a dizer sobre o assunto, – Terrance o interrompeu calmamente. – Nem uma vez Dino permitiu Ben ter qualquer envolvimento ou algo a dizer no negócio entre as famílias DeLuca e Rossi. Considerando que Ben era o Capo da família, ele deveria ter sido capaz de dar sua opinião.

Damian balançou a cabeça. – Isso não é importante.

– É, mas você não está me ouvindo, Damian. Não era você que ele desaprovava, era a maneira que Dino lidou com a coisa toda. Ele estava bem com o casamento, mas teria gostado de estar envolvido. Se você tivesse tirado um tempo para conversar com Ben sobre a situação, você teria percebido. Meu palpite é que você tomou a palavra de Dino como verdadeira e ponto final Você sempre foi leal ao DeLuca dessa forma.

Algo doloroso e pesado apertou o coração de Damian, quase o empurrando em sua garganta. A sensação de mal-estar embrulhou seu estômago. Terrance estava certo sobre tudo o que disse. A maioria do desacordo e do desagrado de Ben tinha sido sobre o lado de Dino das coisas e não por Damian. Ben mal tinha sido incluído no planejamento do casamento ou até mesmo no que se tratava da vida Lily com a família. Era quase como se Dino quisesse que o homem parecesse sem importância para a família DeLuca.

– Não importa, – disse Damian.

– Importa, – Terrance respondeu. – Porque as chances são que Dino tenha usado o que pensou que iria afetá-lo mais, a fim de que você fizesse o trabalho que ele não faria.

Damian soltou uma gargalhada. – Como o quê? Olhe para todas as coisas que ele fez, Terrance. Olhe para as pessoas que ele matou e os problemas que ele iniciou. O que eu poderia fazer que ele não poderia ter feito se quisesse?

– Me matar, – disse Terrance.

As palavras saíram mais suaves do que Damian já tinha ouvido seu Chefe pronunciar antes.

– Você está errado, – disse Damian, com certeza.

– Eu não penso assim. Dino sempre acreditou que o que eu fiz a ele e aos seus irmãos quando eram crianças era errado. Eu sei o que fiz quando matei os pais dele, mas Joseph DeLuca não me deu escolha. Eu tentei compensar isso ao longo dos anos com Dino e Theo, mas claramente meu remorso não chegou até o homem o suficiente. Ou talvez tenha chegado e seja sua consciência que não o deixa fazer o que a sua é capaz de fazer.

Damian cerrou os dentes com tanta força que seus molares doeram. – E o que seria isso?

– Matar alguém que se importa com você.

Porra.

Damian inclinou para trás o martelo de sua arma. – Como eu disse, isso não é importante.

– As mentiras dele são, – Terrance murmurou, olhando para o cano da arma. – Você não tem que fazer isso, aliás.

Matá-lo?

Sim, absolutamente Damian precisava. Apesar do fato das declarações de Terrance fazerem sentido e Damian sentir que uma bola de demolição tivesse se chocado contra seu corpo, o Chefe ainda precisava morrer. Terrance sabia demais. Damian nunca iria escapar com tudo o que tinha feito para a Outfit se ele deixasse o homem viver.

– Nós dois sabemos que eu tenho, – disse Damian, não abaixando a arma.

– Não, meu menino. – Terrance sorriu quando o dedo de Damian envolveu o gatilho. – Quis dizer que você não tem que se desculpar. Eu entendo.

– Entende?

– Sim, – disse Terrance. – Leve isso como sua lição final, Damian.

– E qual seria?

– Não confie em ninguém.

Damian puxou o gatilho e não desviou o olhar.

Damian empurrou a porta do banheiro, buscando com os olhos a figura que ele estava procurando na multidão de pessoas desde que ele chegou de volta em sua recepção de casamento. Ninguém notou que ele desapareceu e ninguém reparou nele retornando. Damian era inteligente dessa forma.

Dino, no entanto, tinha algumas coisas a responder.

O homem mal conseguiu fechar o zíper antes de Damian agarrar o smoking de Dino por trás. Ele o puxou para longe do mictório e o jogou contra a parede mais próxima, que passou a ser apenas do lado de uma cabine. A cabine estremeceu com o impacto enquanto Dino amaldiçoava de surpresa.

Os olhos de Dino se arregalaram com a visão de Damian. Sem dúvida, a raiva de Damian estava clara pelo modo como seus músculos tencionavam e tremiam com as sensações que passavam por ele. Era como se alguém o tivesse chutado bem na porra do intestino; como se tivesse sido usado e manipulado quando tudo o que Damian queria fazer era ficar longe desse tipo de merda.

– Ei! – Disse Dino, com as mãos voando para cima.

O punho de Damian rachou a porta da cabine ao lado direito da cabeça de Dino. – Cala a sua boca.

– Ei! – alguém gritou de dentro.

– Dê o fora, – Damian rosnou.

Um homem vestido em um terno bem feito rapidamente correu da cabine, sem ao menos dar descarga no vaso sanitário e desapareceu do banheiro. Uma vez que a porta foi fechada, toda a atenção de Damian se voltou para Dino novamente.

– Tudo o que você tinha que fazer era me dizer a verdade, Dino, – Damian disse rangendo os dentes.

Cada vez que ele respirava, doía. Ele confiava em Dino. O homem o colocou em uma posição usando mentiras e besteiras onde Damian teve que fazer escolhas que não teria se fosse de outra forma.

– Do que você está falando? – perguntou Dino, ainda não lutando contra.

Damian bateu Dino contra a cabine novamente. – Ben, Terrance... isso te lembra alguma fodida coisa?

A sobrancelha de Dino se ergueu. – Ei...

– Não, fique quieto. A menos que você vá me dar alguma coisa que valha a pena ouvir, eu não quero ouvir outra coisa maldita saindo dessa sua boca, imbecil. Eu fiz o trabalho final esta noite, eu fiz como disse que eu iria fazer. Mas não tinha nada a ver com você, certo? Isso era para ser tudo por minha causa. Você é um mentiroso, Dino. Cristo, não é de admirar que seus olhos sejam castanhos. Você é tão cheio de merda que está começando a aparecer.

Dino riu com voz rouca. – Eu? Dê uma boa olhada no espelho.

– Você poderia ter me dito a verdade, – Damian repetiu, desejando que sua ira se acalmasse. Ele não queria voltar para a pista para encontrar Lily se sentindo dessa forma. Ela saberia; sua garota sempre sabia. – Você poderia ter me dito que isso era pelos seus pais e o que aconteceu há muito tempo. Não tinha que mentir para mim e manipular minhas fraquezas para o seu benefício. Eu era leal a você. Teria feito o que você precisasse independentemente do resto, mas eu não tinha que ser um dos seus peões. Lily não tem que ser um dos seus peões.

– Nenhum de vocês é, – disse Dino, encolhendo os ombros.

– Certo. Mesmo quando é pego em flagrante, você ainda não pode dizer a verdade.

– Ela não era um peão e nem você. Tudo o que eu disse sobre Lily e o que eu queria para ela era verdade. E então o que, Damian? Quem se importa se eu juntei um pouco de vingança ao plano também? O que isso realmente importa agora?

Importava muito.

A guerra estava começando.

– Quanto tempo você acha que isso vai durar, Dino? – perguntou Damian. – Quantas pessoas mais vão morrer pelo que seus pais fizeram?

– Um monte, – disse Dino, sorrindo. – Mas eu sei que o meu irmão e a minha irmã não estarão entre eles. Se lembra do que eu disse quando te chamei na minha casa naquele dia? Theo é inteligente enquanto mantém seu coração fora do jogo. Ele vai ter todo o controle no lado DeLuca das coisas agora. Fique de olho nele e veja até onde ele vai. Quanto a Lily?

A mandíbula de Damian ficou tensa novamente. – Ela me pegou.

– Exatamente. Ela pegou você. Nós dois sabemos que você nunca irá deixar nada acontecer com ela. Agora tenho tudo o que queria quando comecei com isso. Seus sentimentos não importam para mim.

Damian engoliu o gosto amargo na boca. – E quanto a você, Dino?

– Quanto a mim?

– Onde você está pensando em ir? – perguntou Damian.

– Onde diabos eu queira. – Dino empurrou as mãos de Damian de cima dele e se afastou da cabine. – Sorria, Damian. É o maldito dia do seu casamento.

Capítulo Dezoito

Lily suspirou de alívio quando Damian tirou os saltos dela. Depois de estar com as malditas coisas por umas boas doze horas seguidas, ela estava feliz em vê-los partir. Ela não conseguiu esconder o pequeno gemido que escapou quando os fortes e hábeis dedos de Damian trabalharam nas solas de pés.

– Sente-se bem? – ele perguntou.

– Tão bem.

Damian cantarolou e a beijou na panturrilha. – Fico contente em ajudar, querida.

– São belos sapatos.

– Bem, belos em você, – disse Damian, rindo. – Sexy, na verdade.

Lily sorriu, observando seu marido enquanto sua massagem passava de seus pés para suas panturrilhas. – É mesmo?

– Muito. Você tem pés bonitos, Lily.

Ela cerrou os lábios. – Sou muitos centímetros mais baixa do que você, mesmo de saltos.

– Não importa, – disse Damian, cantarolando de forma sexy. – Mesmo que você seja mais baixa do que eu.

– E você ama as minhas pernas.

Damian deu um sorriso pecaminoso. – As melhores de Chicago.

Lily estremeceu quando as mãos de Damian subiram ainda mais debaixo de seu vestido de noiva, massageando e pressionando sua carne macia. Ele trabalhou em cada torção e dor de suas pernas cansadas, sem nunca olhar para longe dela.

– Você está terrivelmente quieto esta noite, – disse Lily suavemente.

Damian olhou para longe dela. – Estou?

Sua incapacidade de olhar para ela novamente disse tudo.

– O que aconteceu, Damian?

– Nada, querida.

– Damian...

– Lily, – Damian a interrompeu, e seu tom de voz não ofereceu nenhum espaço para discussão. – Eu disse que não é nada.

Lily não acreditou nele nem por um segundo. Ela tinha a nítida sensação de que porque era sua noite de núpcias, Damian queria passar a noite sem toda a confusão e discórdia acontecendo do lado de fora das paredes do hotel. Ele provavelmente queria que fossem apenas eles e ninguém mais. Lily não se importava de deixar de lado o que quer que fosse.

– Você vai me dizer amanhã, certo? – perguntou ela.

Damian balançou a cabeça, juntando a saia do vestido em torno de seus quadris enquanto caía de joelhos. Ele puxou sua calcinha para baixo, passando por seus joelhos, e seu sorriso ficou mais provocante. – Sim, querida. Eu vou dizer qualquer coisa que você queira saber amanhã.

– Ok.

Damian puxou sua calcinha ainda mais para baixo e ergueu a sobrancelha. – Renda preta?

– Há muito mais de onde essa veio.

– Eu mal posso esperar, porra.

Lily não conseguiu responder. A cabeça dele já estava enterrada entre as coxas dela. O pequeno talento que Damian tinha com a língua sempre deixava Lily insana cada vez que sua boca estava perto da boceta dela. Desta vez não foi exceção. Com passadas cegamente rápidas de sua língua, ele separou os lábios carnudos de sua boceta e já saboreava os fluidos que haviam se formado em sua entrada. Lily podia sentir seu sexo tentando se apertar em torno da língua dele a cada mergulho. Ela tentou fechar as pernas ao redor de sua cabeça, querendo mais atrito em seu clitóris, mas as mãos de Damian mantiveram suas coxas separadas.

– Merda, isso é tão bom, – Lily gemeu.

O riso escuro de Damian rolou em seus sentidos como mel dourado. As vibrações de sua diversão fizeram cócegas em seu sexo sensível enquanto ele mordiscava e lambia suas dobras. Ela abriu as pernas ainda mais, precisando ver o que ele estava fazendo. Usando as mãos como apoio na beirada da cama, Lily apoiou a parte superior do corpo para que pudesse assistir Damian comê-la. Sua boca estava manchada de excitação e ela podia sentir o cheiro de seu sexo já flutuando no ar. Os olhos azul-aço de Damian a fitaram lá de baixo, e um sorriso malicioso curvou os cantos da boca enquanto ele lambia uma linha reta de sua fenda até o clitóris.

Isso tinha que ser a coisa mais quente que ela já tinha visto.

– Me fode, – Lily murmurou.

– Os sons mais bonitos, – Damian murmurou, mantendo o olhar fixo no dela. – Você sempre faz os mais bonitos sons para mim.

– Eu...

Antes que ela pudesse dizer mais uma palavra, a mão de Damian a empurrou contra a cama e sua cabeça desapareceu entre as coxas dela novamente. Lily gritou, sua surpresa e felicidade ecoando pelo quarto enquanto a língua dele atacava seu clitóris. Ela lutou sob a mão dele e de repente o prazer disparou através de seu sistema nervoso. O ritmo de sua língua contra seu botão era implacável e brutal.

Ela iria gozar e rápido.

– Merda, merda, merda, – Lily gritou. – Damian!

A aprovação de Damian saiu em um longo gemido. Isso foi o que bastou. Lily se desfez choramingando o nome dele, agarrada aos lençóis, e sentindo como se não pudesse respirar. Seu orgasmo começou em algum lugar no meio do corpo e, em seguida, disparou em todas as direções, entorpecendo os dedos das mãos e dos pés.

Enquanto ela tentava se acalmar, ofegando por ar na cama, Damian beijou suas coxas.

– Fique de pé, – ele ordenou.

Lily piscou, sem saber se tinha ouvido corretamente. – O quê?

– Fique de pé, querida. Eu quero esse vestido fora de você. Apesar você ficar tão bonita nele, ele só está me atrapalhando.

– Mas eu estou tão confortável.

Damian riu. – Ah, tudo bem. Eu ainda não terminei.

Lily se derreteu na poltrona macia quando as pontas dos dedos de Damian dançaram por sua coluna coberta de renda. De bruços com a cabeça apoiada no colo dele, ela estava confortável e contente. Ela também estava excitada como nada mais enquanto seu marido a mimava com pedaços de frutas cobertas com chocolate e goles de champanhe. A pura lingerie que ela usava nada escondia de sua visão e suas mãos começaram sua jornada errante tudo de novo.

– Isso é absolutamente pecaminoso, – disse Damian, deslizando os dedos entre as coxas dela. Lily suspirou enquanto ele acariciava seu sexo com doces e leves toques.

– Mais, – Lily exigiu, sua luxúria acordando de novo.

– Em breve, querida. Eu quero você implorando por isso.

Lily estava pronta para fazer isso agora.

– Damian...

– Morde, – Damian exigiu, segurando um pedaço de fruta para Lily comer enquanto mantinha os toques ocasionais com a outra mão. Lily olhou com raiva para ele mesmo que o ângulo fosse difícil e ela não conseguisse segurar a posição por muito tempo antes de deixar cair a cabeça de volta em seu colo. Damian não iria ceder. – Jogue com as minhas regras, Lily, ou eu não vou te dar o que você quer.

– Você não sabe o que eu quero.

Damian riu, o som saindo profundo e gutural. – Talvez não, mas eu sei o que eu quero e posso apostar que você vai gostar muito se simplesmente abrir essa sua boca bonita, comer esta fruta, e me deixar continuar a brincar com a sua doce boceta.

Como ela poderia negar qualquer coisa quando ele falava assim?

Meu Deus, ele fazia as melhores coisas com o interior dela.

Lily chupou a ponta do morango coberto de chocolate antes de mordiscar a fruta suculenta. Quando mordeu a fruta doce, dois dos dedos de Damian afundaram em seu núcleo, sem aviso prévio. O grito de surpresa de Lily se dissolveu em um gemido profundo quando ele os curvou acertando em cheio seu ponto G.

Lily engoliu a fruta, para que pudesse falar. – Cristo!

– Tão molhada, – Damian disse, continuando com o ritmo que tinha deixado Lily jorrando.

– Puta merda.

– Sinta, querida. Você está toda quente ao meu redor. E isso é lindo. Você ama quando eu te como com meus dedos.

– Eu amo tudo o que fazemos, – Lily gemeu, querendo mais de seus dedos.

– Você certamente irá antes que a noite acabe, – disse Damian. – Morda, Lily.

Dando outra mordida na fruta, Lily deixou as sensações de seus dedos percorrerem sobre ela, enquanto os sucos do morango cobriam sua língua. Ela pulou surpresa quando Damian usou o que restou da fruta na haste para esfregar ao longo de seu ombro nu. A frieza embebeu seus nervos, a fazendo estremecer. Sem dizer nada, ele continuou a pintar a pele dela com a fruta, fodendo a boceta dela com os dedos, e sussurrando as coisas mais sujas para ela.

Damian descartou o que restava do morango. Lily pensou que ele iria pegar outro, mas ficou surpresa quando sentiu a perda de seus dedos dentro dela. Antes que ela pudesse questionar seus motivos, seus dedos lisos traçaram um caminho até sua bunda.

Lily congelou, sem saber o que fazer.

– Respire, – Damian murmurou enquanto apenas as pontas dos dedos massageavam seu buraco enrugado.

As sensações de seus dedos a tocando em um lugar que ela nunca tinha deixado ninguém chegar perto antes eram novas e estranhas para Lily. Ela não podia negar a emoção disparando através de sua corrente sanguínea, mas houve também hesitação logo atrás.

– Você sabe que eu nunca te machucaria, – disse Damian, seus dedos deslizando através do anel apertado de músculos. Lily gemeu na palma da sua mão, sentindo o alongamento do corpo em torno de sua intrusão. Uma leve mordida de dor estranhamente misturada com o novo desejo percorreu seu corpo. – Eu só quero que você se sinta bem e isso será tão, tão bom, Lily.

– Será que vai? – perguntou Lily.

Damian piscou. – Você apenas tem que confiar em mim.

Lily abriu ainda mais as pernas, dando a ele um melhor acesso a sua bunda. Lentamente, ele moveu os dedos dentro e fora de seu buraco apertado, abrindo os dedos ao se retirar e fazendo-a sentir incrivelmente completa.

– Você se lembra do que eu disse? – ele perguntou.

Lily mal podia falar. – Me disse o quê?

– Sobre o seu corpo.

– É seu.

– É, – disse Damian, sua outra percorreu lentamente sua espinha até as ondas de seu cabelo. – E eu quero cada parte dele, Lily. Eu quero ser o único homem a tocar e sentir você. Eu quero que você saiba que eu sou o único homem que pode te foder e te amar.

– Você é.

Damian tirou os dedos de seu corpo, fazendo Lily lamentar. Ela não tinha percebido o quão bom estava sendo até que ele não estava mais lá. – Bom. Agora, eu quero foder sua bela bunda. Sente-se.

Lily fez o que lhe foi dito, confusa quando Damian se levantou do sofá. Sem dizer uma palavra, ele atravessou o cômodo e desapareceu no banheiro. A sensibilidade na área, de ser preenchida de forma que ela não tinha experimentado antes só a fez desejar mais. Lily ouviu uma torneira sendo ligada, fazendo sua antecipação crescer ainda mais.

O que ele estava fazendo, lavando as mãos?

Damian apareceu de volta na porta do banheiro com duas coisas na mão. Ele acenou com um preservativo e um frasco de lubrificante, surpreendendo Lily ainda mais.

– Você planejou isso, – ela o acusou.

– Eu te disse uma vez que gostaria de tê-la de qualquer maneira que eu pudesse. Eu não estava mentindo.

Lily engoliu em seco. – Oh.

– Não. Abra suas pernas. Me mostre como você está molhada e brinque com você mesma. Eu quero que você sinta quão excitada e sexy você está agora.

– É isso que você quer? – Lily sorriu timidamente, se recostando na poltrona e abrindo suas coxas para ele ver. – Você tem certeza?

– Muito. – o sorriso de Damian se tornou sensual enquanto Lily acariciava sua boceta com toques leves. A umidade deslizou por seus dedos, sobre seus lábios e até seu clitóris. Ela estava encharcada. – Lindo, querida.

Lily observou em silêncio quando Damian começou a finalmente retirar suas próprias roupas. Ele havia ficado com seu smoking, mesmo depois de despir Lily. Ele só afrouxou a gravata e desabotoou o colete quando a convenceu a deixá-lo mimá-la com chocolate e frutas na poltrona. Para Lily não havia nada mais sexy do que assistir Damian tirar a roupa. Fazia isso de forma tranquila, sem pressa, como se ninguém pudesse vê-lo. Deveria saber sobre sua aparência. Um corpo firme, com cumes de músculos e pele em um tom de oliva suave.

– Eu não te disse para parar, – disse Damian sem olhar para cima enquanto descartava as calças e a boxer. – Continue brincando para mim, Lily. Eu quero você toda molhada.

Lily riu trêmula. – Eu não tinha percebido que tinha parado.

– Continue.

Pressionando um dedo em sua boceta, Lily podia sentir quão apertada e pronta ela estava. Sua carne macia estava sensível e encharcada. Um segundo dedo não fez nada para aliviar a dor. Damian continuou a observá-la, sem dizer nada, enquanto acariciava sua própria ereção.

– Damian, por favor, – implorou Lily.

Um sorriso se formou no canto dos lábios de Damian enquanto ele deslizava o látex por seu comprimento. – Ah, aí o que eu estava esperando. Nada soa melhor do que o meu nome em sua boca enquanto você implora, Lily.

Damian se apoiou na poltrona, descendo a mão para circundar o clitóris de Lily com o polegar enquanto ela usava os dedos para empurrar dentro de seu sexo. – Cristo.

– Porra, olhe para você, – disse Damian.

Lily não tinha percebido quão perto estava do seu orgasmo até que estava tomando conta dela. Ela se sentia uma confusão de gritos, pele suada, e felicidade. Damian a beijou através dele, nunca nenhuma vez se afastando. Antes de Lily conseguir compreender o que estava acontecendo, Damian tinha a pego e, em seguida, se sentou na poltrona com ela em cima dele. As costas de Lily pressionaram o peito dele enquanto seu braço se colocava em volta da cintura dela. Ele a manteve pairando sobre ele e quando a sentiu estável o suficiente para segurar seu próprio peso, ele a soltou.

Lily estremeceu quando alguma coisa fria e escorregadia escorreu na fissura de sua bunda. Os lábios de Damian pressionaram seu ombro onde ele tinha pintado com o morango mais cedo e ela podia senti-lo acariciando seu pau debaixo dela.

– Eu não posso nem me masturbar mais, – disse Damian.

Lily mordeu o lábio. – Por quê?

– Porque nada faz a porra do trabalho, exceto você e então eu sou deixado com bolas azuis se eu sequer tentar.

– *Deus.*

Damian cantarolou, a língua golpeando contra a pele dela. – Confie em mim, ok?

Lily assentiu. – Sempre.

– Bom. Relaxe.

Dizer e fazer eram duas coisas completamente diferentes. Lily tentou acalmar o nervosismo e o furioso desejo correndo por seu sistema, mas não conseguia. A cabeça do pau dele pressionou sua bunda e Lily se esticou imediatamente, com medo do que poderia vir.

– Lily, – Damian murmurou. – Pare de se preocupar. Apenas sinta.

Lentamente, enquanto chupava sua pele onde o morango tinha deixado um rastro pegajoso, Damian trabalhou com seu pau grosso na bunda dela. Lily prendeu a respiração irregular enquanto uma breve dor da sensação de ser esticada lhe percorreu a espinha. A mão de Damian apareceu logo após, calmamente afastando o frio imediato de medo e relaxando-a novamente. Não demorou muito antes que a dor fosse substituída por uma profunda necessidade em suas entranhas enquanto seu pau afundava todo o caminho em sua bunda e ela estava sentada em cima dele.

– Porra, – Damian assobiou.

Lily choramingou. – Eu... não posso.

Não pense, se mova ou respire. Ela estava preenchida inteiramente. Tão aberta para ele. Ela se sentiu úmida de suor e seus nervos estavam sobrecarregados. Nada nunca se sentira tão novo e bom antes.

– Fale comigo, – disse Damian suavemente.

– É tão…

– Hmm?

– É tão bom, – ela sussurrou.

A risada de Damian balançou os dois, fazendo seu pau se contrair dentro da bunda de Lily. Ela se apoiou em torno dele, de repente querendo que ele se movesse novamente.

– Sim, é suposto ser bom, querida, – disse Damian, seu sorriso se formando contra a pele dela. – Você está em cima por uma razão. Assuma a liderança. Isto é tudo sobre você. Não importa o que você faça, será insanamente bom para mim também.

Lily congelou. – Eu...

– Não se preocupe. Se mexa.

Ela o fez, com cuidado e timidamente. Levou algum tempo até que seu corpo estivesse acostumado às sensações desconhecidas. Mas quando se acostumou... oh Deus, a sensação era gloriosa. Como se cada ponto de prazer em seu corpo estivesse ligado a nervos expostos. Cada golpe do pau dele profundamente dentro do seu traseiro a levava às alturas.

Damian lambeu, beijou e chupou seus ombros. – *Mmm,* morango, sexo e Lily.

Lily riu sem fôlego. – Oh meu Deus.

– Eu não me importo o que qualquer um diga, isso é a porra do céu.

Damian pegou a mão dela e colocou ambas entre as pernas dela. Ela estremeceu quando um de seus dedos deslizou para dentro de seu sexo apertado antes de se arrastar até o clitóris. Ele moveu os dedos em círculos rápidos, agressivos, a deixando louca. Os gritos que saíam da garganta de Lily aumentaram de volume até que suas coxas tremiam e suor escorria pelas costas.

Sem ele sequer precisar dizer, Lily enfiou dois dedos dentro de sua boceta. Ela os moveu no mesmo ritmo que o pau dele na bunda dela e seu dedo em seu clitóris. Todas as sensações a empurraram direto para o limite.

E quando ela caiu...

Quando ela caiu, ele a pegou.

Como sempre.

– Me diga o que estava incomodando você na noite passada, – disse Lily.

Damian estendeu o garfo com ovos mexidos para Lily. Ela recusou a comida, sabendo que era apenas a maneira dele de distraí-la. – Lily...

– Se você me disser que não era nada de novo, eu vou ficar puta.

Sua carranca dizia tudo. Damian não a queria com raiva.

– Nós temos que fazer isso na nossa lua de mel?

Lily bufou. – Uma semana escondidos em um hotel não é realmente uma lua de mel, Damian.

– Sim, bem, terá que servir por agora. No primeiro segundo em que nós pudermos, vamos voar para a Europa e você poderá me mostrar todos os lugares que você visitou e ficou.

– Sério?

Damian assentiu. – Absolutamente. Foi algo que você amou e deixou feliz. Eu quero ver também.

– Ok. – Lily brincou com a ponta do lençol que a cobria. Café da manhã e amor tranquilo em lençóis de algodão egípcio era uma das melhores maneiras de passar uma manhã na opinião dela. – Pare de desviar da minha pergunta.

Suspirando, Damian colocou a bandeja de prata de lado. – É tão importante para você?

– Muito.

– Provavelmente vai doer.

Lily mordeu o interior da bochecha, não gostando do que essas palavras poderiam significar. – Mesmo?

– Muito, – disse ele, jogando suas palavras de volta para ela.

– Você deixou a recepção na noite passada, – disse Lily, decidindo deixar escapar que o conhecimento era melhor do que dançar em torno dele.

Damian ergueu uma única sobrancelha, olhando-a em silêncio. – Você notou, não é?

– Ninguém mais pareceu ter notado.

– Eles estavam muito focados em você, fofocando sobre a discórdia acontecendo na Outfit, e na festa, – disse Damian. – Eu usei isso a meu favor e terminei uma coisa.

O coração de Lily acelerou. – Você vai me dizer o quê?

– Eu vou te dizer que fiz uma coisa ruim, – disse ele, dando de ombros.

E, às vezes, bons homens faziam coisas ruins.

Lily soltou uma respiração lenta, desejando que seus pensamentos se acalmassem. – Por quê?

– Eu pensei que soubesse, – disse Damian.

Lily não precisava que ele terminasse. – Mas você não sabia de nada.

– Não. E isso foi minha culpa.

Tudo bem então.

Lily estendeu a mão e entrelaçou os dedos nos dele. Os ombros de Damian relaxaram com o toque instantaneamente. – Eu te amo.

Damian sorriu. – Eu sei. Essa é a única coisa que importa para mim no meio de tudo isso.

– É mesmo?

– Sim, – disse ele.

Ela acreditava nele.

– Você não acha que é um pouco irritante que tenhamos que passar nosso primeiro dia depois da lua de mel na igreja? – perguntou Lily.

Damian ofereceu a ela um sorriso e segurou a sua mão. – Você simplesmente não queria deixar o hotel.

Lily fez beicinho. – Bem, você me mimou por toda a semana. O que mais você esperava, Damian? Você criou um monstro.

– Ah, eu vejo como funciona.

– Silêncio, – Dino disse atrás do casal.

Lily habilmente ergueu o dedo médio para seu irmão, mesmo sem quebrar o contato visual com o padre lá na frente. Damian riu, ergueu a mão de Lily para beijá-la, e em seguida, largou suas mãos ainda conectadas em seu colo.

– Garota má, – ele murmurou.

– Eu sou melhor quando eu sou má, – disse Lily, sorrindo.

– Você é.

– Jesus, – Dino resmungou baixinho.

Lily não dava a mínima para o que seu irmão tinha a dizer. Ela teve uma semana fantástica sendo apenas ela, Damian, um quarto de hotel e amor. A melhor maneira que ela passou uma semana em um longo tempo. A sensação de torpor ainda estava zumbindo em torno de seus sentidos. Dino não ia matar isso.

Damian puxou Lily para ficar de pé quando o padre pediu. O marido dela varreu seu dedo sobre sua aliança de casamento enquanto os fiéis eram abençoados pela última vez e, em seguida dispensados. Suspirando, Lily descansou ao lado de Damian enquanto ele colocava um par de óculos escuros estilo aviador.

– Vocês vêm para o jantar? – Dino perguntou enquanto eles seguiam atrás da congregação deixando a igreja.

– Você quer ir? – Lily perguntou a Damian.

– Claro, querida.

– Bom, – disse Dino, sorrindo. – Lily pode cozinhar.

– Idiota, – Lily murmurou.

Dino acenou um dedo no ar, enquanto passavam pelas portas da frente para o sol. O vento Chicago atingiu os três. – Eu nunca neguei, Lily. Vejo vocês dois mais tarde.

– Até mais tarde, – Damian respondeu.

Lily se moveu para descer a grande escadaria, mas Damian a puxou de volta para o seu lado. – O que...

Damian interrompeu a pergunta com um beijo rápido e ardente. Seu suspiro surpreso lhe permitiu aprofundar o beijo. Ela cedeu aos movimentos dominantes da língua dele e o ritmo de seus lábios enquanto ele a possuía com o beijo. Lily cantarolou em satisfação, agarrando o paletó dele e sorrindo enquanto pessoas passavam rindo pelo casal.

– Isso foi mau, – Lily disse a ele. – Nós estamos tecnicamente na igreja.

– Nada que eles ainda não tenham feito ou visto.

– Verdade.

Damian beijou a ponta de seu nariz. – Eu sei que você queria ficar no hotel um pouco mais.

Lily deu de ombros. Isso realmente não importa. – Qualquer lugar com você é perfeito.

– Que tal passarmos a próxima semana procurando um lugar para chamar de lar?

– É?

– Algo para você chamar de seu e não um apartamento, – disse Damian.

O coração de Lily inchou. – Uma casa?

– Qualquer tipo de casa que você queira, Lily.

– Não em Melrose Park.

Damian riu. – Muito Outfit para você, hein?

– Não, muitas lembranças.

– O que eu disse a você, huh? – perguntou Damian, dando a ela um olhar que segurou Lily no lugar.

– Deixar isso para trás.

– Então faça isso.

– Estou tentando, – disse ela calmamente.

E ela estava. Mas, às vezes, ainda doía e ela pensava que ainda doeria por um longo tempo. Cicatrizes como aquelas não curavam instantaneamente. Demoraria um pouco e os lembretes constantes, como cutucões nas feridas, sempre deixavam uma dor para trás.

– Não em Melrose Park, – Lily repetiu calmamente.

Damian balançou a cabeça, erguendo a mão para acariciar a bochecha dela com dois dedos. – Certo. Hora de começarmos a fazer nossas próprias memórias, Lily.

– Sim, eu acho que isso soa...

Uma explosão como Lily nunca tinha ouvido antes atravessou o ar. Tudo o que ela ia dizer se perdeu quando a visão de fogo e metal voando chamou sua atenção. Seus ouvidos zumbiam do volume da explosão e o calor e a pressão cobriram os degraus da igreja. Damian a cobriu instantaneamente, a empurrando para trás em direção às portas abertas da igreja quando gritos começaram a ecoar.

Lily se sentiu mal. Seu coração saltou em sua garganta.

O que foi aquilo?

– Mova-se, – Damian latiu.

Lily não conseguia. Ela tropeçou quando seu marido a empurrou novamente. Damian a pegou antes que ela pudesse bater no chão. Por cima do ombro, ela pegou o vislumbre de um carro familiar queimando em uma gigantesca bola de chamas.

– *Não,* – Lily ofegou.

– Lily, ande, – Damian exigiu novamente.

Pessoas passaram empurrando por eles, tentando voltar para a segurança da igreja. Seu coração caiu nos degraus de cimento e quebrou em pedaços, enquanto observava o carro de seu irmão ser envolvido em uma nova onda de chamas.

– Não!

– Lily, por favor, se mova.

– Dino, – gritou Lily.

– Eu sinto muito. – Damian envolveu Lily em um abraço de urso e a forçou a se mover. – Eu te amo.

– *Dino!*

– Parece que havia um temporizador muito sofisticado situado na bomba, – informou o detetive.

Lily não estava prestando atenção ao homem. Tudo o que ela estava pensando enquanto olhava para ele é que seu irmão não gostaria da presença deste policial em sua casa. Dino teria odiado ter qualquer funcionário da justiça dentro de seu espaço privado, remexendo em suas coisas. Infelizmente, eles não tinham tido muita escolha no assunto.

Levou três semanas para a investigação voltar com alguma coisa sobre a bomba. Lily não dava a mínima para o que a polícia tinha a dizer. Coisas como esta não era algo que pudesse ser resolvido em um tribunal. Não importa quão duro trabalhassem ou quantas ligações tivessem os policiais, nunca realmente saberiam quem colocou a bomba no carro de Dino. Era apenas como funcionava na máfia.

Não, isso não seria resolvido em um tribunal.

Nas ruas sim, mas não em um tribunal.

Damian suspirou, sua mão apertando o ombro de Lily suavemente. – E como vocês sabem disso?

– Havia uma parte significativa de produtos eletrônicos que sobreviveram à explosão. Depois que foram colocados juntos, descobrimos que estavam ligados ao sistema de rádio do Bentley.

A testa de Lily enrugou. – Então, quando ele ligou o carro, acionou a bomba?

– Quando ele colocou em uma estação em particular, a qual o temporizador estava fixado. Foi por isso que ele já havia saído da vaga de estacionamento quando a bomba explodiu.

Oh.

Isso só deixou Lily com um sentimento pior do que antes.

– Você tem alguma ideia de quem tem conhecimento das estações de rádio que o seu irmão ouvia? – perguntou o homem.

A mão de Damian apertou o ombro de Lily novamente. Ela não precisava de seus lembretes silenciosos.

– Não, e eu acho que é hora de você ir embora, – disse Lily, ficando de pé

O detetive também se levantou, franzindo a testa. – Mas...

– Eu não tenho nada a oferecer e nós temos colaborado, tanto quanto podemos, mesmo que você não nos tenha dado qualquer escolha, – Lily o interrompeu com firmeza.

De nenhuma maneira ela iria permitir que os policiais continuassem a cavar através da casa de Dino.

– Senhorita, seu irmão estava fortemente envolvido com a Máfia de Chicago e...

– Em primeiro lugar, é *senhora,* – Lily estalou. – Em segundo lugar, não me importa com o que meu irmão estava envolvido. Eu o sepultei. Ele está morto. Não tenho mais nada a dizer sobre o assunto.

– Qualquer informação que você possa ter poderia ser extremamente valiosa, não só para a nossa investigação, mas para outras também.

Lily zombou, repleta de descrença. – Me tornar um rato, você quer dizer.

– Lily, – Damian disse calmamente.

– Não, isso é o que ele está dizendo. Ou melhor, o que ele não diz, porque é um covarde.

O detetive deu de ombros. – Eu só estou sugerindo que você poderia ser de grande ajuda.

Foda-se tudo isso.

– Saia, – disse Lily, apontando para a porta de entrada da cozinha.

– Não te incomoda nem um pouco que alguém tenha matado o seu irmão? – perguntou o homem.

Lily sentiu uma pontada de dor atravessar seu coração. – Você não tem ideia de como eu me sinto. Você não tem a menor noção de como é...

– Está protegendo as mesmas pessoas que o mataram.

– Tudo bem, isso é o suficiente, – disse Damian, raiva aquecendo seu tom.

Lily não precisava que Damian saísse em sua defesa. – Saia!

Marchando pelo detetive, Lily fez o caminho para frente da casa. Abriu totalmente a porta da frente, apontando para o lado de fora. Ela esperou, sua agitação crescente, enquanto o homem tomava seu tempo colocando seu e paletó.

De pé nos degraus da frente, o detetive se voltou para Lily. – Se você mudar de ideia...

Lily bateu a porta na cara dele.

Damian ficou encostado na parede, seus traços abatidos enquanto ele a olhava com um semblante que a fez inchar de tristeza. Porque ele sabia que seu coração estava partido, e que ela não conseguia respirar. A explosão estava ao virar da esquina se não ela não conseguisse se controlar e rápido.

– Oh, meu Deus, – Lily sussurrou, pressionando a palma da mão contra o peito.

– Lily, vai ficar tudo bem.

Ela assentiu com a cabeça, mas nada parecia ser verdade.

– Lily, respire, – Damian murmurou.

Como ela poderia?

Antes que ela piscasse, Damian estava em pé na frente dela. Ele segurou seu rosto entre as mãos e inclinou sua cabeça para que ela pudesse ver a preocupação e o amor nadando em seu olhar. Mais e mais, ele beijou os lábios dela com bicadas suaves até que as lágrimas tinham parado de cair e seus pulmões funcionavam novamente.

– É apenas o começo, não é? – perguntou Lily.

Os combates entre as famílias só tinham piorado desde o casamento de Damian e Lily. O assassinato de Terrance Trentini pareceu pender a família

Trentini sobre o limite. Lily se lembrou de quando Damian recebeu aquele telefonema em sua lua de mel perfeita. E tinha certeza de que ele era a causa da morte do Chefe da Outfit.

Lily optou por não perguntar. Ela sabia que ele iria dizer a verdade se ela perguntasse e Lily não tinha certeza se estava pronta para ouvir.

No entanto, as coisas estavam ruins entre as quatro famílias e ficariam muito pior.

– Vai ficar tudo bem, – disse Damian novamente.

– Quem fez isso com Dino? – perguntou Lily.

– Eu não sei.

– Por favor, não tente poupar os meus sentimentos.

Damian suspirou, usando o polegar para traçar seus lábios. – Eu não estou, querida. Ninguém sabe.

– Mas... alguém deve saber alguma coisa, Damian.

– É uma guerra. Ninguém tem que saber de nada.

Guerra.

Lily estremeceu. De alguma forma, os planos de seu irmão para perturbar a Outfit tinham se voltado contra ele. – Dino fez tudo isso por mim.

– Por você, por Theo... por ele mesmo. Eu nem sei se ele percebeu o que estava realmente fazendo.

– Como eu faço para resolver isso aqui? – perguntou Lily apontou para seu peito, onde seu coração estava disparado fora de controle.

– Lily...

– Ele começou uma guerra por nós.

Damian a puxou e a beijou com força. Lily deixou. – Nós vamos ficar bem.

– Promete?

– Sempre, Lily. Você e eu, nós somos o tipo de pessoas que sobrevivem. Isso é apenas o que fazemos.

Deus, ela esperava que sim.

– Meu coração dói, – Lily disse suavemente, querendo que as lágrimas cessassem.

Damian a beijou com ternura. – Eu vou fazer parar.

Sim, ele sempre fazia.

Pelo seu smartphone você pode scanear o QR CODE acima e ficar por dentro de todas as novidades da 3DEA EDITORA.

Nos siga nas redes sociais:

http://www.3deaeditora.com.br/

https://www.facebook.com/3DEAEDITORA/

https://www.instagram.com/@3deeditora